MAIK HARMSEN

Krüppeljunge

Maik Harmsen

Krüppeljunge

Tatsachen-Roman

Das, was Sie hier lesen, ist wahr. Es wurde mir erzählt von dem Mann, dem das widerfuhr, als er 9 Jahre alt war.

Bibliografische Information der Deutschen Nationalbibliothek: Die Deutsche Nationalbibliothek verzeichnet diese Publikation in der Deutschen Nationalbibliografie; detaillierte bibliografische Daten sind im Internet über dnb.dnb.de abrufbar.

1. Auflage
Copyright© September 2024
Maik Harmsen
Coverdesign: Maik Harmsen
Coverphoto: Privat
Verlag:
BoD • Books on Demand GmbH, In de Tarpen 42, 22848
Norderstedt
Druck:
Libri Plureos GmbH, Friedensallee 273, 22763 Hamburg
ISBN: 978-3-7597-5928-3

A

Es war ein heißer Tag im Sommer 1951. Da war ich sieben Jahre alt. Die Sonne schien vom blauen Himmel und keine Wolke war zu sehen. Ich war mit den Eltern auf dem Weg in den Zirkus. Mutter ging links neben mir und Vater rechts. Sie fassten mich an einer Hand an und jedes Mal wenn ich «Engelchen flieg» rief, wurde ich mit Schwung in die Höhe geschleudert und ich hatte viel Spaß. Nach einer Weile sagte Vater, dass wir gleich da sind. Auf die Löwen war ich gespannt wie ein Flitzebogen, denn Echte sah ich ja noch nie.

Wir liefen auf das riesige bunte Zelt zu. Mit uns kamen immer mehr Leute an, die sich der Reihe nach an der Kasse hinstellten. Da Vater Karten hatte, gingen wir gleich zum Eingang. Dort stand ein älterer Mann, dem gab er die. «Können wir sitzen, wo wir wollen?», fragte er. «Ja, das können sie», sagte der nette Herr.

Wir kamen im Zelt an. Da sah ich die Manege vor mir. Rechts und links war die Tribüne mit den Sitzplätzen. Da liefen wir durch und ich fragte: «Papa, kann ich in der ersten Reihe sitzen?» Der sah sich um und meinte: «Da ist es aber schon sehr voll ...» Wir fanden dann doch noch drei Plätze. Da setzten wir uns hin und warteten auf den Anfang der Vorstellung. Kurze Zeit später ging es los ...

Da ich schon mal im Zirkus war, sah ich einiges bereits. Die Letzten vor der Pause waren Artisten, ein Junge - der war nicht älter als zwölf - eine Frau und ein Mann. Die stiegen gleich eine Leiter hoch. Ich sah aber kein Netz. Die zuvor hatten so eins und da stürzte auch mal einer rein. Da bekam ich einen Schreck. Ich kuckte gespannt zu, wie die drei am Trapez durch die Luft flogen. Der Junge tat das auch, das traute ich mich nicht. Zum Glück geschah hier nichts. Im Anschluss war Pause. In der baute man einen Käfig in der Manege auf. Als alles fertig war, kam ein Dompteur, der da rein ging. Dann sah ich, wie der erste Löwe kam ...

Ein Jahr später.

Es war Weihnachten 1952. Unterm Baum lag ein Buch für mich. Es war eins über wilde Tiere. Als ich im Bett lag, las ich die erste Geschichte, in der ging es um Affen. An jedem Tag, der folgte, las ich eine Neue. Am Tag vor Silvester schlug ich das Buch auf und las alles über die Könige der Tiere. Als ich fertig war, legte ich es neben mich. Ich machte das Licht aus und schloss die Augen. Da ich nicht gleich schlief, dachte ich an den Zirkus und an die Löwen dort ... dann schlummerte ich ein ...

Auf einmal merkte ich, dass an mir gerüttelt wurde. Ich hörte die Stimme einer Frau, die leise rief: «H-a-n-s, H-a-n-s wach auf ... Was ist denn los? Warum hast du so geschrien?» Ich machte die Augen auf und sah, dass es Mutter war. Ich fragte sie: «Wo sind die Löwen?» Sie hörte auf, an mir herum zu rütteln, und wollte wissen, ob ich einen bösen Traum hatte. Ich sagte: «Ja, Mama! Da war ein böser Löwe, der biss mir in mein Bein.»

«Na, komm her ...», meinte sie und drückte mich an ihre Brust. Dann streichelte sie mir mit den Händen langsam über Rücken und Kopf. Ich hörte auf zu weinen, schluchzte ein letztes Mal und beruhigte mich. Sie hob das Buch von der Decke auf, zeigte es mir und fragte: «Hast du aus dem Tierbuch gelesen?»

«Ja, von den Löwen und da dachte ich an die im Zirkus.»

«Mmh ... Und da schliefst du ein und träumtest von ihnen.» Mutter hob die Decke an und sagte: «Wie du siehst, sind beide Beine noch dran ... So, und jetzt schlaf weiter. Und heute Abend bist du bei Oma. Du weißt ja, dass wir Silvester haben. Da musst du auch nicht so früh ins Bett wie sonst ... Im Übrigen bekommst du auch eine Schachtel mit Knallerbsen. Die darfst du dann bei ihr in der Küche knallen lassen.» Darüber war ich sehr glücklich und sagte: «Oh ja, das macht mir Spaß! Und da Oma das zu laut ist, hält sie sich immer die Ohren zu ... Mama, ich hab Durst.»

«Gut! Ich bringe dir gleich eine Brause.» Mutter lief in die Küche und brachte mir das Glas mit dem köstlichen Getränk. Das trank ich sofort aus. Hinterher deckte sie mich zu und gab mir einen Kuss auf die Stirn. Sie machte das Licht aus und lief zu ihrem Bett. Ich hatte vor zu schlafen, doch es gelang mir nicht. Ich dachte nur an den Löwen und hatte Angst, dass der nochmal kommt, wenn ich träume. Ich schlief irgendwann ein und er kam nicht mehr. Als ich wach wurde, war die Welt aufs Neue in Ordnung. Vorerst ...

Am Nachmittag lief ich mit Mutter zu Oma. Wie in den Jahren davor blieb ich auch in der Nacht bei ihr. Oma war eine kleine und ganz liebe Frau. Sie hatte graue Haare, die hinten zu einem Dutt geflochten waren. Für mich tat sie alles. Sie wollte immer, dass es mir gut geht. Wie an jedem Tag hatte sie ein schwarzes Kleid an. Das war mit weißen

Blumen verziert. Mutter packte eine Tasche für mich. In der waren ein paar Sachen und das wichtigste: Knallerbsen und Knallbonbons. Am liebsten hätte ich die schon gleich zum Knallen gebracht. Das hat man mir nur nicht erlaubt. Erst nach dem Abendbrot durfte ich das. Den Teddy hatte ich auch mit. Der sah so aus, wie der Seppel den ich mal im Kaspertheater sah. Zu Hause erzählte ich Mama das und sie schneiderte über Nacht für den Bären eine Hose in Grau, ein Hemd in Grün und einen Hut in Braun. Als ich den, wie ich wach wurde, sah, freute ich mich riesig. Ab da hieß der Seppel. Mutter stickte sonst nur Decken für Tische und Kissen.

Als sie alles aus der Tasche ausgepackt hatte, sprach sie eine Weile mit Oma. Dann kam sie auf mich zu und sagte: «Hans, ich gehe jetzt. Sei bitte artig und brav. Wenn wir gefrühstückt haben, hole ich dich ab. In Ordnung?» Ich nickte und sie gab mir einen Kuss auf die Stirn. Die zwei liefen zur Tür. Dort sagten sie sich leise etwas, ich hörte aber nicht, was das war. Kurze Zeit später ging sie und Oma schloss die Tür ab. Meine Mutter war ihre jüngste Tochter. Sie hatte aber noch zwei, Else und Frieda. Von Papas Seite lebte keiner mehr. Die waren alle schon tot.

Ich saß am Tisch und spielte mit den Packungen der Böller. Ach wie gerne hätte ich die knallen lassen. Da ich das nicht durfte, schob ich die Hin und Her und versank in die Welt der Gedanken. Da hörte ich, wie Oma rief: «Hansel, möchtest du eine Tasse mit heißer Milch?» Ich erschrak, sah zu ihr und sagte: «Oh, Oma! Jetzt hast du mich aber erschreckt.» Sie schlich sich, ohne dass ich es merkte leise an. Sie sah mir in die Augen und meinte: «Ach, das tut mir leid Hansel. Das wollte ich nicht.»

«Ist nicht schlimm, Oma. Hast du auch Plätzchen?»

«Gewiss doch. Die bekommst du gleich», sagte sie, drehte sich um und lief in die Küche. Ich spielte wieder mit den Schachteln und versuchte, den Text zu lesen. Da kam Oma zurück und stellte die Tasse direkt vor mir auf dem Tisch ab. «So und ein paar Plätzchen bekommst du auch noch ... Und nun Hansel, lass es dir schmecken. Ich gehe wieder in die Küche und hol mir Kaffee.»

Darauf gab ich ihr keine Antwort mehr. In null Komma nichts hatte ich eins im Mund und kaute es mit Freude. Kurze Zeit später kam sie zurück und hatte eine Tasse in der Hand. Sie setzte sich zu mir und fragte: «Und Hansel, schmecken dir die Plätzchen?»

«Mmh ... ja, die sind lecker!»

«Die backte ich gestern extra für dich. Ich wusste ja, dass du heute kommst.» Die waren immer sehr gut. Auch was sie sonst machte oder kochte, schmeckte mir. Ich hatte großen Hunger und aß alles rasch auf. Als die Kekse verzehrt und der Teller leer war, fragte sie: «Hansel, hast du Lust, mit mir ´Mensch ärgere dich nicht´, zu spielen?»

«Na klar, Oma», sagte ich und freute mich darauf. «Fein, dann bringe ich das Geschirr schnell in die Küche. Du holst das Spiel und packst es schon mal aus. Es liegt da drüben auf dem Schrank.» Sofort holte ich den Karton her und packte alles, was wir brauchten aus. Als das erledigt war, nahm ich für mich die roten «Püppchen» und stellte sie auf das Startfeld. Zuletzt legte ich den Würfel bereit. Dann kam Oma an und sagte: «Ah, wie ich sehe, hast du dir schon Rot genommen. Gut, und ich nehme mir Gelb.»

«Oma! Rot ist doch die Lieblingsfarbe von mir und ich habe die immer. Die bringen mir auch jedes Mal Glück.»

9

«Aber heute nicht! Da gewinne ich mit den Gelben ...»

«Ha, ha! Das werden wir gleich sehen, Oma!» Wir fingen an und ich zählte nicht, wie oft wir spielten. Wenn ich verlor, freute sich Oma und ich ärgerte mich. Zum Glück gewann ich fast alle Spiele. Sie stand immer wieder mal auf, lief zum Ofen und warf Briketts ein. Die lagen in einer Kiste am Herd. Das Feuer durfte ja nicht ausgehen. Wir hatten einen von gleicher Art in der Stube mit einem Kasten, wo die Kohle drin lag. Der stand in der Küche neben dem Gasherd. Auf dem gab es Ringe, die man raus nehmen konnte. Darunter war die Bratröhre und vorn am Herd war eine Stange aus Metall. Die sollte verhindern, dass man sich nicht an der heißen Platte verbrannte. Wir heizten mit Holz und Kohle. Mutter nahm den aber nur am Sonntag, wenn es Braten gab. Im Herbst weckte sie Obst damit ein. Sonst kochte sie mit Gas.

Wieder gewann ich ein Spiel und da meinte Oma: «So Hansel, jetzt ist Schluss und wir hören auf. Ich mache uns gleich etwas zu essen. Sind wir fertig, darfst du knallen und ich halte mir die Ohren zu!»

«Oma! Das brauchst du nicht. Die sind doch gar nicht laut!»

«Für mich sind sie es! So, jetzt bekommst du aber erst mal ein Glas Brause. Wenn wir Abendbrot essen, gibt es Pfefferminztee.» Sie stand vom Tisch auf und lief in die Küche. Kurze Zeit später brachte sie mir das Getränk und stellte es vor mich hin. Sie drehte sich um und war nicht mehr zu sehen.

Ich spielte derweil mit den Sachen, die ich bei mir hatte. Es dauerte nicht lange, da kam sie wieder mit dem Essen. Als das vor bei war, ging es los. Sie räumte den Tisch ab und brachte alles in die Küche. Von da aus rief sie wenig später: «Hansel, es ist so weit. Jetzt darfst du anfangen.» Ich sprang vom Tisch auf und lief zu ihr. Da hüpfte ich vor ihr rum wie Rumpelstilzchen ums Lagerfeuer. «Nicht so nervös, Hansel. Ich muss doch erst mal eine Schachtel öffnen» rief sie mir zu. Die hielt sie vor mich hin und ich nahm eine Hand voll raus. Sofort warf ich die mit Wucht auf den Boden, der aus Terrazzo war. Als die aufschlugen, knallte und rauchte es. Ich hatte große Freude Oma eher weniger, denn sie hielt sich mit den Händen die Ohren zu. Im Nu war die Schachtel leer und ich hatte keine einzige mehr. Dafür war die Küche voller Qualm und es stank heftig. Ich wollte ihr das sagen und sah zu ihr. Da sie wieder schwarze Sachen an hatte, fiel mir auf ein Mal ein, dass ich sie vor langer Zeit fragte, warum sie nicht mal helle anzieht ...

Da setzte sie mich auf ihren Schoß, lächelte und sagte: «Hansel, das kann ich dir alles begründen. Früher hatte ich auch helle Sachen an, bis zu dem Tag ...» Da fing sie an zu weinen und die Tränen tupfte sie mit einem Tuch ab. «Also, das war so: Dein Opa ... Mmh ... Er war ein gutherziger Mann. Es herrschte zu der Zeit Krieg und die Mutter von dir war nur wenige Wochen alt. Dann zog man ihn zum Heer ein und er wurde Soldat. Ab dem Tag war ich mit drei Kindern allein und blieb es, denn ich sah ihn nie wieder. Ein paar Monate später fiel er auf dem Feld der Ehre ...» Sie fing erneut an zu weinen. Hektisch griff sie nach dem Tuch ... Als sie es fand, wischte sie sich die Tränen ab. Ich wollte sie trösten und sagte: «O-m-a! Ich weiß, dass das schmerzhaft ist, denn ich bin schon oft gefallen. Ein Mal blutete mir sogar das Knie. Ich verstehe nicht, warum er nicht aufgestanden ist, so wie ich. Dann hätte er ja zu dir kommen können.»

Sie hielt inne, tupfte sich die letzten Tränen ab und steckte ihr Tuch in die Tasche der Schürze. Sie lächelte mich an und sagte: «Weißt du, Hansel ... Wenn ein Soldat fällt, heißt das, dass er gestorben ist und in den Himmel kommt. Im Krieg gibt es keine Gnade, nur Opfer und die sterben fürs Vaterland. So kuckt er jetzt auf die Erde und sieht uns zwei. Mit der schwarzen Kleidung zeige ich ihm, dass ich immer an ihn denke und ihn nie vergesse. Jetzt habe ich keinen Mann mehr nötig, denn ich bin auch so froh. Ich hab ja nun dich und bist du mal, beschützt du mich. Machst du das?» Das versprach ich ihr ...

Ich sah in ihr Gesicht und musste schmunzeln. Sie stand da, hatte die Hände an den Ohren und die Augen zu. Ich zupfte an ihrem Rocksaum und rief laut: «Oma, mach jetzt die Augen auf! Die Knallerbsen sind verknallt», dabei sah ich sie traurig an. Sie machte die Lider auf, sah mich an, und meinte: «Was? Die sind schon alle? Das waren doch so viele!»

«Ja, aber ... jetzt ... sind keine mehr da!»

«Schade, dann gebe ich dir noch die anderen Knaller!»

«P-r-i-m-a!» Und wieder hüpfte ich voller Freude vor ihr herum. Sie griff in die Schachtel mit den Knallbonbons, nahm eins raus und gab es mir. Die sahen genau so aus wie Riesenbonbons. Sie sah mich an und sagte: «Hansel, jetzt zeige ich dir mal, wie man das macht ... Du fasst das so an beiden Seiten an und dann ziehst du es, so schnell es dir möglich ist auseinander.» Sie gab es mir und ich hielt es fest in den Händen ... Ich war in Erwartung, was da gleich passiert. Dann konzentrierte ich mich ... und zog mit all meiner Kraft. Prompt machte es p-e-n-g und ich erschrak. Doch da fiel etwas raus und flog auf die Fliesen. Es war ein rotes Auto aus Plaste. Ich bücke mich und hob es auf. Darüber freute ich mich riesig. Es kam gleich auf den Tisch und ich schnappte mir das Nächste. Da zog ich dran ... und erschrak nicht mehr. So bekam ich noch ein Püppchen aus Plaste und zwei Glasmurmeln. Da rief Oma: «Du hast es geschafft, Hansel. Jetzt erlaube ich dir, noch eine halbe Stunde zu spielen, und dann geht's ab ins Bett. Ich räume in der Zeit den Müll auf und hinterher lüfte ich so lange, bis der Gestank weg ist.»

«Du bist die beste Oma der Welt», sagte ich, gab ihr ein Küsschen auf die rechte Wange und rannte in die Stube. Am Tisch fing ich an zu spielen. Als Oma in der Küche fertig war, ging sie in ihre Schlafstube. Kurz darauf kam sie zurück und in der Hand hielt sie die Bettwäsche. Die legte sie auf dem Sofa ab. Das war grün und war verziert. Auf der Sitzfläche links war eine Stelle, die kaputt war, die sah aus wie ein Dreieck. Nie schaffte ich es, Oma zu fragen, wer das in den Stoff schnitt. So fragte ich: «Oma, wie kam das Loch in das Sofa?»

«Das was? Ach das da! Äh, na ja, das war so ... Wir verließen in den letzten Tagen vom Krieg das Haus. Die russische Armee war schon fast an der Oder. Da floh ich mit dir und Mama nach Herzberg an der Elster. Auf dem Land waren wir sicher, meinte ich. Wir wohnten dort in einem Haus, das Tante Frieda mal erbte. Die blieb aber die ganze Zeit hier. Sie wollte nicht von ihrem Salon weg. Keiner hielt sie da von ab.

Als der Krieg zu Ende war, kamen wir heim. Doch das Haus von euch lag in Schutt und Asche. Da bliebt ihr erst mal bei mir, denn da war alles heil, nur das Sofa nicht. Von Frieda erfuhr ich, dass es russische Soldaten waren. Die bekamen mit, dass Leute die flohen, in den Möbeln versteckten, was von Wert war. Wie Schmuck und Uhren.

Die hatten an den Gewehren vorn am Lauf eine Stichwaffe. Die sah so aus wie ein langes Messer. Mit der stachen sie in den Stoff. Bei mir hatten die kein Glück, da wir nichts von Wert hier ließen. Jetzt weißt du, wie das Loch da rein kam.»

«Oma, und warum kam Papa nicht mit?»

«Der war in Thüringen in einem Lager für Gefangene. Er war er ja Soldat und da er von den Amerikanern gefasst wurde, hielten die ihn dort fest ... So, und jetzt mache ich dein Bett.» Ruck Zuck war sie fertig, dann sah sie mich an und sagte: «Es ist so weit, mein Junge. Lass alles auf dem Tisch liegen, ziehe den Nachtanzug an und gehe aufs Klo. Hier stelle ich dir das Töpfchen für die Nacht hin. Wenn du mal die Blase leeren musst, dann mach dein Pippi da rein.»

«Gut, Oma!»

Ich kam zurück und legte mich hin. Oma kam zu mir, deckte mich zu, setze sich hin und gab mir einen Kuss. Dann sagte sie: «Hansel! Ich wünsche dir eine gute Nacht und hab schöne Träume.» Ich nickte mit dem Kopf. «Oma, das wünsch ich dir auch. Nur bin ich gar nicht müde ...» Sie wollte sich grad erheben, da fragte ich schnell: «Oma, erzählst du mir die Geschichte mit der Kaiserin.»

Sie schüttelte den Kopf. «Ach ... Hansel, es ist spät ... ich hätte es gerne, wenn du jetzt schläfst.» Doch das wollte ich nicht. «Aber, aber ... ich bin gar nicht müde. Bitte, bitte, bitte!» Sie seufzte, lächelte mich an und sagte: «Na gut, wenn es sein muss … doch danach schläfst du!»

Oma setzte sich hin. Sie dachte kurz nach und fing an: «Es war im September, da zog hier bei uns in eine Villa Deutschlands letzte Kaiserin ein. Das tat sie aber nicht aus freien Stücken. Nein! Sie war eine von den Russen Gefangene. Sie hieß Hermine und war die zweite Frau von Kaiser-Wilhelm den Zweiten.

Da warst du grad zehn Monate alt. Deine Mama war jeden Tag mit dir draußen an der frischen Luft. Dann kamen mal zwei Frauen auf sie zu. Sie sah, dass eine die Kaiserin war. Gleich grüßte sie die mit ′kaiserliche Hoheit′. Doch die wollte das nicht. Sie bestand darauf, nur mit Hermine angeredet zu werden. Ihre Gesellschaftsdame stellte sie auch vor. Die Kaiserin konnte von der Seite nicht in den Wagen kucken, da das Verdeck zu war. Da wollte sie wissen, was du bist. Deine Mama sagte, dass du ein Junge bist. Gleich beugte sie sich runter zu dir. Da lachtest du scheinbar, denn verzückt meinte sie, dass du ein reizendes Kind bist. Dann wollte sie wissen, wie du heißt, und deine Mutter sagte Hans. Da war sie der Meinung, dass der Name zu dir passt. In der Folge streichelte sie dir über die Wange. Das gefiel dir wohl, da du laut gelacht hast. So schäkerte sie eine Weile mit dir herum.

Dann richtete sie sich auf und sah deine Mama an. Sie sagte ihr, dass du ein reizender Fratz bist, mit dem sie gewiss eine Menge Freude hat. Da das stimmte, bestätigte sie ihr das. Die Kaiserin hatte etliche Kinder. Nur wie viele, das kann ich dir nicht sagen. Da sagte sie, sind die Kinder klein, hat man mit ihnen große Freude. Werden sie älter, ist das nicht mehr der Fall. Danach nahmen sie Abschied und gingen fort. Auch ich sah sie ein Mal kurz im Salon von Tante Frieda. War es wieder mal so weit, und die Kaiserin kam, teilte man ihr den Termin mit. Um die Zeit durfte keine Person vor Ort sein. Sie kam jedes Mal mit ihrer Dame und zwei Soldaten an.

An dem Tag wollte ich Frieda etwas fragen. Ich machte die Tür auf und da sah ich im Spiegel, dass sie ihr grad die Haare schnitt. Da kam auch schon ein Soldat an. Er schickte mich in sehr barschen Ton raus und schlug die Tür zu. Fuhr Hermine in der Straßenbahn, war das auch so. Sie hatte nur für sich und ihr Geleit einen Wagon. Neben ihrer Dame hatte sie noch einen Herrn. Der war ihre rechte Hand und leitete alles für sie in die Wege.»

Da fiel mir ein, dass mein Vater auch bei ihr mal arbeitete. Sie gab mir zur Antwort: «Ja, das stimmt, Hansel. Zu dem Papa von dir kam mal ein Offizier der Russen. Der wollte, dass er in der Villa, wo sie lebte, ihre Wohnung neu streicht. Er hatte keine Wahl, denn die ließen keine Absage zu. Er wurde aber gut bezahlt. Dein Papa sah sich die Räume an und schrieb auf, was er brauchte. An dem Tag, wo das Material da war, fing er gleich an. Die Kaiserin lebte in der Zeit an einem anderen Ort.

Es war der letzte Tag, er war grad fertig und wollte nach Hause gehen. Da ging die Tür auf und die Kaiserin kam rein. Die sah sich gleich überall um. Dann dankte sie ihm für seine sehr gute Arbeit und das er so schnell fertig wurde. Zum Dank gab sie ihm drei Zigaretten. Dein Vater sah sie auch nie mehr.

Sie starb hier, am 7. August 1947. Den Sarg von ihr brachte man bei Nacht und Nebel nach Potsdam, da keine Person aus dem Volk das wissen sollte. Sie wurde da im antiken Tempel beerdigt. Das war das Ende von Hermine, der letzten Kaiserin ...»

«Oh, war das schön, Oma. Jetzt werde ich g-u-t schlafen.»

«Fein! Dann wünsche ich dir eine angenehme Nacht und träum etwas schönes.»

«Bestimmt träume ich von der Kaiserin.»

«Warten wir's ab ... Wenn du morgen früh aufwachst, erzählst du's mir.» Sie stand auf, ging fort und machte das Licht aus. Die Spielsachen von mir lagen alle auf dem Tisch. Was ist, wenn heute Nacht jemand kommt und die mir stibitzt, kam es mir in den Sinn. Ich wartete ab, bis sie zu ihrer Schlafstube ging. Da machte sie die Tür auf und das Licht an. Das reichte mir aus. Ich griff alle Sachen und legte sie unter das Kissen. Da war das Spielzeug beschützt, denn ich lag ja mit dem Kopf darauf. So schlief ich gelassen ein ...

1. Januar 1953.

Als ich wach wurde, fasste ich unter das Kissen und freute mich, das alles noch da war. Ich holte jedes Teil raus und fing gleich an, auf der Decke zu spielen. Da kam Oma aus ihrer Stube und rief: «Hansel! Ich wünsche dir ein schönes Neues Jahr.» Ich wünschte ihr das auch. Da fragte sie, ob ich grad aufgewacht bin, und ich sagte: «Ja, vor ein paar Minuten.»

«Hast du von der Kaiserin geträumt?»

«Nein ... überhaupt nichts.»

«Ist ja auch nicht so wichtig ... Dann steh jetzt auf, wasch dich und zieh dich an. Ich mache uns in der Zeit das Frühstück.» Da ich Hunger wie ein Löwe hatte, stand ich schnell auf. Danach legte ich das Spielzeug auf den Tisch und lief in die Badestube. Doch zuerst musste ich mal auf das Klo. Das stand neben der Badewanne. Zwei Meter darüber war der Kasten für die Spülung. Von da aus hing eine Kette runter und an der war am Ende ein Griff aus Keramik. Den zog man nach unten, um zu spülen. Zog man den zu fest, hakte sich die Kette aus und dann lief das Wasser ohne Ende. War das mal der Fall, kam Vater gleich an, nahm die Leiter und renkte die ein.

Ich kam zurück und Oma rief: «Komm her, mein Junge, setz dich ... es ist alles fertig.» Es gab Kakao, Marmelade, Brot und Butter. Da ich Hunger hatte, fing ich gleich an. Sie trank Kaffee zum Frühstück. Die Bohnen und den Kakao brachte Mutter aus Westberlin mit, wenn sie dort einkaufte. Bei uns gab es nur Muckefuck. Dann klingelte es an der Tür und Oma machte auf. Es war meine Mutter. Als sie in die Stube kam, lief ich voll Freude auf sie zu und zeigte ihr gleich die neuen Spielsachen. Wir wünschten uns ein glückliches und gesundes Jahr. Sie redete kurz mit Oma, fragte sie, ob ich artig war. Dann packte sie alle Sachen von mir ein. Ich schlüpfte in den Mantel, setzte die Mütze auf den Kopf und zog die Wollhandschuhe an. Mama legte mir den Schal um den Hals. Dann nahmen wir Abschied von Oma und verließen ihre Wohnung. Auf dem Weg zu uns, sagte Mutter: «Du warst ja, wie ich von Oma hörte artig ...»

«Mama, das bin ich doch immer.»

«Ja, das weiß ich. Habt ihr, ´Mensch ärgere dich nicht´ gespielt?»

«Ja! Und ich hab fast jedes Spiel gewonnen ... Als ich im Bett lag, erzählte sie mir noch die Geschichte von der Kaiserin.»

«Die hörtest du doch bereits dutzendmal.»

«Ja, aber ... ich finde sie schön, Mama.»

«Bei uns war es das auch. Wir waren in der HO-Gaststätte ´Klause´. Um 24 Uhr kam der Koch aus der Küche. Er hatte ein Ferkelchen unter dem Arm und das quiekte lautstark. Mit dem lief er durch das Lokal. Jeder der Gäste sollte das anfassen und sich dabei etwas für das neue Jahr wünschen.»

«Hast du das Schweinchen auch angefasst, Mama?»

«Ja! Ich hoffe, es hat sich gelohnt.»

«Und Papa?»

«Nein, der nicht.»

«Hattest du keine Angst?»

«Du meinst, weil ich immer so furchtsam bin?»

«Ja!»

«Nein! Das hatte ich nicht. Papa war ja bei mir und hätte mich beschützt.» Voller Neugier fragte ich: «Hast du dir was gewünscht, Mama?»

«Ja, habe ich!»

«Und was?»

«Das wichtigste: Gesundheit und Geld. Mit dem wir in der Lage sind gut zu leben und keine Sorgen haben.»

«Habt ihr auch getanzt?»

«Ja. Wir haben wieder eine kesse Sohle aufs Parkett gelegt. Zum Tanz spielte eine Kapelle.»

«So wie früher wo ihr in der Tanzschule wart?»

«Na ja, nicht ganz so! Aber so ähnlich. In der übt man das Tanzen, bis man es kann. Ist man so weit, dann tanzt man überall, ohne sich zu blamieren.»

«Wie tanzt Papa?»

«Sehr gut! Der war in der Tanzschule der Beste. Der Besitzer holte ihn oft und dann half er dort aus. Das war jedoch nicht leicht für ihn. Die Damen, mit denen er es zu tun hatte, hatten meist kein Talent. Ein paar Frauen brachte er es aber bei.»

«Ach so, dann waren die steif wie ein Brett?»

«Ja, so ungefähr.»

«Lerntest du ihn da kennen?»

«Nein! Ich traf ihn in einem anderen Lokal, das war im Jahr 1935.»

«Hast du ihn gleich geliebt?»

«Nein! Wie kommst du darauf? ... Ich lernte ein paar Monate vorher einen Lehrer kennen. Der war sehr nett. Mit ihm traf ich mich öfters, nur leider wurde er versetzt und zog nach Berlin. Kurze Zeit später traf ich Papa. Das sagte ich ihm aber nie. Er ist nämlich sehr eifersüchtig ... Versprichst du mir, dass das unser Geheimnis bleibt? Das du ihm n-i-e da von etwas sagst?»

«Ja Mama! Das verspreche ich dir!»

«Das ist lieb von dir, mein Junge!» Da sah ich unser Haus und rief: «Wir sind gleich da!»

Vater machte die Tür auf. Ich lief in den Flur und zeigte ihm sofort die neuen Spielsachen. Der freute sich auch, als er die sah. Da rief Mutter barsch: «Hans! Zieh doch erst mal deine Sachen aus!»

Hastig zog ich Schal, Mütze, Handschuhe und den Mantel aus. Dann rannte ich in die Stube, dort zum Tisch und da legte ich das Spielzeug ab. Da hörte ich, wie Mutter sagte: «Rudolf! Hast du noch zu arbeiten?»

«Ja! Etwa eine Stunde.»

«Dann bereite ich schon langsam das Essen vor.»

«Ja, Liesel, mach das. Ich stör dich nicht.» Und ich rief: «Ich auch nicht!»

Danach spielte ich und war glücklich.

Die Eltern von mir waren nie boshaft. Mutter war schlank und lustig und sah fast aus wie Oma. Nur hatte Mutter gelockte braune Haare. Bei Oma waren die schon grau. Sie war auch die hübscheste von allen Frauen, die ich kannte. Vater war kräftig. Die Haare von ihm waren dunkel und kurz. Er war Malermeister und hatte drei Gesellen. Die waren oft nicht so fleißig, wie er sich das wünschte. Da sprach er oft ein Machtwort. Wenn das mal der Fall war, bekam ich das mit. Ich lag da zwar schon im Bett, aber ich hatte ein sehr gutes Gehör. Da sagte er zu Mutter Dinge, die ich nicht hören sollte.

Das meiste verstand ich nicht. Er hatte jede Menge zu tun und so waren wir mit Geld besser dran wie andere. Nur gab es hin und wieder Leute, die nicht zahlten. Das war für ihn immer ein harter Kampf um jede Mark. Das war auch nötig, denn er musste den Gesellen Lohn zahlen, Farbe und Pinsel kaufen und für uns sollte auch noch was übrig bleiben. Mutter war Hausfrau, seit ich auf der Welt war. Bis zur Heirat war sie im Büro. Ab und zu schrieb sie für Vater Briefe, Rechnungen und Mahnungen.

Nur ein paar Tage trennten mich vom neunten Geburtstag. Auf den freute ich mich riesig, denn da gab es wieder Geschenke. Nach dem Essen hatte Mutter vor an die frische Luft zu gehen. Vater passte das zwar nicht, aber er ging dann doch mit. Wir kamen am Ende der Straße zu einer Wiese, auf der lag dick der Schnee. Ich rief: «Papa! Schneeballschlacht?» Doch ohne seine Antwort abzuwarten, griff ich in den Schnee. Ich formte einen Ball, warf ihn zu ihm und traf. Da zeterte er: «Na warte Bürschchen! Gleich erlebst du dein blaues Wunder.» Dann legten wir los. Mutter hatte keine Lust dazu und so kuckte sie uns nur zu. Doch ab und zu verirrte sich Papas Schneeball - rein zufällig - mal zu ihr. Das gefiel ihr gar nicht, uns schon. Wir fanden das aufs äußerste lustig. Nach einiger Zeit rief Mutter: «Jetzt hört auf, ich friere! Ich will nach Hause.»

Wir liefen los bis zu Oma. Da sagte Vater: «Ich geh mal schnell rein.» Wir blieben vor der Tür stehen. Kurz darauf kam er zurück. «So! Alles erledigt. Jetzt gehen wir heim.»

Da gab es erst mal Kakao und ein Stück Kuchen mit Streuseln. Den backte Mutter oft. Dann spielte ich bis zum Essen am Abend.

In der Folge hatte ich keine andere Wahl und musste ins Bett. Das stand neben dem von meinen Eltern. Wir hatten nur eine zwei Raum Wohnung. Da gab es für mich kein eigenes Zimmer.

B

3. Januar.

Endlich war er da, der Tag, an dem ich Geburtstag hatte. Als ich wach wurde, gratulierten mir gleich meine Eltern. Dann ging ich ins Bad. Als ich in die Stube kam, saß Vater am Schreibtisch. Da ich keine Geschenke sah, dachte ich zuerst, dass es nichts gibt.

«Setz dich an den Tisch und iss», sagte Mutter. Als ich fertig war, meinte sie: «Hans, geh doch mal schnell in den Flur.»

«Und was soll ich da?»

«Das wirst du da sehen!»

«Na, wenn´s sein muss», sagte ich mürrisch und lief los. Dort stand ein riesiger Karton und so nahm ich nicht an, dass der für mich ist. Ich rannte in die Stube zurück und fragte: «Mama, ist der große Karton für Papa?» Doch der rief, ohne auf die Antwort von ihr zu warten: «Nein, für mich ist der nicht!»

«Dann ist der für mich?» Mutter sagte leise: «Ja, das ist für dich, du Dummerchen. Du hast doch heute Geburtstag, oder?»

«Ja ... Aber ein so großer Karton ...»

«So, jetzt mach ihn endlich auf! Ich muss gleich in die Werkstatt und ich will sehen, was da drin ist», rief Vater ungeduldig. Ich drehte mich um und lief in den Flur. Sofort fing ich an den Karton in tausend Stücke zu zerreißen. Dann sah ich etwas, das fiel mir nicht mal im Traum ein. Da war ein roter Roller, aus Holz und mit Rädern aus Gummi drin.

So einen wünschte ich mir schon lange. Gleich probierte ich den auf die Weise aus, dass ich im Flur immer hin und her flitzte. Da rief Vater: «Jetzt ist es aber genug! Du gehst gleich zur Schule!»

«Darf ich den Roller mitnehmen?» Da schrie er: «Nein!» Mutter meinte: «Hans, das ist doch heute nicht möglich. Draußen liegt Schnee und da wird der nass und geht kaputt. Willst du das?»

«N-e-i-n!»

«Dann wart´s ab bis heute Nachmittag. Da kannst du ihn Fred und Peter zeigen. In Ordnung?»

Ich sah traurig auf den Boden, war den Tränen nah. «So, und jetzt mach dich fertig. Du musst gleich los und ich räume hier alles weg.» Wir zogen uns an und Vater sagte:

«Komm, Hans ... beeil dich, dann begleite ich dich auf dem Weg zur Schule.»

Auf dem Weg traf ich Fred und Peter, die mir viel Glück wünschten. Als Vater weg war, sagte ich, dass ich einen Roller bekam. Jeder von denen hatte schon einen und so war die Freude groß. Die zwei, lud ich ein paar Tage zuvor ein.

Nach der Schule drehte ich ein paar Runden im Flur, bis Mutter mich zum Essen rief. Danach kamen die Aufgaben für die Schule dran. Grad war ich fertig, klingelte es und ich machte die Tür auf. Es war Oma, die hatte einen Kuchen in der Hand. Den brachte sie gleich zu Mutter in die Küche. Kurz darauf kam sie zurück und sagte: «Herzlichen Glückwunsch zum Geburtstag, mein lieber Hansel. So ... und das hier ist für dich.» Sie holte aus ihrer Tasche einen Karton raus und gab ihn mir. Ich machte den gleich auf und sah, dass da ein Malkasten drin war. Voll Freude sagte ich: «Danke, Oma! Darüber freue ich mich sehr, da ich doch so gerne male.»

«Ja, ich weiß! Genau wie dein Vater. Willst du auch mal ein Maler werden, wie er?»

«Das weiß ich noch nicht, Oma.» Es klingelte. «Das sind bestimmt Fred und Peter», rief ich, lief zur Tür und machte auf. Es waren die zwei. Ich ließ sie rein und schloss die Tür. Jeder gab mir ein Geschenk. Ich sagte: «Danke! ... Guckt mal da! Das ist mein neuer Roller.» Peter meinte: «Oh! Der ist aber toll.» Und Fred: «Ja, das stimmt. Der sieht fast so aus wie der von mir. Dann fahren wir, wenn das Wetter besser ist, zusammen mal an den See.»

«Ja, das macht ganz bestimmt Spaß», erwiderte ich und freute mich schon darauf. Wie ein geölter Blitz kam auf ein

Mal Mutter aus der Stube und kam auf uns zu. Dann rief sie: «Untersteht euch! Fahrt nur nicht allein an den See. Das ist viel zu gefährlich. Ihr könnt nicht schwimmen. Stellt euch vor es fällt einer in den See, da kann er ertrinken ... Und wenn du, ohne uns zu fragen, da mit machst und wir das heraus kriegen, erlebst du was. Dann legt dich dein Vater übers Knie. Hast du mich verstanden?»

«Ja, Mama», sagte ich leise weinend. «Gut! Das wäre ja geklärt!» Kaum hatte sie das gesagt, klingelte es wieder. Mutter ging mit den beiden in die Stube. Ich lief zur Tür und machte auf. Es war Tante Else und Onkel Egon. Die wünschten mir viel Glück und gaben mir ein Geschenk. Ich bedankte mich, rannte in die Stube und legte es auf einen kleinen Tisch. Kurze Zeit später folgte dann Vater und Tante Frieda. Das Geschenk von ihr kam auch auf den Tisch. Ich durfte das aber erst nach dem Kaffee öffnen.

Oma und Mutter hatten den Tisch gedeckt. Aus der Küche roch es nach Kaffee. Alle setzen sich hin. Mutter kam aus der Küche und hatte eine Kanne in der Hand. Dann goss sie jedem der Gäste ein. Wir drei bekamen Milch mit ganz wenig Kaffee. Es ab zwei Kuchen, den von Oma und von Mutter. Als fast alles verdrückt war, fragte sie in die Runde: «Möchte noch jemand ein Stück?» Doch jeder verneinte ihre Frage. Sie sah zu uns und meinte: «So, ihr drei! Dann steht jetzt auf und spielt. Zuvor kann Hans seine Geschenke auspacken.»

Das ließ ich mir nicht zwei Mal sagen. Ich war schon gespannt auf das, was ich so alles bekam. Zuerst nahm ich das von Peter, dass gleich obenauf lag. Es war ein Buch mit einer Geschichte von einem Fuchs. Fred schenkte mir Schokolade. Dann nahm ich Tante Friedas Geschenk in die

Hand. Die rief auf einmal: «H-a-n-s! Die Turnhose ist von mir. Die habe ich dir selbst geschneidert!»

«Danke, Tante Frieda. Die ist aber eine Wucht! Die ziehe ich im Sommer bestimmt an.»

«Das freut mich, Hansel, wenn sie dir gefällt.» Sofort wandte sie sich von mir ab und im Nu war sie wieder im Gespräch mit denen am Tisch. Die Erwachsenen redeten fast nur über den Staat und in der Lage, in der wir waren. Zum Schluss war das von Tante Else und Onkel Egon dran. Es war eine Tüte mit Süßkram.

Als alles auf war, liefen wir drei in den Flur und spielten mit Murmeln auf dem Boden. Da klingelte es und ich machte die Tür auf. Da stand Cousine Christel mit Julia vor der Tür, die ihr sieben Monate altes Baby war. Ich freute mich sehr, denn das Mädchen hätte ich gern behalten. Doch ein zweites Kind wollte Mutter nicht mehr. Fragte ich sie danach, sagte sie jedes Mal, dass der Storch so viele Wünsche für Kinder hat, dass wir sehr lange warten müssen.

Die Kleine weinte dauernd und so ging sie mit «Julchen», wie ich das Baby nannte, gleich wieder nach Hause. Das war sehr schade.

Das Essen war vorüber, da klingelte es. Ich lief zur Tür und machte auf. Es waren die Mütter von Fred und Peter, die holten die zwei ab. Tante Frieda und Oma gingen gleich darauf heim. Tante Else und Onkel Egon blieben noch eine Weile da, dann brachte Mutter sie zur Tür. Ich durfte an dem Tag länger auf sein. Bevor ich ins Bett musste, fuhr ich noch mal mit dem Roller. Im Bett las ich ein paar Seiten in einem neuen Buch. Ein schöner Tag war zu Ende. Als ich müde war, schlief ich ein. Jeden Tag blieb ich immer länger im Bett. Wir hatten ja Ferien. Doch die waren bald rum ...

Der erste Schultag war grausam für mich. Die Schule war zum Glück, nicht allzu weit von uns weg. Ich war auf der August-Bebel-Grundschule. Da traf ich die Freunde Fred und Peter. Wir gingen in die dritte Klasse. Am besten war ich in Erdkunde und Biologie. Der Lehrer von uns war der Herr Winter. Er war ein älterer Mann und bestand darauf, dass wir jeden Morgen für ihn das SPD-Lied «Wann wir schreiten Seit´ an Seit´» singen. Meistens trug er zum Anzug eine Fliege. Er war streng zu uns und wir hatten großen Respekt vor ihm. Außer Sport lehrte er uns alle Fächer.

Für die körperliche Ertüchtigung war Herr Schneider zuständig, der war noch sehr jung. Der Sport fand im Sommer auf dem Sportplatz und im Winter in der Turnhalle statt. Er achtete streng auf Zucht und Ordnung. Einwände duldete er nicht. Ich war aber nicht sehr sportlich. Aus dem Grund hatte er mich auf dem Kieker. Ich gab mir Mühe, dass von ihm verlangte zu machen. Das gelang mir nur nicht jedes Mal. Kam das Ende der Stunde, war ich stets von froh.

Kam ich aus der Schule, musste ich die Aufgaben gleich machen und erst danach durfte ich raus. Vor der Tür traf ich fast jeden Tag Fred und Peter, die nicht weit weg von mir wohnten. Wir spielten dann draußen, auch im Winter.

Wenn es schneite, war eine Schlacht mit Schneebällen Pflicht. Auch Engel machen, machte ich gern. War der Schnee nass, bauten wir uns einen Schneemann. Jeder brachte an dem Tag Kohlen mit, für Knöpfe, Mund und Augen. Mopste mal einer eine Mohrrübe, war das die Nase.

Ein Hut war nicht die Regel, den hatte Peter mal mit und kam auf den Kopf.

Den kannte ich schon von klein auf. Die Großeltern von ihm hatten eine Backstube im Haus neben uns. War er da zu Besuch, dann spielten wir im Garten.

Ich war noch keine drei Jahre alt, da spielte ich in der Stube. Meine Mutter machte die Tür vom Balkon auf, um zu lüften. Im Anschluss ging sie in die Küche. Da hörte ich die Stimme von Peter. Da ich ohne Aufsicht war, ergriff ich die Gunst der Stunde und lief auf den Balkon. Da rief ich nach ihm, nur hörte er mich nicht und ich sah ihn nicht. Ich kam mit dem Kopf nicht über das Geländer. Da hatte ich eine Idee.

Eilig lief ich ins Bad, holte mir den Hocker, stellte den da vor und sah runter. Dann rief ich: «Pechen, Pechen ... woll´n wir pielen ...» Doch er hörte mich nicht. Da versuchte ich es erneut, nur lauter: «Pechen, Pechen ... woll´n wir pielen ...»

Da entdeckte er mich und ... Mutter auch. Er rief: «J-a-a-a, domm hunter ...», und sie: «Komm da bloß runter! Was fällt dir ein ...» Ich erschrak ... und zack fasste sie mich am Kragen. Sofort wurde ich mit einem Ruck vom Hocker gehoben. «Du bist ja schon so raffiniert wie dein Vater!» Als ich so vor ihr stand, sah ich sie traurig an. Ich fing an zu weinen und stotterte: «Ich ... ich ... wi ... will ... do ... doch mit Pechen pielen.»

Mutter kniete sich vor mich hin, drückte mich an sich, lächelte und sagte leise: «Hans, das erlaube ich dir ja. Nur sag mir das und hol nicht, ohne mich zu fragen, den Hocker. Du kannst stürzen und dir weh tun. Das willst du doch nicht, oder?» Ich schüttelte den Kopf hin und her und sie holte aus einer Tasche der Schürze ein Tuch raus. Sofort hielt sie es mir an die Nase, sagte: «So, jetzt schnaufe erst mal kräftig und hör auf zu weinen.» Dann stand sie auf, lief zum Geländer und rief: «Peterchen ... Hans kommt gleich runter!»

Da war die Welt für mich wieder in Ordnung. Als sie weg war, fragte er, was los war. Warum ich geweint habe. Ich erzählte es ihm und endete mit dem Satz: «Mama hat sagt, bin so raffitaniert wie Papa.» Und gleich spielten wir im Garten.

Die Schule fing wieder an und drei Tage später wurde ich krank. Ich schniefte und hustete ohne Ende. Als ich nach Hause kam, sagte Mutter, dass sie sofort mit mir zu Dr. Berger geht. Er war der Arzt von uns und schon älter, aber immer nett. Als wir dran waren, gingen wir in einen Raum. Er kam auf mich zu und fragte: «Na, was hat denn der kleine Patient?»

«Schnupfen», sagte ich mit verschnupfter Nase. «Ah ja! Dann setz dich mal auf die Liege und mach den Oberkörper frei.»

Mutter half mir. Er nahm das Hörrohr in die Hand und sagte: «So Hans ... jetzt hör ich dich ab. Nicht erschrecken, es kann ein bisschen kalt sein.» Dann fing er an. Als er fertig war, meinte er: «Das ist nichts Ernstes, Hans.» Er sah Mutter an und sagte: «Frau Allagor, ich verschreibe ihm einen Saft für den Husten. In drei Tagen klingen die Symptome ab.» Mutter dankte ihm, er gab mir die Hand und dann gingen wir raus. In einer Apotheke holten wir den Saft.

Zu Hause saß Vater mit einem älteren Mann in der Stube am Tisch. Da sagte er: «Hans! Heute musst du mal die

Aufgaben für die Schule in der Schlafstube machen. Ich hab hier noch einige Zeit zu tun.»

«Ja, Papa mach ich.» Und Mutter sagte: «Rudolf! Ich geh mal schnell zu Oma rüber.»

Ich lief zum Nachttisch und fing mit den Aufgaben an. Der Mann wollte, dass Vater ihm die Stube malert.

Draußen wurde es rasch dunkel, ich sah nichts mehr und knipste die Lampe an. Es dauerte nicht lange, da wurde es plötzlich schwarz wie die Nacht. Ich rief: «Papa, das Licht ist aus!» Kurze Zeit später kam Vater mit einer Kerze rein. Er stellte sie mir auf den kleinen Tisch. Da das öfters passierte, brannte nach Anbruch der Dunkelheit immer eine bei uns in der Stube. Er sagte: «So, hier hast du wieder Licht. Aber gib acht, dass die Kerze nicht umfällt.»

Er ging gleich aus dem Raum und ich machte mit dem Rest der Aufgaben weiter. Ich legte ein Heft direkt vor die Kerze. Doch als ich nach einem Stift griff, stieß ich mit dem Ärmel daran. Da rutsche das vor die Kerze und im Nu fiel sie um ... Und ein Stück Papier brannte und flog auf die Dielen. Ich schrie vor Angst: «Papa, komm schnell, es brennt!»

Voller Furcht sprang ich auf. In dem Moment kam Vater, mit einer Kerze in der Hand rein und rief: «Hans, was ist denn los?», und trat gleich die Flamme aus. Ich war nur in Strümpfen und hätte mir die Füße verbrannt. Dann sah er mich an und ich musste mir das Lachen verkneifen, denn durch das diffus flackernde Licht der Kerze sah er aus, wie der Teufel der grad aus der Hölle kam.

Ich fing an zu weinen und sagte: «Ich stieß mit dem Ärmel an die Kerze und da fiel sie um ... und es brannte gleich.»

«Hans, du brauchst nicht zu weinen. Das ist doch kein Beinbruch. Es ist mir auch schon mal passiert ... Das war sehr gut von dir, dass du mich gleich riefst. So gab es ja keinen Schaden. Schuld ist der nicht angekündigte Ausfall vom Strom! Und stets dann, wenn es dunkel ist und man Licht braucht ...»

Kaum sprach er den Satz aus, wurde es hell im Zimmer. «Das Licht ist wieder an», rief ich und war froh darüber. Vater war das auch, denn er sagte nur: «Hans, hol doch gleich die Schaufel und den Handfeger aus der Küche und fege das verbrannte Papier auf.»

Ich rannte sofort los und Vater lief in die Stube. Er bat um Entschuldigung, doch der Mann hatte Verständnis, er sagte: «Bei den Kindern von mir passierte das auch schon mal, dass ich einen Brand löschen musste.» Vater meinte: «Normal kündigt man uns das an, dann stellt man sich ein. Doch von Zeit zu Zeit eben nicht so wie heute.»

Ich brachte das Papier weg und machte den Rest der Aufgaben. Als der Mann weg war, sprach Vater nicht mehr so tolerante Worte mit mir. Er wollte, dass er so was nie mehr erlebt. Mutter sagte, als sie zurück war, dass Oma auch keinen Strom hatte. Wir schwiegen wie ein Grab über mein Pech.

8. Februar.

Mitten in der Nacht weckte mich ein lautes Geräusch. Ich nahm an, dass es von der Straße kam. Draußen war es noch finster. Ich stieg leise aus dem Bett und schlich mich aus dem Raum. Meine Eltern schliefen tief und fest. Eilig lief ich in die Küche, die war ein wenig hell, denn vor dem Fenster stand eine Laterne. Da sah ich, dass es die Straßenbahn war. Mit einem Pflug schob sie den Schnee von den Schienen. Es hatte, in der Nacht eine Menge geschneit. Auch auf der Straße lag eine hohe Schneedecke. In der war keine Spur zu sehen. Mit einem Mal wurde mir kalt und ich schlich leise in mein Bett. Da freute ich mich, dass ich am Tag im Schnee toben konnte.

11. März

Die weiße Pracht war getaut und die Sonne erwärmte die Erde. Überall sah man schon Schneeglöckchen. Die Sonne schien vom Himmel und ich kam von der Schule nach Hause. Das Essen war fertig, nur Vater war noch nicht da. So aß ich mit Mutter allein. Dann machte ich die Aufgaben in der Stube am Tisch. Die waren schnell erledigt. Da rief ich: «Mama, darf ich jetzt spielen?» Sie kam zu mir. «Hast du deine Aufgaben fertig?» Das hatte ich. Sie sah sich die an und sagte: «Gut, dann darfst du und ich geh mal rasch ins Bad.»

Ich hörte draußen vorm Haus Stimmen und rannte in die Küche. Da war das Fenster auf und ich ging dort hin. Ich holte mir einen Stuhl und schob ihn an die Wand. Dann stieg ich darauf, setzte mich auf die Fensterbank und sah runter. Da war aber kein Mensch zu sehen. Doch lehnte ich mich zu weit aus dem Fenster und fiel auf ein Mal nach unten. «A-h-h-h», schrie ich, und der Flug auf den Gehsteig war nicht mehr zu stoppen.

Doch abrupt hielt jemand den Sturz in die Tiefe auf. Da hing ich zwischen Leben und Tod. Es war mir klar, dass es Mutter war. Ich war froh, ahnte aber auch, was mir blüht, wenn ich bei ihr bin. Kurz darauf war es so weit und sie zog mich über das Fensterbrett. Dann packte sie mich an und schon war ich auf dem Fußboden. Sie machte sofort das Fenster zu. Als ich da stand, zitterte ich am ganzen

Leib. Oh was hatte ich für ein Glück, denn ich hätte auch tot sein können. Sie drehte sich um und kniete sich vor mich hin. Bitterernst sah sie mir in die Augen. Ich senkte schuldvoll den Kopf und da ich sie milder stimmen wollte, fing ich an zu weinen. Ruck Zuck packte sie mich an den Schultern an und schüttelte mich vor und zurück. Auf ein Mal schrie sie: «Mach das n-i-e wieder!»

Und ich weinte intensiver, schluchzte. «Aber, aber ... ich wollte ... das doch nicht», stotterte ich und sie sagte erregt: «Wäre ich nicht gekommen, lägst du jetzt auf dem Pflaster und wärst tot oder schwer verletzt.» Sie fing an zu weinen, meinte: «Wir freuten uns sieben Jahre auf ein Kind ... und dann kamst du zu uns. Es wäre für Vater und mich das schlimmste was es gibt auf der Welt, wärst du heute gestorben. Verstehst du das?»

Ich stand da, weinte und der Puls raste. Die Tränen, die mir über die Bäckchen liefen, tupfte ich mit dem Ärmel vom Hemd ab. Ich schniefte ein paar Mal, holte tief Luft, flennte und sagte leise: «I ... ich ... hatte das ja ... gar nicht vor ... ich ... ich konnte mich nicht mehr ...» Da drückte sie mich fest an ihre Brust. Sie sagte aber kein Wort. Der Kopf von mir lag an ihrem an und ich merkte ihre Wange. Die war feucht von den Tränen und die Haare kitzelten mir an der Nase. So verharrten wir eine Weile, dann flüsterte ich ihr ins Ohr: «Mama ... ich mach das nie wieder.»

Sie ließ los und sah mich mit Tränen in den roten Augen an. «Gut, mein Junge. Ich denke, du hast deine Lehre daraus gezogen. Ich sage Papa nichts, denn der würde dich übers Knie legen und das will ich nicht. Du weißt ja, wie sehr mich das jedes Mal ins Herz trifft, wenn du Schmerz hast. Nein, das halte ich heute nicht für nötig.» Ihre Stimme klang immer noch verweint. «Danke, Mama», sagte ich und die Tränen rannen mir wie kleine Bächlein über die Wangen. Sie kramte in der Tasche der Schürze rum. «Hier hast du ein Tuch. Wisch dir die Tränchen ab ... So, und jetzt nimm dein Spielzeug und geh spielen.» Ich nickte mit dem Kopf und ging zum Regal, wo alles lag. Ich suchte mir ein paar Sachen aus, mit denen ich in die Stube zum Tisch lief. Da war meine kleine Welt wieder in Ordnung. Vater erfuhr nie etwas über den Vorfall. Nach dem Krieg gab es nur wenig. Alles war rar, so hatte fast jeder, den ich kannte Hühner. Wir hatten auch welche. Die waren am Tag im Garten und kamen in der Nacht in den Keller. Wenn Mutter die in der Früh raus ließ, brachte sie Eier mit.

Eine Woche später.

Vater kam von der Arbeit nach Hause und hatte fünf Küken bei sich. Er hatte bei einem Mann tapeziert. Der war zufrieden mit dem, was er tat und schenkte sie ihm. Als ich die sah, freute ich mich riesig. Die waren so drollig und so wollte ich sie mit ins Bett nehmen, doch das erlaubte man mir nicht. Die Küken kamen nachts in einen Karton, den Mutter in der Küche auf die warme Platte vom Herd stellte.

Wir essen jedes Jahr auch zwei Hasen an Ostern. Die tötet Herr Grimmig drei Tage vorher. Der ist mir nicht geheuer, da der mich immer so grimmig anguckt. Er hat seinen Namen zurecht, fand ich. Wenn er da war, holte Vater die Hasen und brachte sie in die Küche. Beim Schlachten durfte ich nie mit dabei sein. So war die Tür immer zu, wenn sie das machten. Da ich oft mit ihnen spielte, hatte ich auch keine Lust, das zu sehen. In der Zeit spielte ich in der Stube am Tisch. So war das auch diesmal. Die Tür ging auf und Herr Grimmig und Vater kamen raus.

34

Sie liefen gleich zur Tür, in den Flur und hinaus. Es dauerte nicht lange und Oma kam an. Ich machte die Tür auf, sie grüßte mich und ging sofort zu Mutter in die Küche. Ich schloss die Tür und rannte hinter ihr her. Als ich rein kam, lagen die toten Hasen auf dem Tisch und wurden gleich zerteilt. Als sie fertig waren, haben sie alle Teile in der Bratpfanne angebraten. So dauert das Brutzeln an dem Tag nicht so lang, wo die auf dem Tisch kommen. Als alles fertig war, brachte Mutter die Pfanne in den Keller und Oma räumte in der Küche auf.

C

5. April.

Es war der und erste Ostertag. In der Früh wachte ich auf und sah, dass es draußen schon hell war. Ich habe verschlafen, schoss es mir durch den Kopf. Ich hob den etwas an, kuckte zum Bett meiner Eltern und sah, dass es leer war. Ich lief im Schlafanzug und ohne Schuhe in die Stube. Da ging Mutter grad in die Küche und Vater saß am Schreibtisch. Ich rief: «Frohe Ostern, Mama und Papa!» Da sagte Mutter: «Hans! Der Osterhase war auch schon da. Du kannst jetzt suchen. Aber zieh dir vorher Schuhe an.» Das machte ich gleich und fing auf der Stelle an. Ich hatte keine Ahnung, wo die Eier versteckt waren. Zum Glück gab es in der Stube kein Versteck, das ich nicht kannte.

Zwei Jahre zuvor.

Ich bekam von Tante Frieda einen Osterhasen. Der zog hinter sich einen Wagen aus Holz. Ich sah, dass der schon auf den Tisch in der Stube stand. Ein buntes Ei nach dem andern legte ich dort rein. Als Mutter aus der Küche kam, fragte sie: «Hans, hast du alle Eier gefunden?» Da war ich mir sicher, meinte: «Ja Mama ... Ich kuckte überall ...» Sie trat an den Tisch und zählte die Eier. Dann sah sie mich an und sagte: «Stimmt! Es sind alle da ... So, und jetzt geh ins Bad, wasch dich und zieh dich an. Wir frühstücken gleich.» Ich rannte wie ein Wiesel los. Da ich Hunger hatte, beeilte ich mich.

Ich kam wieder in die Stube und sah, dass meine Eltern schon am Tisch saßen. Ich setzte mich hin und gleich fingen wir mit dem Essen an. Als ich fertig war, hielt ich es vor Neugier nicht mehr aus. «Mama, darf ich jetzt zu Tante Frieda?» Der Osterhase von ihr brachte mir auch immer jede Menge. Sie lächelte mich an und sagte: «Ja, mein Junge, du kannst rüber gehen. Ich geb dir den Beutel mit.» Ich war schon fast an der Tür, da rief Vater: «Aber erst die Zähne putzen!»

Widerwillig lief ich in die Badestube und putzte sie mir. Im Anschluss sauste ich auf ihn zu, machte den Mund auf und zeigte sie ihm. «Sehr gut! Und jetzt lauf rüber.»

Es war draußen sehr warm, da brauchte ich keine Jacke. Tante Frieda wohnte gleich nebenan und so war ich rasch da. Ich klingelte an der Tür und sie machte auf. Sofort rief sie: «Frohe Ostern, Hansel. Na dann komm rein ...» Wir liefen in ihre Stube. Da erzählte ich ihr, was mir der Osterhase zu Hause alles gebracht hat und sie sagte: «Bei mir war er auch und hat etwas für dich da gelassen. Na, dann fang mal an zu suchen.» Komisch war, dass der jedes Jahr bei ihr was für mich brachte. Warum versteckte er es nicht gleich bei uns. So ersparte er sich die ganze Mühe.

Ich sagte aber nichts zu ihr und fing mit der Suche an. Da ihre Stube nicht groß war, wurde ich immer schnell fündig. Die Beute legte ich auf den Tisch. Als ich jeden Winkel abgesucht hatte, rief ich: «Tante Frieda, ich hab alles!» Sie lächelte mich an, sagte: «Ja, das stimmt!» Wieso wusste sie das immer? Da hörte ich ihre Stimme: «Hast du einen Beutel bei dir?» Und riss mich so aus den Gedanken. «Äh ... Ja! Den habe ich in der Tasche.»

«Fein, da kannst du das alles rein legen.» Als ich das gemacht hatte, rief ich: «So, Tante Frieda, fertigt.»

«Sehr gut, Hansel! Dann lauf nach Hause. Ich komme später zum Kaffee zu euch rüber.» Beglückt sagte ich: «Tante Frieda, da zeig ich dir meine ganzen Sachen.»

«Hast du denn noch den Osterhasen mit dem Wagen?»

«Na klar! Da lege ich doch alles, rein was ich finde.»

«Wunderbar! Dann sehe ich mir das später an.» In der Folge rannte ich eilig mit dem vollen Beutel los. Mutter machte die Tür auf. Aufgekratzt rief ich: «Mama! Guck mal, was bei Tante Frieda versteckt war.»

«Oh! Das ist ja viel. Da ist der Wagen gleich voll.»

«Bestimmt», rief ich und rannte in die Stube. Ich sah, dass Vater am Schreibtisch saß. Ich trat vor ihn hin und zeigte ihm den gefüllten Beutel. «Ist das alles von Tante Friedas Hasen?»

«Ja, Papa. Es war nicht mehr da.»

«Na ja! Das reicht aber auch, was du bekamst.» Ich wandte mich von ihm ab und lief zum Wagen. Behutsam legte ich die Eier darauf. Da war er fast bis oben hin voll. Kurze Zeit später klingelte es an der Tür. Ich rannte gleich hin und machte die mit Schwung auf. Es war Oma, die rief: «Frohe Ostern, Hansel.» Und ich wünschte ihr das auch.

Sie trat ein, mit einer Tüte in der Hand und ich machte die Tür zu. In der Stube gab sie die mir und sagte: «Guck mal, Hansel, was der Osterhase für dich bei mir abgab.» Ich sah sofort nach. Es waren lauter Süßwaren. «Danke, Oma! Die bringe ich gleich zum Tisch. Da leg ich die auf den Wagen. Komm mit! Da zeige ich dir, was ich heute schon alles fand.» Sie war erstaunt. «Was? Das hast du alles gefunden?»

«Ja, Oma. Und jetzt leg ich die Sachen von dir auch noch dahin.»

«Hansel, glaubst du in der Tat, dass das noch auf den Wagen passt?»

«Wenn nicht, dann leg ich es eben davor.»

«Ja, mach das. Ich geh erst mal zu deinen Eltern.» Sie ging los und grüßte zuerst Vater. Von da aus lief sie in die Küche. Ich spielte in der Zeit. Dann deckte Mama den Tisch und danach gab es das Essen: Suppe, Hasenbraten, Rotkraut, Kartoffeln und Schokopudding mit Sahne.

Im Anschluss war es Zeit für einen Gang an die frische Luft. Die Sonne schien. Es war ein linder Tag und der Wind wehte mäßig. Der Schnee war getaut. Wir kamen aus dem Haus und ich sah Fred mit Familie. Auch die ein Jahr alte Schwester war dabei. Die tippelte Schritt für Schritt nach vorn. Aus dem Grund kamen die nur langsam voran ... Ich rief ihm zu. Er drehte sich um, sah mich und kam zu mir. Kurz darauf war er da und sagte: «Hallo Hans! Ich hab heute ganz viele Eier aus Schokolade gekriegt und jede Menge Süßes Zeug. Und du?»

«Ich bekam auch so viel, dass nichts mehr auf den Wagen mit dem Hasen passt.» Und Fred sagte: «Wir wollen jetzt zu Oma und Opa. Da kriege ich auch noch etwas. Wo ist deine Oma?» Ich gab im zur Antwort: «Die wollte nicht mit, da sie einen Kuchen backt. Nachher kommt noch Tante Frieda zum Kaffee.»

Seine und meine Eltern kannten sich schon lange. Als die sich trafen, sprachen die ein paar Worte. In der Folge liefen wir weiter. Auf dem Weg zurück waren wir kurz bei Tante Frieda, die gleich mit uns kam.

Zu Hause hatte Oma schon den Tisch gedeckt und es duftete nach Kaffee. Ich durfte den auch trinken, aber nur mit ganz viel Milch. Dazu gab es den Kuchen von Oma. Ich wollte mir ein Stück nehmen und stieß mit dem Arm die volle Tasse mit dem Kaffee um. Der blieb aber nicht nur auf der Decke, sondern lief auch über den Tisch auf das neue Kleid von Tante Frieda. Sie stand mit einem Ruck auf und ihr Stuhl fiel nach hinten. Wenig später krachte der auf dem Boden. Sie griff hastig zur Serviette und tupfte auf dem Kleid rum. Mutter rannte in die Küche und kam mit einem Tuch zurück. Mit dem rieb sie auch auf dem Stoff. Nach einer Weile sah man, fast nichts mehr und sie hörten auf. Oma machte derweil den Tisch trocken. Da der Boden auch nass war, wischte Mutter den mit dem Lappen auf. Tante Frieda hob den Stuhl auf und setzte sich hin.

Ich saß da und fing an zu weinen. Es tat mir ja so leid. Da kam Oma an, stellte sich hinter mich und streichelte mir über die Haare. Abrupt drückte sie ihren Kopf an den meinen und flüsterte: «Hansel! Du brauchst doch wegen dem nicht zu weinen. Ich weiß, dass es keine Absicht von dir war. Frieda kann sich das Kleid waschen, wenn sie zu Hause ist. So, und nun wische dir die Tränen ab.» Sie gab mir ein Taschentuch. Und Tante Frieda legte ihre Hand auf meine. Sie lächelte mich an und sagte: «Hänschen ... Oma hat recht! Ich wasch mir morgen das Kleid und dann ist alles wieder gut. So, und jetzt beruhige dich. Siehst du, es ist fast trocken.»

Da kam Mutter an und sagte: «Hans ... nun hör auf zu weinen. Ich bring dir jetzt noch mal Kaffee und ein Stück Kuchen.» Dann schnaubte ich ein letztes Mal ganz doll in das Tuch von Oma. Mutter lief los und sie setzte sich hin.

Als Tasse und Teller leer waren, sagte ich: «Mama, ich bin fertig. Darf ich spielen?» Sie lächelte mich an und meinte, dass ich das kann. Und ruckzuck war ich am Wagen und packte ein Geschenk nach dem anderen aus. Dann spielte ich damit auf dem Teppich. Dort bekam ich mit, wie Oma sagte, dass ihr Rücken weh tat. Auch ihr «Scholesterin» das zu hoch war, machte ihr Sorgen. Und ich hörte noch, wann der nächste Termin beim Arzt war.

Dann sprachen sie leise, das hieß, es war nichts für meine Ohren. Doch ich spitzte die und hörte zu. Es ging um Tante Else, die Schwester von Mutter. Auf ein Mal fing Oma an zu weinen. Schluchzend sagte sie: «Ich verstehe das nicht. Warum ist sie bloß fort? Sie war doch so glücklich mit Egon.» Da fragte Vater: «Weißt du denn nicht, dass er in Berlin eine Freundin hat, mit der er sie betrügt?» Sie schluchzte und meinte: «Nein, das weiß ich nicht.» Ich linste rüber und sah, dass sie sich ihre Tränen mit einem Tuch wegwischte.

Und Vater sagte: «Wie du ja weißt, arbeitet er in Berlin. Er wohnt dort bei einer Witwe. Möglich ist, dass sie sich an ihn ranmachte. Oder er an sie. Auf jeden Fall betrog er Else mit ihr. Sie hatte, so scheint's eine Ahnung. Am Mittwoch fuhr sie mit der Bahn nach Berlin. Spät abends klingelte sie bei der Witwe. Die machte die Tür auf und Else fragte nach ihm. Sie druckste erst so rum und sagte nichts. Doch sie ließ nicht locker, schubste die Dame an die Seite und betrat die Wohnung. In der Sekunde kam Egon aus einem Raum heraus. Er hatte nur seine Leibwäsche an. Als er Else sah, schien ihm das peinlich zu sein, denn sofort redete er sich raus. Doch sie sah genug, drehte sich um, ließ ihn stehen und fuhr mit der Bahn nach Hause. Am Donnerstag war sie hier und sagte uns alles. Stimmt es so, Liesel?»

«Ja, das ist wahr. Sie weinte die ganze Zeit über und erzählte mir, dass sie die halbe Nacht nicht schlief. Sie wäre nervlich am Boden, da sie die Schmach nicht erträgt. Sie machte doch alles für ihn ... Und dass sie am liebsten aus dem Leben schied. Ich sagte ihr, dass das aber keine Lösung ist. Dass sie sich eher von ihm trennen soll, ehe sie das macht. Bevor sie ging, meinte sie, dass sie es sich noch mal durch den Kopf gehen lässt. Kein Mensch weiß, was sie dann tat. Ich nahm an, dass sie wieder nach Hause geht.

Am Donnerstag kam Egon heim und Else war nicht da. Er kam zu mir und ich sagte ihm, was ich wusste. Da wollte er sie gleich als vermisst melden. Bis jetzt hörte und sah keiner etwas von ihr.» Und Vater meinte: «Es bleibt uns nichts übrig, als zu warten. Kann sein, dass sie ja morgen schon wieder da ist.» Oma hörte auf zu weinen und sagte: «Ich hoffe, dass du recht hast, Rudolf.»

«So und ich gehe jetzt heim», rief auf ein Mal Tante Frieda. «Und ich auch», sagte Oma und schnaufte fest in ihr Tuch. «Gut Mutter! Dann begleite ich dich nach Hause.» Kurz darauf gingen sie fort. Vater setzte sich an den Schreibtisch und Mutter räumte den Tisch ab. Sie brachte alles in die Küche. Ich lief zu ihr und fragte: «Mama, ist Tante Else nicht mehr da?» Sie sah mir in die

Augen, sagte: «Hans, das wissen wir nicht. Sie hat sich scheinbar verlaufen. Ich denke, sie kommt bald wieder. So, und jetzt mache ich uns das Abendbrot. Und du spielst so lange, bis ich fertig bin.»

«Ich habe Durst, Mama. Bekomme ich eine Brause?»

«Ja, sofort, mein Junge ... Hier bitte.» Ich griff das Glas fest mit den Händen an. Nach dem Essen gab es ein weiteres Mal eine Runde «Mensch ärgere dich nicht», und dann ging´s ab ins Bett.

Am anderen Tag.

Ich spielte in der Stube. Auf ein Mal klingelte es an der Tür. «Machst du mal auf, Hans», rief mir Mutter zu. «J-a-a-a!» Ich erschrak, als die Tür auf war, denn da waren zwei Männer von der Polizei. Und schon sagte der Ältere: «Sind deine Eltern zu Hause?» Vor Angst stotterte ich: «Ja ... äh ... ja ... meine Mama ... die ist da! Papa nicht.»

«Gut! Dann hol sie mal her.»

«Ja!» Sofort rannte ich in die Küche und rief: «Mama, vor der Tür ist Polizei!»

«Polizei?»

«Ja, zwei!» Mutter trocknete sich die Hände an ihrer Schürze ab. Dann lief sie hinter mir her zur Tür. Der junge sagte: «Guten Tag, sind Sie Frau Allagor?»

«Ja, das bin ich!»

«Dürften wir Sie kurz sprechen?»

«Um was dreht es sich?»

«Äh, es betrifft ihre vermisste Schwester?»

«Ach so! Ja, dann kommen sie doch bitte rein.» Mutter ließ die zwei in die Wohnung. Flugs spähte sie kurz raus und machte die Tür schnell zu. In der Stube bat sie die beiden, sich auf die Couch zu setzten. Der ältere fragte:

«Frau Allagor! Wann hatten Sie das letzte Mal Kontakt mit der Schwester von ihnen?» Mutter dachte kurz nach, sagte: «Äh, ich glaub, das war Donnerstag ... so gegen 11 Uhr.» Da sprach der Jüngere: «Man fand heute eine Frau, die keine Papiere bei sich hatte. Ihr Mann hat sie als vermisst gemeldet, und gab auch ihre Adresse an. Bei ihm war niemand anzutreffen.»

«Der arbeitet in Berlin und ist nur am Ende der Woche zu Hause», warf sie ein. «Aha? Wissen Sie, wo er dort wohnt?»

«Ja! Ich schreibe ihnen auf, wo das ist», und lief zu Papas Schreibtisch. Den Zettel gab sie dem jungen Mann. Der sagte: «Danke! ... Oder wären Sie bereit, uns zu helfen? So brauchen wir nicht zu warten.»

«Ja, schon ... Ich muss nur den Jungen zu Oma bringen. Dann komme ich gleich mit ihnen.»

«Danke, das ist nett!»

Mutter rief: «Hans, ich geh jetzt mit den Polizisten weg. In der Zeit, bis ich wieder da bin, bring ich dich zu Oma.»

«Gut, Mama, dann nehme ich mir schnell ein paar Sachen zum Spielen mit.»

«Mach das, aber beeil dich ... So, wir können», sagte sie zu den zwei von der Polizei. Die standen auf und dann gingen wir raus.

Bei Oma sagte sie ihr, was los war. Darauf ging sie gleich fort. Ich setzte mich an den Tisch in der Stube und Oma kam zu mir. «Hansel, willst du einen Kakao?» Ich bejahte das und sie ging in die Küche. Sofort packte ich das Spielzeug aus und spielte auf dem Tisch. Es dauerte nicht lange, da kam sie wieder. «So, Hansel, nun lass es dir schmecken ... Und hier hab ich auch ein paar Kekse für dich.» Dann setzte sie sich auf einen Sessel und ich hörte, wie sie weinte. Sie tat das fast die ganze Zeit über.

Plötzlich klingelte es. «Das ist bestimmt Mama», rief ich. «Dann mach mal auf Hansel.» Und wie erwartet war sie es. Ich ließ sie rein und da sah ich, dass sie geweint hatte, denn ihre Augen waren feucht. Sie schritt wortlos auf Oma zu, die noch auf dem Sessel saß. Die fragte gleich: «Ist es Else?» Mutter nahm sie in die Arme, drückte sie an sich und fing an zu weinen. Die zwei weinten ohne Pause. Nach einiger Zeit hörten sie auf und Oma fragte leise weinend: «Was ist passiert?»

Mutter sah sie mit feuchten Augen an, sagte: «Es kam so, wie wir es für möglich hielten. Als sie am Donnerstag von mir ging, lief sie auf dem direkten Weg zum See. Niemand weiß, was dann geschah. Ihre Leiche fand heute in der Früh ein Mann, am Rand des Sees. Der rief gleich die Polizei an. Sie lebte zu der Zeit schon lange nicht mehr. Aus dem Grund forderten sie einen Bestatter an. Zu dem brachte man mich und ich erkannte sie gleich.»

Da fing Oma an zu schluchzen. Sie hielt sich die Hände vors Gesicht, und rief: «Warum? ... Warum ... tat sie uns das an?» Und Mutter weinte auch wieder. Ich stand da und wagte mich nicht zu bewegen. Ich vergoss keine Träne, da ich nicht dazu fähig war. Ich lief dann aber zu den beiden, legte einen Arm auf Omas Schulter und einen auf Mutters. Auf ein Mal begriff ich, dass Tante Else nie mehr wieder kommt. Sie war zwar nicht die Tante, die ich am liebsten hatte, gemocht hatte ich sie aber trotzdem.

Da fing ich auch an zu weinen. Knall auf Fall hörte Mutter auf und sagte: «Hans, mach dich fertig! Hol die Spielsachen, wir müssen nach Hause, Papa kommt gleich von der Arbeit. Und du Mutter, kommst auch mit ... dann sehen wir weiter.» Oma blieb keine andere Wahl. Auf dem Weg, sagte Mama zu mir: «Hans, lauf schnell zu Tante Frieda, sag ihr, Oma ist bei uns, damit sie im Bilde ist, wo sie ist.» Sofort rannte ich los und sagte ihr, was sich ereignet hatte. Dann lief ich zu uns. Oma saß auf dem Sofa und weinte. Es dauerte nicht lang, da kam Vater nach Hause. Er sah sie und fragte Mutter: «Warum ist Oma bei uns und weint? Aha ... ist es wahr?»

«Ja, Rudolf. Ein Mann fand sie heute in der Früh tot am See.» Vater war beherrscht. Ich denke, er ahnte das schon.

Wir waren grad mit dem Essen fertig, da schelte es. «Ich mach auf», rief ich, lief los und machte die Tür auf. Es war Tante Frieda. Sie hatte rote Augen und mit einem Tuch wischte sie sich die Tränen ab. «Wir sind alle in der Küche», rief ich. «Danke Hansel!» Dann trat sie ein und ich machte die Tür zu.

In der Küche sagte Vater: «Setzt dich Frieda! Hast du schon etwas gegessen? Es steht alles noch auf dem Tisch.»

«Nein, danke Rudolf! Ich hab keine Lust auf Essen ...»

«Na gut! Hast du schon gehört, was mit Else passiert ist.»

«Ja! Hansel und Egon sagten es mir. Ich war grad dabei zu schließen, da kam er an. Die Polizei war bei ihm und da fuhr er gleich los. Jetzt muss er alles, was nötig ist, tun. Beim Bestatter war er schon. Der wird sie am Freitag beisetzen, und zwar um 14 Uhr auf dem Hauptfriedhof. Ja und das soll ich euch auch sagen ... Was ich hiermit gemacht habe.» Dann rief Vater erbost: «Der feine Pinkel hat wohl Schuldgefühle. Warum kann er uns das nicht selbst sagen? Der ist für mich auch gestorben ... Der

Hurensohn!» Mutter kuckte ihn grimmig an und rief barsch: «Rudolf! Halt dich zurück und denk an den Jungen, wenn du so was sagst!»

«Ja, du hast recht, Liesel. Es kommt nicht wieder vor.» Ich sass da am Tisch und sinnierte nach, was das wohl war. Es musste ja ein böses Wort sein, wenn Mutter so zornig war. Das fand ich nicht, den ich war ja auch ihr Sohn. Nur was Huren waren, wusste ich nicht. Dann sagte ich: «Mama, darf ich noch ein bisschen spielen?»

«Ja, darfst du.» Ich stand auf und rannte in die Stube, dort fing ich an. Es dauerte aber nicht lange, da kam Frieda aus der Küche. Mutter rief: «Hans, lass mal deine Tante raus ... Und schließ hinterher ab!»

«Ja, Mama, mach ich», und lief mit ihr zur Tür. «Nun Hansel, dann schlaf gut.»

«Du auch, Tante Frieda.»

Gleich schloss ich ab und ging zurück. Da sah ich, dass Mutter Oma eine Schlafstatt auf dem Sofa machte. Wenig später war es für mich so weit. Ich hörte von ihr: «So, Hans! Es ist Zeit, um ins Bett zu gehen.» Als ich dort lag, hörte ich noch eine Weile das in der Stube gesprochen wurde. Letzten Endes schlief ich aber ein ...

10. April.

Es war Freitag und die Beerdigung von Tante Else fand statt, bloß ohne mich. Ich wurde zu Cousine Christel gebracht, die zu Hause blieb. Die meiste Zeit spielte ich mit Julchen. Sie plapperte vergnügt vor sich hin und weinte nicht so wie an Ostern. Das machte mir Freude. Es war schade, dass meine Eltern zu früh kamen. Am Abend gab es bei uns Leinöl mit Stippe. Nicht weit von uns gab es eine Ölmühle, da kaufte Mutter das Öl. Das Rezept brachte

Oma aus dem Spreewald mit. Sie goss das Öl auf einen Teller, gab eine Prise Salz rein und rührte um. Da gab es jedes Mal Roggenbrot zu. Die Scheiben vom Brot tunkten wir in das Öl ein und aßen das so. Dazu gab es immer Tee.

17. April.

Ich kam an dem Freitag nach Hause. Da sagte mir Mutter, dass sie mich mit nach Berlin zu Tante Elise nimmt. Ich freute mich riesig darüber. Es war das erste Mal, dass ich mit ihr fahren durfte. Es war lange schon mein größter Wunsch. Ich fragte sie oft, aber sie lehnte das immer ab.

18. April.

In der Früh weckte mich Mutter. Eilig zog ich mich an. Nach dem Frühstück ging Vater fort, da er Arbeit hatte. Wir liefen zur Straßenbahn. Die hielt fast vor dem Haus und so waren wir schnell da. Mit der fuhren wir zum Bahnhof. Dort kaufte Mutter die Karten für die Fahrt. In der Folge liefen wir zum Bahnsteig und wenig später kam der Zug an. Ich stieg zuerst ein. An einem Abteil, wo niemand drin saß, sagte Mutter: «Da setzten wir uns hin», und machte die Tür auf. Ich lief rein und nahm am Fenster Platz. Es dauerte nicht lange und ein schriller Pfiff ertönte. «Jetzt geht es los, Mama», sagte ich und sie meinte: «Ja Hans, nun fängt die Reise an.»

Der Zug rollte aus dem Bahnhof und machte rasch Tempo. Alles war so packend, da es die erste Fahrt im Zug für mich war. Wir fuhren in Richtung Westen. Zuerst hielten wir in Fürstenwalde an und dann in Erkner. Da sagte Mutter: «Gleich sind wir in Berlin.» Der Wald war da weg und ich sah die ersten Gebäude. Viele waren nur Schutt und Asche. Ich fragte: «Mama, warum sind die

Häuser hier so kaputt?» Sie sagte bedrückt: «Die sind im Krieg durch Bomben zerstört worden. Wie fast die ganze Stadt.» Auf ein Mal fuhr der Zug langsamer. «Hans, mach dich bereit, gleich sind wir im Ostbahnhof und da steigen wir aus.» Auf dem Bahnsteig sagte sie: «Jetzt fahren wir mit der S-Bahn. Ich kauf nur schnell die Fahrkarten.»

Im Westsektor am Bahnhof Zoo war die Fahrt zu Ende. Ab da fuhren wir mit dem Doppeldeckerbus weiter. Ich lief gleich die Treppe nach oben, rannte zur ersten Reihe und Mutter folgte mir. Von da aus hatte ich eine grandiose Aussicht.

In Neukölln stiegen wir aus dem Bus aus. Ab da liefen wir zu Fuß weiter. Mutter kannte den Weg sehr gut und so kamen wir bei Tante Elise rasch an. Die wohnte in einem Haus zur Miete im vierten Stock. Ich klingelte und Mutter machte die Tür auf. Wir stiegen die Stufen, die bei jedem Schritt knarrten hoch. Tante Elise freute sich riesig, dass sie mich mal sah.

Dann trank sie und Mutter Kaffee und ich bekam Kakao. Zum Essen gab es Kuchen, den sie selbst backte, wie sie uns sagte. Auf einmal hörte ich ein lautes Donnern und fragte sie: «Tante Elise, ist das ein Flugzeug?» Sie nickte und meinte: «Ja Hans! Wenn du das sehen willst, musst du in die Küche laufen. Vom Fenster aus siehst du das.»

Das machte ich und sah den Flughafen Tempelhof. Da ich bis zu dem Tag nie ein Flugzeug aus der Nähe sah, saß ich fast nur dort. Ich wollte jeden Start und jede Landung sehen. Da kam Mutter in die Küche und rief: «Hans, mach dich fertig wir müssen nach Hause.» Ich fragte: «Mama, können wir noch auf den Flughafen?» Sie schüttelte den Kopf: «Nein Hans, dazu haben wir keine Zeit mehr. Doch sind wir das nächste Mal hier, machen wir das.» Tante Elise gab mir Schokolade zum Abschied. Wir fuhren mit dem Bus zum Bahnhof Zoo und stiegen da in die S-Bahn um. Am Alexanderplatz war Ende der Fahrt. Von da aus liefen wir zu einer sehr breiten Straße. Ich zupfte an dem Kleid von Mutter und fragte: «Mama, wo sind wir hier?» Sie sah mich an und sagte: «In der ersten sozialistischen Straße im Osten von Berlin. Die ist 90 Meter breit und heißt Stalinallee.»

Ein Traum wurde für mich wahr. Bei uns in der Schule sprachen alle davon, da dort ein Großbau nach dem anderen entstand. Ich sah, dass einige schon fertig waren. Dann sagte Mutter: «Das, was du hier siehst, wurde nach russischem Vorbild gebaut. Man mixte den Klassizismus der Preußen mit dem Zuckerbäckerstil der Sowjets.» Da fiel mir ein Gebäude auf. «Mama was ist das?» Sie sagte: «Das ist die neoklassizistische Sporthalle.»

Die war riesig und vor dem Eingang waren sechs Säulen. «Wollen wir da mal rein gehen?», fragte Mutter. Erfreut rief ich: «Ja Mama! Die will ich mal sehen!»

«Na, dann machen wir das!»

Wir liefen zum Portal und das war enorm. Ich kuckte an den Säulen nach oben und kam mir klein wie eine Ameise vor. Hinter dem Eingang stand eine Frau. Die hatte eine Uniform an. Mutter fragte sie höflich: «Darf mein Junge sich mal die Halle von innen ansehen?» Sie sagte barsch zu ihr: «Selbstverständlich! Hier kann er sehen, was unser Staat für seine Zukunft baut ... Folgen Sie mir!»

Auf der Stelle lief sie im Stechschritt los und wir hatten Mühe, ihr zu folgen. Wir kamen an einer Treppe an und liefen nach oben. Da drückte sie eine Tür auf und sagte:

«Treten sie ein!» Das machten wir und da sah ich vor mir eine riesige Halle. Ich hielt die Luft an, denn so eine sah ich noch nie im Leben. Da fragte mich die Frau: «Na, kleener ... biste überrascht?»

Ich war sprachlos und nickte nur mit dem Kopf. «Ja, das kann ich mit gut vorstellen. Die Halle ist eine Meisterleistung und wurde in nur 148 Tagen im Jahr 1951 erbaut. Da es an allem mangelte, holte man sogar Stahlträger aus dem Zentralfriedhof, der im Krieg zerstört wurde. So fingen wie geplant die 3. Weltfestspiele der Jugend und Studenten an. Hier drin haben etwa 5000 Menschen Platz ... So, dann lasse ick sie jetzt mal allein. Ick habe noch Pflichten.» Wir nahmen Abschied von der Frau und verließen das Gebäude.

Wir liefen weiter. Es dauerte nicht lange, da sah ich etwas, das mit Planen verdeckt war, und fragte Mutter: «Was ist das?» Sie sagte, dass es ein Denkmal von Stalin ist, dass entfernt wird. Dann wollte ich wissen, wie hoch das ist, und sie meinte, dass es 4 Meter 80 hoch ist und am 3. August 1951 enthüllt wurde ... Und das wir uns sputen müssen. Am Bahnhof kam grad eine S-Bahn an und da stiegen wir gleich ein.

Ab dem Ostbahnhof fuhren wir mit dem Zug. Bei uns zu Hause war es schon dunkel. Die nächste Straßenbahn, die kam, nahmen wir. Vater teilte ich gleich ohne Punkt und Komma mit, was ich in Berlin so erlebte, und er hörte geduldig zu. Ich war so müde vom Tag und so legte ich mich gleich nach dem Abendbrot ins Bett.

Ich war nur nicht in der Lage zu schlafen. Die Eindrücke des Tages schwirrten mir lange im Kopf herum. Ich schlief dann doch ein ...

D

20. April.

Es war Montag. Bevor ich in die Schule ging, sagte mir Mutter, dass sie spät nach Hause kommen. So musste ich zu Tante Frieda. Um 13 Uhr kam ich bei ihr an. Die Tür vom Laden war aber schon zu. So lief ich in den Flur, klingelte und Oma machte mir auf. Sie hatte wie jeden Tag für die Belegschaft gekocht. Als ich in die Stube kam, saßen sie alle rings um den Tisch. Ich grüßte und setzte mich auf den Platz, der frei war. Die anderen unterhielten sich, da kam Tante Frieda aus der Küche und sagte: «Schön Hans, dass du schon da bist, so fangen wir gleich an.» Dann kam Oma und hatte auf einem Tablett Bouletten, die stellte sie mitten auf den Tisch. Ich war froh, denn die aß ich am liebsten. Dazu gab es noch Kartoffeln, Gemüse und Soße.

Nach dem Essen sagte Tante Frieda: «Hansel, ich glaube, es wird wieder mal Zeit, dir die Haare zu schneiden. Machen wir das gleich, oder machst du die Aufgaben für die Schule zuerst?» Ich sagte, dass die warten können, denn ich wollte wieder im Auto sitzen. Wir standen auf und ich lief voraus in den Salon für die Herren. Ich stieg ein und setzte mich auf die Bank. «Ich bin bereit, Tante Frieda», rief ich voll Vorfreude. Doch sie sagte: «Eine Sekunde Geduld! Ich schließ erst schnell die Türen auf.» In der Zeit sah ich mir im Spiegel zu, wie ich Faxen schnitt. Eine fieser wie die Vorige. Zum Schluss machte sie die Tür der Herren auf. Da hörte ich, wie sie einen Mann bat, dass er rein kommen soll. Das machte er und setzte sich auf einen von vier Stühlen, die zum Warten da waren. Da die hinter mir waren, sah ich ihn im Spiegel. Kaum saß er, kam auch schon Herr Zenke von oben. Er grüßte den Mann und bat ihn, sich auf einen Frisierstuhl zu setzen. Von denen gab es drei Stück.

Ich erschrak, wie sie sagte: «So, Hans ... jetzt geht's los! Nun musst du still sitzen, sonst schneide ich dir die Ohren ab!» Das traute sie sich doch nicht, denn da bekäme sie Ärger mit Papa, meinte ich so bei mir. Nur Angst hatte ich jedes Mal. Sie konnte mir ja ohne es zu wollen in die Ohren schneiden.

Das Auto war auf einem Podest. Das konnte sie mit einem Pedal rauf und runter fahren. Dann pumpte sie es hoch und fing an ... und schnipp, schnapp waren die Haare bei mir ab. Gleich danach ließ sie mich nach unten. Ich stieg aus und sie sagte: «Hansel! Jetzt geh hoch und mach die Aufgaben.» Doch ich wollte noch mal kurz in die Zeitung kucken. Sie erlaubte es mir und dann lief sie zu einer Frau, die schon auf sie wartete.

Ich setzte mich neben einen kleinen Tisch, nahm mir eine und sah mir Seite für Seite an. Da hörte ich, wie Herr Zenke dem Mann sagte, dass der Schrank neben dem ich saß, in der Nacht vor zwei Tagen fast zu Fall kam. Da waren Mittel zum Haarewaschen, Haarspray und Rasierseife drin. Die Dielen nagten vom Keller her Ratten an. Da gab das Holz nach und der Schrank kam in Schieflage. Man nimmt an, dass die Backstube die Biester anlockt. Vor drei Tagen holte jemand Holz auf dem Hof und da sprangen ein paar raus. Lässt man die Hintertür zu lang auf, dann kommen die auch ins Haus. Das ist echt ein finsterer Hof, dachte ich. Als Herr Zenke das sagte, lief mir ein Schauder über den Rücken. Ich sah gleich unter den Stuhl, um zu sehen, ob sich da eine Ratte versteckte. Zum Glück war aber keine da. Ich warf die Zeitung in die Ablage, lief schnell nach oben und machte gleich die Tür hinter mir zu. Oma war allein in der Stube. Da sie mich hörte, rief sie aus der Küche: «Hansel ... bist du das?» Ich ging zu ihr und da sah ich, dass sie am Abwaschen war. Ich sagte zu ihr, dass ich nun die Aufgaben für die Schule mache.

Ich war grad fertig, als sie kam und fragte: «Wie weit bist du, Hansel?» Ich sagte ihr, dass ich fertig bin. Da meinte sie: «Das ist ja prima. Ich muss zum Bäcker, um ein Brot zu holen. Kommst du mit?» Das ließ ich mir nicht zweimal sagen, denn sie kaufte mir immer was. In den Laden konnte man vom Flur aus nicht hinein. Wir mussten zuerst nach draußen und da war die Tür. Meine Oma suchte sich ihr Brot aus. Danach sah sie mich an und fragte: «Hansel, möchtest du Gebäck?»

Ich sah zur Auslage, zeigte mit dem Finger hin und sagte: «Ja, das da mit den Streuseln!» Sie drehte sich zur Verkäuferin um. «Bitte, noch ein Stück Streuselkuchen.» Die Frau legte die Tüte auf den Tresen und Oma bezahlte. Dann gingen wir raus.

Vor dem Haus sah ich den Freund von mir und fragte ihn: «Wo willst du hin, Peter?» Er meinte: «Ich will zu Oma und Opa. Wollen wir spielen?» Ich sah Oma an und fragte sie: «Darf ich?» Sie lächelte und sagte: «Na gut, Hansel. Aber wenn du Hunger hast, dann kommst du rein. Da gibt es den Kuchen und Kakao dazu.» Voll Freude sagte ich: «Danke Oma, das mach ich!» Sie lief zu Tante Frieda

und Peter fragte: «Hans, wollen wir Kreisel spielen?»
Begeistert von der Idee sagte ich: «Na klar! Nur habe ich
keinen bei mir und bei uns ist niemand zu Hause.» Er
meinte: «Das ist nicht schlimm! Ich hab welche bei Oma
und Opa und die hole ich gleich. Dann sage ich ihnen auch,
dass ich hier bin», und lief in die Bäckerei. Als er raus
kam, legten wir los.

Ein Holzkreisel hatte unten eine Spitze. Die steckte man
in den Spalt zwischen zwei Steine. Jeder nahm sich einen
Stock, an dem band man eine Schnur fest. Mit der droschen
wir die Kreisel über das Pflaster. Hatte man nicht genug
Schwung drauf, kippte der um.

Wir spielten so eine längere Zeit. Auf ein Mal hörte ich
die Stimme von Mutter, die laut den Namen von mir rief.
Ich rannte zu ihr hin und fiel ihr gleich um den Hals. Sie
drückte mich an sich und ich sagte froh: «Mama, ich habe
schon die Aufgaben gemacht und jetzt spielte ich mit
Peterchen.» Sie ließ mich los und meinte: «Das ist ja
prima! Kommst du mit zu Oma?» Da ich Hunger hatte,
sagte ich zu, wollte aber, dass Peter mit kommt. Sie
erlaubte es und so gingen wir mit ihr zu Oma. Die brühte
gleich Kaffee auf und für uns gab es Kakao. Das Stück
Kuchen teilte ich mit Peter. Der musste aber wenig später
los, und so gingen wir auch nach Hause.

Jeden Sonntag um zehn Uhr kam im RIAS Onkel Tobias.
Den zu hören, war für uns nur heimlich möglich. Mutter
schaltete das Radio ein. Dann erklang die Stimme von ihm.
Den hörte ich so gerne, wie alle meine Freunde. Bei uns
gab es so eine Sendung nicht. Das DDR-Regime verbot uns
Radio aus dem Westen zu hören. Um die Leute zu hindern,
störte man die Wellen. Vom Fenster in der Küche aus war

auch so ein Mast zu sehen. Doch wurden die von den West-Sendern oft geändert. Das war ein Katz und Maus Spiel. Es war aber meist nur bei den Nachrichten. Bei Onkel Tobias kam das nur ab und zu mal vor. Das störte mich aber nicht. Er erzählte jedes Mal eine Geschichte. Dann gab er Rätsel auf und sang mit Kindern.

Nur in der Schule hieß es achtsam sein, denn da fragten uns die Lehrer. Die wollten wissen, wer das ist. Unser hat oft gefragt, doch dann stellte ich mich dumm. Ich sagte, dass ich nicht weiß, wer das ist. Vater meinte, dass die Stasi dahinter steckt. Wenn ich jemanden sage, dass ich ihn kenne, käme ich in ein Heim, und sie ins Gefängnis. Es ist niemand zu trauen. Aus dem Grund saß ich direkt vor dem Radio und hörte leise zu. War er fertig, machte ich gleich aus.

Es kam vor, dass die Eltern von mir am Sonntag mal was vor hatten. An dem Tag kam ich in der Früh zu Oma und ich war dann jedes Mal sehr traurig, denn sie hatte nur einen «Volksempfänger». Mit dem konnte sie den Onkel Tobias nicht empfangen. Auch ihr durfte ich das nicht sagen. Es war möglich, dass man sie belauschte.

Wenn ich bei ihr war, hörte ich oft die Leute von nebenan, da die laut sprachen. Sie sagte mir, dass er im Theater die Kulissen schob und sie im Konsum an der Kasse war. Er war klein und dick und sie groß und kräftig. Das die zwei in wilder Ehe lebten, passte ein paar Leuten im Haus gar nicht. Wegen dem mahnte mich Oma jedes Mal, wenn ich zu laut war. Die Nachbarn bekamen das mit. Es war ihr nicht recht, dass die sich bei ihr beschwerten.

Bei uns war bei Tag und bei Nacht immer was los. So wie an dem Dienstag. Meine Mutter war in Berlin, da sie was kaufen wollte. Vater saß am Schreibtisch, als ich aus der Schule kam. Da sagte er: «Gut, das du da bist. Dann mach ich jetzt das Essen für uns warm.» Die Suppe war vom Tag zuvor.

Nach dem Essen machte ich die Aufgaben für die Schule. Vater setzte sich an den Schreibtisch. Auf ein Mal klingelte es an der Tür und er rief: «Hans, machste mal auf!» Ich lief zur Tür und machte sie auf. Es war Tante Frieda, die außer Atem fragte, ob mein Vater zu Haus ist. Ich sagte ihr, dass er in der Stube ist. Gleich rannte sie los und ich hörte, dass sie entnervt rief: «Rudolf! Du musst mir mal helfen. Ich schneide grad einem Russen den Bart. Aber der hat so harte Barthaare, dass ich damit nicht fertig werde.» Vater sah sie an, zog die Brauen runter und brummte genervt: «Wo ist denn der Zenke? ... Deine erste Kraft!» Gereizt sagte sie: «Der hat sich heute krank gemeldet! Als ich die Tür von den Damen geschlossen hatte, wollte ich die der Herren auch schließen, doch da kam er rein. Und wie du weißt, darf ich die nicht abweisen.» Vater sagte verärgert: «Na gut! Dann komme ich kurz mal mit rüber!» Erfreut meinte sie: «Danke, Rudolf! Ich wüsste sonst nicht, wer mir helfen kann.» Er stand auf und brummte: «Ist schon gut! Ich komm mit.»

Die zwei liefen los und er zog er sich seine Jacke im Flur an. Von da aus rief er: «Hans, sei artig und mach die Hausaufgaben. Wenn ich zurück bin, will ich sehen, dass du fertig bist.» Hierauf klappte die Tür ins Schloss und weg waren sie ...

Das kam zum ersten Mal vor. Jeden Tag kamen zu ihr Soldaten aus den Kasernen. Am Tag war da nicht viel los, nur in der Nacht. Ich bekam das mal mit, weil ich da auf dem Klo war. Am Abend vorher trank ich vier Tassen Tee und so wurde ich mitten in der Nacht wach. Meine Eltern schliefen tief und fest. Das helle Licht vom Mond schien durch die Gardinen. Das war gut, denn so brauchte ich keins. Ich machte die Tür vom Schlafzimmer leise auf und schlich mich raus. Da ich es furchtbar eilig hatte, rannte ich gleich ins Bad. Als ich fertig war, wollte ich zurück. Doch da hörte ich Motoren. Ich ging in die Küche und dort ans Fenster. Da sah ich Panzer auf der Straße. Die kamen vom Güterbahnhof und fuhren zur roten Kaserne. Ich zählte mit und kam auf genau 23 Stück. Dann bekam ich aber kalte Füße und so schlich ich mich leise in die Schlafstube und schlief gleich ein ...

Etwa eine halbe Stunde später kam Vater heim. Sein Gesicht war weiß wie Kreide. Er setzte sich wortlos auf den Stuhl am Schreibtisch und starrte zum Fenster raus. Ich stand auf und lief zu ihm. Da fragte ich vorsichtig und mit leiser Stimme: «Papa, was ist denn passiert?» Langsam drehte er sich um, sah mich an und sagte: «So etwas sah ich ja bis jetzt noch nie. Das tue ich mir auch nie wieder an. So was muss einer vom Fach machen. Der Bart war extrem speckig und ich schwitzte Blut und Wasser, als ich ihm mit dem Messer die Kehle auf und ab rasierte. So kam es, dass ich ihn oft verwundet habe. Schnitt ich ihm in den Hals, dann wäre ich am Ende noch in den Bau gekommen. Ich bin ja kein Frisör. Zum Glück ging alles gut.

Als der Bart ab war, kümmerten wir uns um die Wunden. Mir zitterten die Knie, als er in den Spiegel sah. Er drehte den Kopf nach rechts und nach links, fuhr mit einer Hand über Kehle und Gesicht. Dann lächelte er mich an und sagte: ´Spasibo´. Das heißt vielen Dank auf Deutsch. Er zahlte, rief: ´W-i-e-d-e-r-s-e-h-e-n´, ging weg und ich zu ihr. Da sagte ich ihr, dass ich das nur ein Mal machte. Doch n-i-e wieder. Die Russen haben gefälligst zu kommen, wenn der Zenke da ist. Dann verließ ich sie. Das ist die ganze Geschichte ... So und jetzt will ich von dir hören, dass du mit den Aufgaben fertig bist.»

Er sah sich alles genau an und sagte: «Sehr gut, Hans! ... So, jetzt mach ich mir einen Kaffee. Hast du Lust auf Kakao und ein Stück Kuchen?» Das hatte ich und wie der Teller und die Tasse leer war, sagte er: «Dann geh jetzt spielen.» Das ließ ich mir nicht zwei Mal sagen. In Windeseile zog ich die Jacke und die Schuhe an und rannte nach draußen. Am Salon von Tante Frieda kam grad Hartmut raus. Er war ein Schulkamerad von mir. Ich sagte: «Na warste beim Zenke?» Das war er und er saß auch im Auto.

Tante Frieda sagte mal, dass sich die Kinder gern die Haare schneiden lassen, seit dem Tag an dem sie das hat. Davor war das jedes Mal ein Gräuel mit den Kleinen. Da hatte sie recht, denn von da an war der Haarschnitt für mich auch mehr Freude als Frust. Doch nur, wenn es mal nötig war.

Da fragte mich Hartmut, ob ich Lust habe, mit ihm nach Hause zu kommen. Er wollte mir die neue Schaukel zeigen, die im Rahmen der Tür befestigt war, und das wollte ich sehen. Dann stiefelten wir gleich los. Da er nur drei Häuser von uns wohnte, waren wir ratzfatz da. Er klingelte und die Mutter von ihm machte die Tür auf. Sie sagte: «Gut, dass du schon da bist Hartmut. Wen bringst du denn da mit?» Er stellte mich als seinen Schulfreund vor, und das er mir nur schnell die Schaukel zeigen will. Seine Mutter sagte:

«Hallo, Hans! Dann kommt doch rein ihr zwei ... Hartmut, du siehst ja wieder schnieke aus, mit dem neuen Haarschnitt.» Mürrisch meinte er: «Es wurde ja auch Druck ausgeübt ...» Und sie: «Es war ja höchste Zeit! ... Äh, Hans! Deine Tante ist eine sehr gute Frisörin. Ich gehe immer gern zu ihr.» Ich antwortete, dass das stimmt. Sie lächelte mich an und meinte: «So, ihr zwei, dann wünsche ich euch eine Menge Spaß.»

Hartmut lief gleich los und ich hinter ihm her. In der Stube sah ich sie sofort. Ich dachte nicht, dass es so etwas gibt. Er meinte: «Na, siehste! Willste mal schaukeln, Hans?» Ich sagte, dass ich das will, und ging zur Tür. Dann setzte ich mich auf das Sitzbrett und er stieß mich unverhofft an. Vor Schreck stürzte ich fast runter.

Jedes Mal wenn ich bei ihm war, schob er wieder an. Dann flog ich so hoch, dass die Füße von mir die Decke berührt haben. Das sah seine Mutter, denn sie rief: «Hartmut! Übertreib es nicht!» Er hörte auf und ich wurde langsamer. Ab da holte ich mir den nötigen Schwung mit den Beinen.

Nach ein paar Minuten meinte er: «So, jetzt lass mich auch mal.» Ich hörte auf, pendelte aus und stieg ab. Wir wechselten uns dann ab. Hartmut hatte keine Geschwister, so wie ich auch. Nach einer Weile fragte seine Mutter: «Möchtet ihr Kakao haben?» Wir wollten das und so brachte sie zwei Tassen und stellte sie auf den Tisch in der Stube. Und noch einen Teller mit Keksen. Dann sagte sie: «So, ihr zwei, jetzt lasst es euch schmecken.» Und das machten wir. Hinterher schaukelten wir noch ein paar Mal, bis es Zeit wurde zu gehen. Ich sagte zu Hartmut, dass ich jetzt nach Hause muss, da mein Papa sich sonst sorgt. Er weiß ja nicht, wo ich bin. Seine Mutter bekam das mit. Sie kam zu mir und ich sagte: «Ich verabschiede mich jetzt von Ihnen und danke für den Kakao und die Kekse.» Sie lächelte und meinte: «Nicht der Rede wert, Hans. Du kannst uns auch jederzeit besuchen, wenn du Lust dazu hast.» Daraufhin verließ ich die Wohnung und lief nach Hause.

Vor dem Salon von Tante Frieda blieb ich kurz stehen und kuckte rein. Da sah ich, dass sie Kundschaft hatte. Sie entdeckte mich, winkte mir zu und dann lief ich heim. Vater machte mir die Tür auf und ich fragte: «Ist Mama schon zu Hause?»

«Nein, noch nicht», meinte er. «Hast du Hunger?»

«Nein! Ich war bei einem Schulfreund und da gab es Kekse.» Dann erzählte ich ihm von der Schaukel. Er war nur nicht so begeistert wie ich. Gleich wandte er ein, dass ich dazu schon zu groß sei und so was nur für kleine Kinder ist. Und ich sollte solange spielen, bis Mutter kommt, da er noch arbeiten muss.

Sie kam an, als es draußen schon dunkel war. Ich lief zur Tür, machte auf und sah, dass sie eine Tasche bei sich hatte. Die stellte sie auf den Boden ab, holte etwas raus und sagte: «Die ist für dich Hans.» Es war eine Schokolade von Sarotti mit einem Bauernhofbild, das ich noch nicht hatte. Die schnitt ich aus und hob sie auf. Am Abend nach dem Essen legte ich mich gleich ins Bett. Am folgenden Tag musste ich zur Schule.

27. April.

Die Aufgaben für die Schule waren fertig. An dem Tag, wo ich nach Hause kam, war Vater in der Werkstatt. Da nahm ich mir vor, ihn zu besuchen. Ich hievte den Roller die Treppe nach unten. Dann fuhr ich über die Straße, und von da aus an der gelben Kaserne vorbei. Am Tag war dort das Tor zu. Ich sah nur ein paar Soldaten und die Posten, die am Tor waren.

Kurz danach kam ich am Haus an. Da stand ich vor zwei Türen aus dickem Holz. Mit Mühe und mit all meiner Kraft bekam ich eine auf. Sofort zog ich den Roller durch die Tür und schloss sie. Gleich danach lief ich auf den Hof. Auf ein Mal rannte ein Hund auf mich zu und im Nu stand er vor mir. Er kläffe laut und fletschte die Zähne. Ich hatte furchtbare Angst, dass der mich beißt. Zum Schutz hielt ich schnell den Roller zwischen uns. Ich hoffte, dass das Gebell mein Vater hört und das er kommt, um mir zu helfen. Dann kuckte ich kurz in Richtung Werkstatt und sah, dass er auf mich zu lief. In der Hand hielt er eine Rolle Tapete. Der Hund konnte ihn nicht kommen sehen, da er mit dem Rücken zu ihm stand.

Er kläffte mich weiter an. Kurz darauf war Vater da und schlich sich an. Er hob die Rolle hoch und drosch mit voller Wucht die dem Köter auf den Rücken. Der jaulte kurz laut auf und im Nu war Ruhe. Winselnd und heulend suchte er eilig das Weite. Vater fand das lustig und ich zitterte am Leib. Auf der Stelle fragte ich ihn: «Papa, warum lachst du denn so?» Der hielt sich den Bauch vor lachen: «Ha, ha ... Tut mir leid, ha ... ha ... mein Sohn. Der Köter hat von Natur aus einen geringelten Schwanz wie beim Schwein ... ha ... ha ... ha ... Und jetzt klemmt der grade wie eine Kerze ... ha ... ha ... zwischen den Beinen.»

Nach einer Weile hörte er auf und nahm mir den Roller ab. Auf dem Weg zur Werkstatt sagte er: «Du bist nicht der Erste, den der Köter attackiert hat. Das macht er bei jedem, der kommt, auch bei den Kunden. Daher gehe ich jedes Mal gleich zur Tür, wenn er bellt, und sehe nach. Fast immer hört er wieder auf. Ich habe keine Ahnung, was mit dem heute los war. Dass ich hier war, war dein Glück. Wer weiß, was sonst alles passiert wäre ... In Zukunft sag mir, wenn du mich besuchen willst. Damit ich auch da bin.»

Wir kamen an der Werkstatt an. Vater wollte grad die Tür öffnen, da rannte eine Frau auf uns zu und rief: «Herr Allagor warten Sie mal!» Vater sah mich an und flüsterte: «Das ist Frau Nolack! Der gehört Haus und Kläffer.»

Kurze Zeit später stand sie vor uns und sagte: «Guten Tag, Herr Allagor! Warum bellte denn Pikki so laut?» Vater nannte ihr den Grund. Da meinte sie erbost: «Ach, das glaub ich Ihnen nicht. Mein Pikki tut doch keiner Seele etwas. Der ist ja so artig.» Vater wurde lauter: «Das stimmt so nicht, Frau Nolack! Er macht mit dem Kläffen egal wem Angst. Es gibt Kunden die wollen nicht mehr zu mir kommen ...» Sie fiel ihm ins Wort: «Nein, nein, nein! Das glaube ich Ihnen nicht!»

«Und warum sind Sie denn hier?», schrie er sie an. «Weil Sie hörten, das ihr Köter wie verrückt bellte! Jetzt war es mein Sohn, den er fast gebissen hätte. Zum Glück kam ich noch zur rechten Zeit dazu.»

Mit feuerrotem Kopf und Wut im Bauch drehte sie sich um, lief los und rief: «Pikki, Pikki mein Liebling, wo bist du denn?» Doch ihr Kläffer gab keinen Laut von sich. Er war fort und ließ sich nicht mehr sehen. Dass der Dresche bekam, sah sie zum Glück nicht. Wir gingen in die Werkstatt und Vater schloss die Tür. Ich hörte sie draußen noch rufen: «Pikki, wo bist du? P-i-k-k-i! Pikki, komm her zu Frauchen?» Er meinte: «Die kann so lange rufen, wie sie will. Der Köter kommt erst wieder, wenn ich weg bin. Der hat Angst, dass er einmal mehr eine über die Rübe kriegt.»

Als Vater fertig war, gingen wir raus auf den Hof. Auf dem Weg zum Ausgang war es still. Wie es aussah, war der noch nicht da. Zu Hause sagte er es Mutter. Die wurde böse und schrie ihn an: «Rudolf, wie kannst du das machen? Hätte sie das gesehen, wärst du jetzt gekündigt. Und dann?» Lässig meinte er: «Hat sie nur nicht! Doch ich denke, dass der Köter seine Lektion lernte. Der kläfft so schnell keinen mehr an. Der, der nie einem was zu Leide tut. Ich höre sie immer noch rufen ...», dann sprach er so schrill wie sie: «Pikki wo bist du, mein kleiner Liebling. Pikki, ich bin´s doch, dein Frauchen!» Er fing an zu lachen, Mutter auch und ich folgte. Auch wenn mir noch nicht danach zumute war.

28. April.

An dem Tag war Pikki wieder auf dem Hof. Doch der hatte jetzt Respekt vor Vater. Er machte einen großen Bogen um ihn. Das sagte er, als er nach Hause kam.

Eine Woche später.

Ich besuchte ihn wieder und da kläffte der Hund nicht ein einziges Mal. Er lag friedlich in der Hütte. Er kiekte mich zwar die ganze Zeit an, kam aber nicht raus. Als ich Vater das sagte, meinte er: «Früher war der Köter der Schrecken des Westviertels, doch jetzt ist er fromm wie ein Lamm. Der hat ganz klar Schiss, dass er wieder verprügelt wird. Nun herrscht auf dem Hof Ruhe, geht die Tür auf. Nur die Nolack versteht nicht, warum ihr Pikki nicht mehr kläfft. Sie fragte mich vor ein paar Tagen, ob ich den Grund wüsste. Ich sagte, dass ich keine Ahnung habe. Obwohl ich ja der Schuldige bin. Doch das geht die ja nichts an. Und das bleibt das Geheimnis von uns. Hand drauf!»

«Ehrenwort, Papa!»

«Prima, mein Junge!»

Nach einer Stunde ging er mit mir los. Er hatte noch einen Termin und ich rollte nach Hause.

29. April.

Ich machte grad die Aufgaben. Auf ein Mal gab es einen lauten Knall. Es hörte sich an wie eine Bombe, die in die Luft flog. Ich hatte Angst. Vater war am Telefon und Mutter in der Küche. Dann lugte sie durch die Tür und rief: «Hans sieh mal nach, was da passiert ist!»

Ich stand auf und sagte: «Ja, mache ich!» Geheuer war mir das aber nicht. Langsam machte ich die Tür auf und erschrak, denn im Flur war eine Staubwolke. Ich schlug die Tür gleich zu und rannte in die Stube. Ich sah, dass Vater fertig war, und rief: «Papa! Vor der Tür ist Staub und jede Menge Schutt.»

Zweifelnd sah er mich an und meinte: «Du spinnst wohl! Wer lädt denn den im ersten Stock ab? Und wie du weißt, ging vor fünf Minuten ein Kunde raus.» Ich brüllte ihn an: «Dann geh selber hin und guck nach!»

«Das mache ich auch!» Er stand vom Stuhl auf und lief eilig durch den Flur zur Tür. Ich folgte ihm. Mit einem Ruck machte er die auf, doch der Staub war weg. «Mein Gott! Was ist denn hier passiert?», rief er aus. «Siehst du, ich habe es dir gesagt und du hast mir nicht geglaubt.»

«Das tut mit leid mein Junge! Doch das erwartete ich in der Tat nicht.» Er sah sich um und sagte: «Jetzt sehe ich, woher das kommt. Von da oben ... Sieh mal, der Putz fiel von der Decke runter.» Ich sah hoch und es war so. Dann hörte ich, wie jemand die Treppe nach oben kam. Ich guckte und dachte da kommt ein Gespenst. Doch es war eine Frau, die von Kopf bis Fuß, weiß wie Schnee war. Ich wollte lachen, verkniff es mir aber. Vater fragte: «Frau Schlegel, was ist denn passiert?» Verstört sagte sie: «Als ich die Treppe rauf ging, hörte ich ein Geräusch, das von der Decke kam. Ich war schon fast oben. Da sah ich hoch ... und in dem Moment kam der Putz runter ... und ich bekam den Staub ab. Da drehte ich mich um und lief die Treppe nach unten ... und die Staubwolke nebelte mich ein.»

Vater bewegte den Kopf hin und her, sagte: «Da hatten Sie ja jede Menge Glück, Frau Schlegel. Die Ladung auf dem Kopf. Mmh ... Dann kämen Sie jetzt in die Klinik. Ich ruf auf der Stelle an. Jemand muss sich gleich um den Schaden kümmern.»

Er drehte sich um, lief in die Stube und rannte Mutter fast um, da die grad kam. Als sie das sah, rief sie bestürzt: «Ach, du meine Güte!», und schlug die Hände an den Kopf. Ein paar Leute kamen mit Schaufel und Besen an und machten eine Bahn von Treppe zu Treppe frei. Als die fertig war, lief Frau Schlegel gleich nach oben. Jeder meinte, dass das von den Panzern kam. Fuhren die nachts umher, wackelte das ganze Haus. Da kam Vater an und sagte: «So! In einer Stunde kommt jemand her. Dann sehen wir, wie es weiter geht.»

Ich war tief im Spiel versunken, da klingelte es. «Hans machst du mal auf!», rief Vater. Ich lief zur Tür, machte auf. Da standen zwei Männer vor der Tür und einer sagte: «Na Kleener! Wir sind von der BGS. Dein Papa rief bei uns an. Es geht um einen Schaden, den wir uns ansehen sollen.

Ist er da?» Sind die etwa blind, fragte ich mich im Stillen. Die liefen ja schon durch. Da meinte ich: «Ja! Ich hol ihn.»

Der plauderte eine Weile mit den Männern. Er kam zurück und sagte zu Mutter: «Morgen um acht kommt ein Trupp, der Ordnung macht. Und die Decke wird auch, so schnell wie es geht verputz. Was immer das heißt.»

Es kam dann und wann mal vor, dass meine Eltern ins Theater gingen. Vater kam heim und sagte, das er Karten für eine Premiere hat. An dem Abend blieb ich allein zu Haus. Mutter schickte mich ins Bett. Da sagte sie, wie jedes Mal: «Sei artig und brav. Wir sind bald wieder da.» Das kannte ich ja schon. Fast immer bekam ich das nicht mit. Sie machte das Licht aus. Kurz darauf hörte ich, wie die Tür ins Schloss fiel. Ab da war ich ganz allein. Nur mein Seppel war da und lag jede Nacht bei mir im Bett.

Abrupt weckte mich etwas auf. Da bekam ich Angst und knipste das Licht an. Ich sah Seppel an, sagte: «Hast du das auch gehört?» Ich sah mich um, doch es war niemand da. Ich schnappte ihn mir, drückte ihn fest an mich und angstvoll schritt ich zur Tür. Zaghaft machte ich die auf und lugte durch den Spalt in die dunkle Stube. Es war still. Ich knipste die Lampe an und sah auch nichts.

In der Küche schien das Licht der Lampe, die vorm Haus stand rein und so war es etwas hell. Ich lief zum Fenster und sah raus. Da rollte grad die Straßenbahn vorbei. Sonst sah und hörte ich nichts. Ich blieb ein paar Minuten da. Als mir kalt wurde, rannte ich zum Bett und legte mich schnell mit Seppel rein. Hastig zog ich die Decke über den Kopf und so schlief ich ein. Wann die Eltern kamen, hörte ich nicht. Am Morgen wurde ich wach, da Mutter mir einen Kuss auf die Stirn gab.

E

30. April.

Am Abend saßen wir am Tisch, und Vater fragte: «Habt ihr Lust eine Fahrt nach Neu Zelle zu machen?» Mutter sah ihn an und sagte: «Ja, dazu hätte ich schon Lust. Aber wie kommst du darauf?»

«Das kam so: Ich machte die Arbeit bei Herrn Schnicker heute fertig und er gab mir das Geld. Da sagte er, dass er jetzt Fahrten plant, und die Nächste geht nach Neu Zelle. Er fragte mich, ob wir da mal mit kommen wollen. Ich wollte wissen, was es kostet. Er meinte 15 Mark pro Person. Da sagte ich zu und er trug uns auf die Liste ein. Die Fahrt ist am 3. Mai.» Mutter war hin und weg, rief: «Rudolf, das ist ja toll! Dann komme ich endlich mal nach Neu Zelle. Da wollte ich immer schon mal hin.» Doch mich fragte keiner.

1. Mai.

Es war Freitag und der Tag der Arbeiter. Meine Eltern fuhren in der Früh fort und so musste ich zu Tante Frieda. Auch Julchen war da, weil Cousine Christel im Umzug mit lief. Wir sahen vom Fenster aus zu. Julchen saß auf dem Fensterbrett zwischen Tante Frieda und mir. Wir hielten sie rechts und links fest. Auf einmal kamen sie an. Alle schwenkten Fähnchen und jeder hatte eine rote Nelke an der Jacke. Wir winkten ihnen zu und Tante Frieda sagte: «Guck mal Julchen, da ist deine Mama.» Und wie die uns sah, winkte sie auch. Der Tross lief zügig weiter. So sahen wir sie bald nicht mehr. Kurz darauf klingelte es. Es war

Mutter, die kam, um mich zu holen. Zu Hause machte sie gleich das Essen. Als wir am Tisch saßen, sagte Vater: «Wenn wir fertig sind, will ich mit euch eine Fahrt nach Bad Saarow machen. Ich hoffe, ihr habt Lust dazu?» Und das hatten wir.

Wir kamen da an und ich sah ein großes Schiff. Vater lief darauf zu und sagte: «Mit dem machen wir jetzt eine Fahrt.» Ich war da noch nie auf so einem Boot und so war alles für mich neu. Die Sonne schien und so saßen wir oben an Deck. Der Dampfer fuhr los und auf dem See packte Mutter Stullen mit Wurst aus der Tasche.

Die Runde um den See war um und wir legten an. Da liefen wir gleich zum Auto und fuhren heim. Da ich am Tag danach keine Schule hatte, blieb ich länger auf.

Samstags war bei uns der Tag, wo gebadet wurde. Vater machte dann das Feuer an. In der Zeit lief Mutter zu Tante Frieda und holte von ihr den Haarföhn. Als sie zurück war, ließ sie Wasser ein. Nach einer Weile rief sie: «Hans, es ist so weit!» In der Badestube zog ich mich aus und stieg in die Wanne ein. Ich plantschte erst ein bisschen rum, bis Mutter mit dem Lappen kam und mich wusch. Da kriegte ich oft Seife in die Augen und dann brannte das. Als ich fertig war, stieg ich aus und sie trocknete mich ab. Da kam der Satz: «Setz dich jetzt mal auf die Kommode.» Die stand neben der Wanne. Auf der lag ein Handtuch und da setzte ich mich hin. Da kam sie mit dem Föhn an. Da der schon alt war, ging er oft aus. Dann machte es peng und ich erschrak jedes Mal. Die Luft wurde kalt und sofort wieder heiß. Vor der Hitze hatte ich Angst, da ich dachte, sie verbrennt mir die Haare. Da motzte sie mich an: «Stell dich nicht so an ... Du bist doch kein Kleinkind mehr.» Als sie fertig war, lief ich in die Schlafstube. Da lag die frische Wäsche für mich und die zog ich gleich an. Dann kam Mutter und am Schluss war Vater dran.

Der 3. Mai.

Es war der Tag, an dem wir nach Neu Zelle fuhren. Es war sonnig und warm, so zog ich die kurze Hose an. Um zehn Uhr waren wir am Gasthof. Der Bus stand schon da und so stiegen wir gleich ein. Ich kuckte aus dem Fenster und sah das «Heute geschlossen» Schild an der Tür. Als alle Leute im Bus waren, fuhren wir los. Da zählte ich die und kam auf 25 mit dem Fahrer. Ich war das einzige Kind und kuckte die ganze Zeit aus dem Fenster. Es war alles so neu für mich. Mutter saß neben mir. Sie nahm wie gewohnt in der Tasche von ihr Tee und Stullen mit Wurst mit. Die Zeit verging und das Ziel kam näher, auf das ich ganz gespannt war.

Dann machte Herr Schnicker eine Ansage. Er teilte uns mit, wie er den Tag plante. Es dauerte nicht lange und da sah ich die Kirche vom Kloster. Vor der hielt der Bus und wir stiegen alle aus. Da sagte er: «So, meine Damen und Herrn! Jetzt sind wir am Ziel der heutigen Fahrt. Ihr habt nun bis 13 Uhr freie Zeit. Dann ist Treff am Lokal Pfaffenschänke. Seid aber bitte auf die Minute da. Der Fahrer bringt den Bus jetzt da hin. Also bis später!» Nach einem Raunen löste sich die Menge auf.

Wir liefen Mutter hinter her, die zur Kirche wollte. Zuerst durch ein Tor, dann über den Hof bis zur Tür. Als ich drin war, faszinierte mich die Größe. Da fragte ich: «Papa, wie malte man die Bilder an der Decke?»

«Na ja, mit einem Gerüst, das bis ganz nach oben ging. Da legten sich die Maler auf ein Brett.»

Wir sahen alles und liefen raus. Vor der Tür sagte Mutter: «So, jetzt möchte ich aber noch den Garten sehen. Ich glaub, der ist da vorne.» Und Vater mürrisch: «Muss das sein?»

«Ja, das muss sein! Wenn ich schon mal hier bin, möchte ich den auch sehen.» Man sah Vater förmlich an, dass ihm das gar nicht gefiel. Doch dann trottete er hinter Mutter her. Die lief schnurstracks bis ans Ende der Kirche. Da rief sie: «Ich glaub, der ist hier!» Da war aber nur ein kleiner Teil vom Garten. Ich rannte, bis es nicht mehr weiter ging. Da erschrak ich und rief: «Mama, da geht es steil nach unten.» Sie kam zu mir und meinte: «Kuck mal Rudolf! Da ist der Große. Nee! Also da lauf ich nicht runter.» Vater kam, sagte: «Abwärts ist ja kein Problem, doch müssen wir den Berg auch wieder hoch. Das schaffen wir zeitlich auch nicht. Gut! Dann gehen wir zurück.» Wir drehten uns um und liefen los. Es dauerte nicht lange, da kamen wir an der Brauerei an. Kurz zuvor traf Vater einen Mann aus der Gruppe von uns. Mit dem lief er voran. Die zwei gingen zum Eingang. Mutter sah das und rief: «Rudolf, da gehst du nicht hin. Komm sofort zurück! Wir haben keine Zeit, um da rein zu gehen.» Da schritten sie zu uns und Vater war sichtbar sauer. Immer mehr vom Rest folgte uns, auf dem Weg zum Lokal.

Wir kamen an und da standen schon jede Menge Leute rum. Als der Rest noch da war, gingen wir rein und alle setzten sich hin. Dann gab es endlich was zu essen. Danach hatten wir Zeit für uns. Mutter sagte, dass sie gern den Ort sehen wollte. So liefen wir durch fast jede Straße. Auf dem Weg zurück trafen wir Leute, die sich uns anschlossen. Da sah ich eine kleine Böschung am Rand vom Weg. Da das

Laufen mich müde machte, wollte ich mich setzen. Auf einmal rief ein Mann: «Junge, setzt dich da nicht hin! Es wimmelt hier von Ameisen.» Ich guckte gleich auf die Erde und da sah ich sie. Dort krabbelten jede Menge im Gras.

Fast alle bückten sich, um die zu sehen. Ich rannte flink auf den Weg. Dann ging es weiter bis zum Gasthof. Da gab es Kaffee, Kuchen und für mich Kakao. Auf einmal kamen vier Männer an. Die hatten Musikinstrumente bei sich und spielten zum Tanz auf. Ein paar Leute liefen auf die Tanzfläche und fingen an. Die Eltern von mir taten das auch. Sie tanzten sehr gut und alle waren baff. Immer mehr kamen dazu und im Nu war es so voll, dass keiner mehr in der Lage war sich zu bewegen.

Nach einer Weile legten die Musiker eine Pause ein. Die Leute setzten sich hin. Als ich das sah, bekam ich auch Lust. Mutter saß neben mir und ich fragte sie: «Mama, darf ich mit dir tanzen?» Lächelnd meinte sie: «Was? Das willst du mit mir tun, vor all den Leuten?»

«Ja Mama! Das will ich.» Ich war ja ein lebhaftes Kind. Außerdem tanzte ich schon oft nach der Musik aus dem Radio. «Na gut, mein Junge! Dann werden wir aber nur am Rand bleiben», meinte sie.

Kurze Zeit später spielte die Kapelle wieder. Ich packte ihre Hände an und zog sie auf die Tanzfläche. Ruck zuck kamen andere Paare zu uns aufs Parkett. Dann legte ich den rechten Arm um ihre Hüfte. Mit der linken griff ich ihre rechte Hand, stellte mich in Position und ab ging´s. Wir blieben an der Seite. So bekam aber der Rest mit, wie ich mit Mutter tanzte. Die Leute fingen auf ein Mal an zu klatschen. Ich nahm an, dass die sich an der Tanzerei von mir freuten. Und ich hatte Spaß dabei. Nach einer Weile kam der Wirt hinter dem Tresen hervor und sah uns zu. Das missfiel ihm, so hatte ich den Eindruck. Als das Lied aus war, setzten wir uns hin. Vater stand auf, um aufs Klo zu gehen. Als er wieder kam, sagte er: «Stellt euch mal vor, der Wirt hängte vorn am Fenster ein Schild auf. Auf dem steht, dass das Betreten der Tanzfläche für Kinder verboten ist. Der hat doch echt einen Knall!» Und Mutter: «Also Rudolf! Beherrsch dich ...» Er sah sie grimmig an: «Wieso? Ist doch wahr! Das war, bevor du mit Hans getanzt hast nicht da.» Ich hatte ohnehin keine Lust mehr. So blieb ich brav am Tisch sitzen und trank Brause. Ich sah meinen Eltern zu, die weiter tanzten ... Und zwar so lange bis die Kapelle wieder Pause machte. Da sah ich, dass Herr Schnicker auf die Bühne lief. Als alle saßen, sagte er: «Jetzt, meine Damen und Herren wird es Zeit zum Aufbruch. Der Bus fährt in 20 Minuten ab. So bleibt euch Zeit, die Zeche zu zahlen und die Toilette zu nutzen. In Ordnung? Gut! Dann sehen wir uns am Bus. Bis später ...»

Vater bezahlte, wir standen auf und liefen zum Ausgang. Da sagte Mutter: «Hans, du gehst hier nochmal aufs Klo!» Meine mürrische Antwort: «Ich muss aber gar nicht!» Sie drohte mir mit ihrem Finger: «Doch! Du gehst! Wir haben einen langen Weg vor uns. Oder hast du es gerne dich unterwegs an den Rand der Straße zu stellen?» Da mir das peinlich gewesen wäre, sagte ich kleinlaut: «Na gut, ich geh ja schon!»

«Fein, dann ist das ja geklärt. Ich gehe auch noch mal.» Und wie so oft, hatte sie recht. Ich hätte es nicht mehr lange ausgehalten. Ich kam vom Klo und sah, dass Vater draußen vor der Tür stand und mit Herrn Schnicker redete. Da warteten wir, so lange bis Mutter kam. Im Anschluss setzten wir uns in den Bus. Endlich waren alle da und der Fahrer fuhr uns nach Hause. Es war schon dunkel, als wir dort eintrafen. Mutter schmierte mir noch eine Stulle. Dann ging es ab ins Bett ...

Um sieben Uhr weckte sie mich auf. Meine Eltern standen meistens um sechs Uhr auf. Vater war da schon weg, da er um sieben in der Werkstatt sein musste, da um die Zeit die Arbeiter kamen. So hatten die zwei längst gefrühstückt. Nur am Montag war das anders. Da stand Mutter schon um fünf Uhr auf. Es war der Waschtag und für sie anstrengend.

Jeder Mieter hatte einen Tag, an dem er mit der Wäsche dran war. Die Waschküche war bei uns auf dem Hängeboden. Mutter hatte eine Hilfe und das war die Frau Rand. Die kam so kurz vor acht. Meistens sah ich sie. Musste ich erst zur zweiten Stunde in die Schule, sah ich sie immer. Sie war nicht mehr die Jüngste, aber sehr lebhaft. Sie half nicht nur uns, sondern auch anderen Leuten. Sogar einem Grafen, von dem sie Mutter oft erzählte. Die dreckige Wäsche warfen wir in einen Korb, der im Bad stand. Mit der Arbeit fing sie aber nicht gleich an. Als sie kam, sagte sie: «So, Frau Mestern! Jetzt werden wir erst mal eenen Kaffee zu uns nehmen. Der Motor muss ja in Gang kommen ... und dann kanns los jehen.» Mutter hatte den stets schon fertig. Sie wollte so nicht unnötig Zeit vertun. Wenn ich ihr die Tür aufmachte, sagte sie jedes Mal: «Na, Kleener, willste wieder die Lehrer ärjern.»

«Nee, die ärgern mich. Weil ich immer eine Menge Schulaufgaben auf habe. Ich will aber mehr spielen.»

Dann hörte ich Mutters Stimme aus der Küche: «Hans, es wird Zeit! Mach dich auf den Weg.»

«Ja, gleich!» Ich nahm Abschied: «Auf Wiedersehen, Frau Rand. Ich muss los!»

«Ja Kleener, beeil dich! Sonst kommste noch zu spät!» Ich rannte los und sie machte die Tür zu. Hatten wir Ferien, ging ich oft mit auf den Boden.

War die Tasse von Frau Rand leer, fingen sie an. Die zwei nahmen den Korb mit der Wäsche und schleppten ihn die Treppe hoch. Die Waschküche war immer zu. Der, der zuletzt dran war, schloss ab und übergab den Schlüssel an die nächste Frau. Am Ende der Treppe kam man auf den Hängeboden. Da war die Tür immer auf. Kam man rein, war links die Waschküche. Da stand der runde Waschzuber drin. Mutter lief in der Früh nach oben und ließ das Wasser ein. Danach holte sie Holz und machte das Feuer an. Für jede Wohnung gab es einen Verschlag und da lagerte es. War sie damit fertig, ging sie runter in die Stube. Doch lief sie oft hoch, um Scheite ins Feuer zu legen. Das musste lange brennen, nur so wurde das Wasser heiß. Da wusch sie die Weißwäsche, die Handtücher und die Wäsche der Betten. War alles sauber, hing sie das Gewaschene auf Leinen, die da angebracht waren.

Im Sommer geschah das im Hof. Da gab es Pfähle, die Haken hatten. Jeder im Haus hatte eine eigene Leine. Die spannte sie zuerst und hing dann die Wäsche auf. War sie trocken, machte sie die ab. Das dauerte meist, bis ich aus der Schule kam. Oft waren sie schon fertig und Frau Rand war nicht mehr da. Hin und wieder aber nicht. Dann machte Mutter das Essen und sie aß mit uns. Sie war Witwe und hatte drei Kinder. Die waren schon groß und lebten nicht mehr bei ihr. Sie hatte nur eine kleine Witwenrente. Aus dem Grund verdiente sie sich so Geld.

Ab und zu brachte ich mal den Eimer mit Müll raus. Widerwillig schnappte ich mir den, rannte nach unten und auf den Hof. Hinter dem Haus standen große Behälter aus Blech. Die hatten einen Deckel, der nach oben geklappt wurde. Aus dem Grund war das sehr schwer für mich. Ich bekam den nur mit Mühe und Not auf.

30. April.

An dem Freitag schloss der Laden unter uns. Das war schade, denn die Leute waren immer nett zu mir. Bei denen kaufte Mutter Hefte und Stifte zum Schreiben. Sie gaben den Laden nur auf, da sie nicht mehr gesund sind, sagte die Frau mal. Sie fanden auch keinen, der weiter macht. Ihre Tochter wohnt in Rostock und da wollen sie auch leben. Sie bekam dort eine Wohnung für die Eltern.

6. Mai.

Zwei Tage räumte man den Laden und die Wohnung aus. Dann kamen am Tag etliche Leute an. Ein Mann von der Baugenossenschaft zeigte denen die Räume. Er hatte den Schlüssel und schloss gleich ab, waren die wieder weg ...

Bevor ich am Morgen die Wohnung von uns verließ, sagte Mutter: «Hans, dein Vater und ich sind nicht zu Hause, wenn die Schule aus ist. Du gehst dann gleich zu Tante Frieda. Die weiß, dass du kommst, und da isst du auch.»

«Wann seid ihr wieder da?»

«Das kann ich dir nicht sagen.»

«Na gut, dann gehe ich zu Tante Frieda, bis du da bist. Hoffentlich spielt Oma mit mir.»

«Ja, das wird sie tun und ich beeile mich!» Sofort verließ ich die Wohnung und lief die Treppe runter. Da kam ich an der Tür vom Laden an. Nanu, dachte ich, es sieht ja so aus, als wenn die nicht zu ist. Ich fasste den Türgriff an. Die war in der Tat nicht zu. Ich platzte fast vor Neugierde und hätte die am liebsten gleich inspiziert. Leider war ich schon spät dran. So beschloss ich, dass am Nachmittag zu tun. Ich lehnte die Tür an und hoffte, dass keiner kommt.

Nach der Schule fragte Peter: «Hans, hast du Lust, nachher mit mir zu spielen? Ich bin bei Oma und Opa.»

«Na klar! Und ich bin bei Tante Frieda. Dann gucken wir mal den Laden und die Wohnung bei uns im Haus an. Die war heute Morgen auf.»

«Bin dabei! Wann treffen wir uns?»

«Um zweie im Flur!»

«Kriege ich hin.»

Im Flur von Tante Friedas Haus ging er in die Bäckerei und ich zu ihr. Da gab es gleich Essen. Eilig machte ich danach die Aufgaben für die Schule. Da war es auch schon so weit. Ich war fertig und musste los, fragte: «Oma, darf ich jetzt mit Peter spielen? Der ist heute hier.» Sie nickte mir zu: «Gut, Hänschen. Aber bleib nicht so lange weg. Bis deine Mutter kommt, musst du da sein.» Ich dankte ihr, verließ die Stube und lief auf den Flur.

Peter war schon da. Durch die offene Haustür sah ich, dass es draußen regnete. Er sagte: «So ein Mist! Bei dem Regen können wir doch nicht zu euch rüber, da werden wir ja nass bis auf die Haut.»

«Ja, da hast du recht», sagte ich und kam auf eine Idee: «Peter! Was hältste da von, wenn wir auf den Boden gehen? Da spielen wir so lange, bis der Regen aufhört.» Er strahlte vor Freude: «Ja, das ist eine gute Idee!»

Eilig liefen wir die Treppe hoch. Da sah ich, dass die Tür auf war. Ich kuckte mich gleich um. Es sollte uns ja keiner in die Quere kommen. Doch außer der Wäsche, die auf Leinen hing, sah ich nichts. Hier war der Raum zum Waschen auf der rechten Seite. Der war hier nicht zu so wie bei uns, sondern die Tür zum Boden wurde verriegelt. Wir hatten Glück, denn das hatte jemand nicht getan. Zu sehen war auch keiner. Da sagte ich: «Peter, guck mal! Hier ist die Tür zu Tante Friedas Kammer. Die war mal für ´nen Lehrling gedacht. Der sollte, wenn er von auswärts kam, hier schlafen. Das kam nur bis heute nicht vor. Ich gucke mal, ob die auf ist.» Gleich lief ich an die Tür und drückte die Klinke runter ... und die ging auf. «Peter, komm! Wir haben Glück, die ist auf!»

Ich schritt rein und sah, dass ein kleines Fenster im Dach Licht spendete. Auf dem tanzten grad die Tropfen vom Regen. Doch so war es hell. Ich sah, dass in der rechten Ecke ein Sessel war. Daneben an der Wand stand ein alter runder Tisch, auf dem ein Grammofon war. Das hatte einen großen Trichter und war voll mit Staub. Als ich näher kam, sah ich, dass eine Schallplatte darauf lag. Ich drehte ein paar Mal an der Kurbel und gleich fing sie an, sich zu drehen. «Was ist denn das für´n Schlager?», fragte Peter. «Ich glaub der heißt, die Berliner Luft.»

Wir guckten uns weiter um. Da war aber nur noch Gerümpel und drei alte Hauben zum Trocknen der Haare. Die waren auch schon sehr alt. Aus Neugier lugte ich hinter die Tür. Da stand ein Schrank und der Schlüssel steckte. Ich ging hin und schloss ihn auf. Da fragte Peter: «Und Hans? Was ist da drin?»

«Kleider und ein Mantel von einem Mann. Der ist sicher von dem Onkel von mir ... Und auf dem Boden liegen Schuhe mit Kufen. Mit solchen läuft man auf dem Eis rum.» Dann kuckte ich nach oben. «Und hier liegt eine große Brille mit Wimpern dran. Auch ein paar bunte Hüte liegen hier. Die braucht sicher Tante Frieda, wenn sie auf ihre Bälle geht.» Da sah ich hinter denen ein weißes Kleid. Ich kramte es hervor. Daran waren Bäuschchen aus Watte genäht. «Ist das reizend! Ich glaub, das ist von Cousine Christel. Das trug sie mal bei einer Aufführung in der Schule. Da war sie die Schneekönigin. Das ziehe ich gleich mal an.»

«Biste verrückt! Das passt dir doch gar nicht ...»

«Das werden wir gleich sehen!» Ich zog das Kleid über. Dann kuckte ich mich im Spiegel an, der innen in der Tür vom Schrank hing. Ich griente und sagte: «Na ... du Königin des Schnees, willste mit mir tanzen gehen?» Peter lachte sich fast kaputt und meinte: «Aber nur mit mir, Liebling ... Kuck mal, da liegt ja eine Perücke, die setz ich mir gleich mal auf.» Das machte er und da sah er so lustig aus, dass ich lauthals lachen musste. Dann erspähte ich ganz unten im Schrank eine Schublade. Ich kniete mich hin und zog sie auf.

Da sah ich, dass da Dosen mit Schminke, Lippenstifte und eine Federboa drin lag. Ich nahm die in die Hand. «Gibt die mal her», rief Peter. Ich gab sie ihm. Sofort legte er sie sich auf die Schultern und warf das rechte Ende der Boa über die linke. Ich nahm einen Schminkstift und malte mir die Lippen vorm Spiegel rot an. Als ich fertig war, sagte ich: «Peter, willste auch mal?»

«Nee! Aber gib mir mal die Schminke!»

«Rosa?»

«Ja! Die ist gut.» Ich gab ihm die Dose. Er machte sie auf und malte sich mit dem Finger die Wangen an. Dann gab er mir die und den Deckel in die Hand. Ich drückte beides zusammen. In der Folge legte ich die und den Lippenstift in die Schublade zurück und machte die zu. Als ich auf stand, sah ich einen Stockschirm. Der lehnte hinten im Schrank an der Wand. Den kramte ich von dort nach vorn. Peter riss ihn mir gleich aus der Hand und rief: «Den will ich haben!» Er legte ihn sich über den gebeugten rechten Unterarm. Ich stellte mich neben ihn und wir hakten uns unter. Peter kuckte zu mir und meinte: «Na, mein Schatz ... gehste heute Abend mit mir ins Theater?»

«Nee, mein Liebling! Wir jehen tanzen.» Ich lief zum Grammophon. Da drehte ich die Kurbel ein paar Mal und gleich tönte die Musik. Wir nahmen die Ausgangsstellung ein und legten Hand an Hand. Die andere kam um die Hüfte und schon ging es los.

Wir tanzten graziös nach dem Takt. Peter sang auf ein Mal lauthals den Text mit: «Das macht die Berliner Luft, Luft, Luft ...» Ich stimmte mit ein. Wir trällerten, hüpften und die Dielen knarrten. Dann war Schluss und ich fragte Peter: «Soll ich noch mal drehen?» Doch der sagte kein Wort und starrte stumm zur Tür ...

Abrupt drehte er sich um, sah mich an und sprach leise: «Da ist jemand!»

«Du spinnst!»

«Nee! Tue ich nicht. Es hörte sich so an, als kam jemand rein. Mach den Schrank zu und dann hauen wir ab!»

Ich flüsterte: «Wir legen aber erst die Sachen zurück.»

«Nee! Dafür haben wir jetzt keine Zeit! Los! Schnell weg hier, sonst macht einer die Tür zu und wir sind eingesperrt!»

«Du bist doch nicht etwa ein Hasenfuß?»

«Bin ich nicht! Ich guck mal, ob die Luft rein ist ...» Er machte vorsichtig die Tür auf und lugte raus. Flüsternd sagte er: «Es ist niemand da! Wir können ...» Flugs huschten wir nach draußen und ich machte leise die Tür hinter uns zu.

Wir gingen auf den Spitzen der Zehen. Doch es nutzte nichts, die Dielen knarrten, bis in den Flur. Peter rannte schnell die Treppe runter. Ich konnte das nicht, da ich das Kleid noch an hatte, und das war viel länger als meine Beine. Ich raffte es bis zum Hintern hoch, um nicht zu fallen, und lief auch los. Auch wenn ich glaubte, dass da keiner war. Als ich unten im Flur eintraf, sah ich, dass Peter wie wild atmete. Zum Glück war weit und breit niemand zu sehen. Er fragte gleich: «Und nu Hans, was jetzt?» Ich dachte kurz nach und da kam mir ein Einfall, den ich für dufte hielt: «Weißt du, was wir machen?» Peter schüttelte den Kopf. «Nee, ich habe keine Ahnung!»

«Wir lassen die Sachen an und laufen in den Laden, der bei uns im Haus ist. Da kucken wir, ob der noch auf ist.»

«Und wenn uns jemand sieht?»

«Mmh ... haben wir eben Pech!» Ich rannte zur Haustür und spähte raus. Da drehte ich mich um und rief: «Los komm her! Es regnet nicht mehr und die Luft ist rein. Lass uns schnell rüber rennen.» Zögerlich kam er an die Tür. Als er neben mir stand, rief ich: «Auf die Plätze ... fertig ... los!» Ich raffte das Kleid hoch und spurtete los. Peter überholte mich nach ein paar Metern. Ich konnte ja nicht so flott laufen, da ich das festhalten musste. Einen Sturz wollte ich auf jeden Fall verhindern und es gelang mir.

Peter flitzte in den Eingang. Wenig später folgte ich ihm. Da die Tür vom Haus am Tag immer auf war, waren wir im

Nu von der Straße weg. Bei uns im Flur hielt sich zum Glück auch kein Mensch auf. Ich lief auf der Stelle zur Tür vom Laden und Peter folgte mir. Ich stieß die Tür auf und rief leise: «Wir haben Glück. Es war noch niemand da. Komm schnell rein!»

Als er drin war, machte ich die Tür rasch zu. Wir hatten es geschafft, ohne das uns jemand sah. Da sagte ich: «So Peter, jetzt gucken wir uns erstmal hier um.» Doch es gab wenig zu sehen. So hatten wir die rasch durchsucht. Da fiel mir eine Tür auf. Ich ging hin, machte die auf und rief: «Peter! Hier geht es in den Laden!» Er kam an und wir traten ein. Da sagte er: «Guck mal, da ist das Schaufenster.» Er lief hin und rief: «Hans, ich glaub, da kommen wir nicht rauf.» Ich sah, dass das Podest auf dem dekoriert wurde, mehr als einen Meter über dem Fußboden war. Peter meinte: «Nee, das schaffen wir nie ...»

«Doch! Das siehst du gleich! Da hinten steht ein Hocker und den hol ich jetzt her.» Eilig lief ich hin. Da sah ich, dass der sehr gut geeignet war. Ich nahm ihn mit, stellte ihn vor das Hindernis und stieg auf. «Siehst du, ich sagte es dir gleich, dass es geht. Jetzt komm auch hoch.» Im Nu war er oben in dem kleinen Raum. Da guckten wir den Leuten zu, die vorüber liefen. Von draußen sah man uns aber auch. Da hatte ich einen Einfall und sagte: «Peter, jetzt spielen wir Schaufensterpuppe. Wenn wer aufkreuzt, stellen wir uns starr hin. Dann denkt der, dass wir das sind.»

«Oh ja, das machen wir! Schnell! Da kommt eine Frau.» Im Nu stellten wir uns starr hin. Die guckte baff aus der Wäsche, als sie uns sah, und ich verkniff mir das Lachen. Sie ging aber gleich weiter und da lachten wir uns ins Fäustchen. So hatten wir jede Menge Spaß und es waren einige, die vorbei liefen. Doch dann kam ein Mann an und der stellte sich direkt ans Fenster. Er guckte uns eine Weile an, schüttelte den Kopf und ging weiter.

«Oh, oh! Der hat uns erkannt», sagte ich. «Woher willst du das wissen?»

«Weil ich den kenne. Tante Frieda schneidet ihm die Haare.» Wenig später stand sie vor dem Fenster. Sie klopfte an die Scheibe, fuchtelte wie eine Furie mit den Armen rum und brüllte: «Seid ihr verrückt? Kommt sofort da raus! Ihr habt wohl nur Quatsch im Kopf ...» Ich sah Peter an und meinte traurig: «Siehste, ich hab gewusst, das der uns verpfeift. So ein Mist aber auch ...» Peter war den Tränen nahe, schluchzte: «Ja, das ist wahr. Ich hätte das noch stundenlang spielen können!»

«Ich auch! Ich hoffe nur, dass wir keinen Ärger kriegen.» Man ist das blöd, dachte ich und hoffte, dass sie den Eltern von mir nichts sagt. Wir machten uns auf dem Weg zur Tür und ich die auf ... und da stand sie schon. Wie ein Geier, der auf seine Beute lauert. Ihr ernstes Gesicht sprach Bände. «Kommt bloß da raus!» Sie trat an die Tür und da krachte sie schon hinter uns ins Schloss. Sie drehte sich um. Flugs wedelte sie mit dem Zeigefinger vor meiner Nase rum und schrie: «Euch kann man nicht aus den Augen lassen, dann macht ihr nur blödes Zeug! Ja, äh und im Übrigen ... Wie kommt ihr denn überhaupt an die Sachen von mir? Die lagen doch in der Kammer und die war zu.»

Da sagte ich leise und mit Blick zum Boden: «Nein, war sie nicht. Wir wollten grad draußen spielen. Da fing es an zu regnen und so liefen wir nach oben. Da fasste ich die Klinke an und die Tür war auf. So gingen wir rein und sahen den Schrank. Den machte ich auf und da fanden wir die Sachen. Wir wollten nur Theater spielen Tante Frieda und so lustig sein wie du. Gehst du auf einen Ball, machst du das doch auch.» Ich hob den Kopf nach oben und kuckte sie an. Mit den Worten zauberte ich ihr ein Lächeln auf ihr Gesicht. Da sagte sie: «Na gut, Hansel! Ich werde euch verzeihen. Zieh aber bitte dein ... äh, mein Kleid jetzt sofort aus.»

«Mach ich Tante Frieda!» Als ich das tat, sah ich, wie Peter sich rasch die Perücke vom Kopf riss. Dann hielt er sie in der rechten Hand vor den Bauch. Das sah lustig aus, denn er stand da wie eine Rothaut, die grad einem den Skalp abzog und ihn zeigte wie eine Trophäe. Im Nu war das Kleid abgelegt. Da sagte ich: «Bitte, bitte, verpetz mich nicht bei Mama und Papa. Wenn der das erfährt, dann gibt es Kloppe.»

«Nein, nein, Hansel! Um Gottes willen werde ich das nicht tun. Da brauchst du keine Angst zu haben. Doch zur Strafe bringt ihr zwei jetzt sofort die Sachen in die Kammer und schließt sie ab. Danach wascht ihr euch!» Sie fing auf ein Mal lauthals an zu lachen. «Ihr ... ihr ... ha, ha, h-a-a, saht ja fürwahr ... ha, ha, h-a-a-a zum Schießen aus!» Ihr Gelächter steckte an und so lachten wir alle drei. Als wir uns beruhigt hatten, sagte ich: «Ja, Tante Frieda. Das machen wir ... und danke!»

Sie legte das Kleid zusammen und gab es mir. Peter hielt die Perücke rechts und den Schirm links in der Hand. Die Boa lag noch auf der Schulter. So folgten wir Tante Frieda, die voraus schritt. Vor dem Haus liefen ein paar Leute. Die sahen uns an und fingen an zu grienen. Die dachten gewiss, dass wir aus dem Zirkus sind. Im Nu waren wir an der Tür vom Salon. Da sah Tante Frieda mich an und sagte: «So, ihr zwei. Ich geh schnell rein und hol den Schlüssel für die Kammer. Ihr wartet hier so lange, bis ich zurück bin.»

«Ja, machen wir», sagte ich und sie verschwand im Salon. Kurze Zeit später brachte sie mir den. «Wenn ihr alles getan habt, bringt ihr mir den wieder.» Sofort drehte sie sich um und lief zurück.

Wir stapften die Treppe hoch. Oben angekommen liefen wir in die Kammer. Dort legten wir die Sachen in den Schrank. «Schade, dass der Spaß so schnell zu Ende ging», sagte ich zu Peter. Der fand das auch so. Doch es war nicht zu ändern. Ich schloss die Kammer ab. Im Anschluss liefen wir zur Wohnung von Oma und sie machte die Tür auf. Ihr gab ich den Schlüssel in die Hand. Im Bad wuschen wir die Schminke ab. Danach spielten wir mit Oma «Mensch ärgere dich nicht».

Auf ein Mal klingelte es an der Tür. Es war Mutter, die kam. Oma brühte für die zwei Kaffee auf und für mich und Peter gab es Kakao. Da sie Kuchen hatte, bekam jeder ein Stück. Als wir fertig waren, drängte Mutter, dass wir nach Hause müssen, da Vater gleich kam. Sofort liefen wir mit Peter los. Als wir im Flur waren, ging der in die Bäckerei.

Tante Friedas Güte hatte einen Grund, denn auch sie liebte Streiche. Das bekam ich mal mit, als ich bei ihr war. Da packte sie ein Päckchen und legte eine tote Maus rein. Das sandte sie ohne ihre Adresse drauf zu schreiben ab. Ich fragte, warum sie das macht, und sie sagte, dass sie die Frau Mauser gern ärgert. Die wäre sehr pingelig und steht fast den ganzen Tag vor der Tür von ihrem Salon und spricht mit jedem, der kommt.

Der war auf der anderen Seite der Straße und nicht so groß wie der von ihr.

Ein Tag später.

Ich aß bei ihr zu Mittag und war mit Oma allein. Auf einmal kam sie zu uns rein und rief: «Hansel, komm schnell mit, der Postbote bringt das Paket!» Dann sah ich zu, was da passierte: Frau Mauser nahm es an und ging in den Salon. Es dauerte nicht lange und sie kam raus. Ihr Kopf war rot vor Zorn und mit den Fäusten schlug sie in die Luft. Genau in die Richtung wo wir waren. Gut, dass wir hinter der Gardine standen, so sah sie uns nicht. Da lachte Tante Frieda sich halb tot. Da konnte ich nicht mehr und so lachte ich mit ihr.

Drei Tage später.

Ich musste nach der Schule noch mal bei ihr essen. Da bekam sie ein Paket ohne Absender. Sie machte es auf und da lag Käse drin. Der war voll Schimmel und stank so sehr, dass mir übel wurde. «Das ist bestimmt von Frau Mauser», sagte ich und sie meinte: «Ja, das ist es. Doch damit rechnete ich schon. Den bring ich gleich raus in die Mülltonne. Und dann überlege ich mir, was noch arger ist.»

Solche Streiche spielte Tante Frieda oft auch dem Herrn Zenke. Der war, so lange ich ihn kannte, nur hektisch. Jeden Tag hatte er es sehr eilig. Kaum war der letzte Kunde aus der Tür, lief er an den Ständer, wo die Kleidung hing. Da schnappte er sich den Mantel und schlüpfte fix mit den Armen rein. Dann rannte er los ... Und der flog hinter ihm her. Nie nahm er sich die Zeit, das in aller Ruhe zu tun. Das hatte den Grund, dass zu Hause die Mutter von ihm auf ihn mit dem Essen wartete. So musste er auf die Minute an der Straßenbahn sein.

Dann war ich mal dabei, wie sie ihm einen Streich spielte. Als er auf dem Klo war, nahm sie den Mantel und heftete auf dem Rücken einen Zettel an. Auf den schrieb sie «Bin noch zu haben!»

Am nächsten Tag.

Ich aß wieder bei ihr. Als Herr Zenke runter zu einem Kunden ging, fragte ich Tante Frieda, ob er das merkte. Sie sagte: «Ja! Das hat er. Als er am Morgen kam, knallte er mir den Zettel auf die Theke. Dann schimpfte er, dass das nicht lustig war, und ich mich da für schämen soll. Daran denk ich ja gar nicht. Ich fand das sehr spaßig. Da wollte ich mich rausreden, aber er glaubte mir nicht. Na ja, ist ja sein Problem. Doch der nächste Schabernack folgt, so gewiss wie das Amen in der Kirche.» Und so war es dann auch. Sie hängte ihm eine Pfote von einem Kaninchen an den Mantel. Bei dem, der darauf folgte, war ich dabei. Da schnitt sie mir grad im Auto die Haare. Er war fertig, riss den hastig vom Hacken und rannte los. Im Laufen versuchte er mit den Armen da rein zu kommen, doch das ging nicht. Kurz vor der Tür hielt er an, fuchtelte wild rum und schimpfte: «So ein Mist!» Tante Frieda fragte: «Ist was Herr Zenke?» Da schrie er sie an: «Das ist nicht lustig. Wehe ich kriege die Bahn nicht!»

«Na ... dann nehmen Sie eben eine später!»

«Wenn ich das tue, ist das Essen kalt, bis ich zu Hause bin! Also lassen Sie bitte in Zukunft den Unfug!» Da er in Eile war, legte er sich den Mantel nur auf die Schultern. Kein Wort des Abschieds kam über seine Lippen. Im Nu flog hinter ihm die Tür zu und meine Tante freute sich wie ein Kind. Ich fragte: «Was hast du gemacht?» Sie hörte auf zu lachen und meinte: «Ich nähte ihm die Ärmel zu.»

Als ich sie wieder mal sah, sagte sie mir, dass er die Bahn um ein Haar verpasst hat. So musste er auf die

Nächste warten. Doch da fing es an zu regnen und er wurde nass, obwohl er sich unter einen Baum stellte. Da er zu spät kam, war seine Mutter schon fertig. Er zog sich erst um, und da war das Essen kalt. Da war er so wütend auf meine Tante, dass er die Nacht fast nicht schlief.

Die zwei verstanden sich trotz der Streiche sehr gut. Herr Zenke nahm es ihr nicht so übel. Er hatte Mitleid mit ihr, da sie eine Witwe war. Aber auch Respekt, da sie die Arbeit allein machte. Er fühlte sich bei ihr wohl und war wie ein Mitglied der Familie. Und Tante hatte Glück, das ihre Mutter ihr fast an jeden Tag der Woche bei der Arbeit im Haus half. Doch auch das sie noch so rüstig war. An dem Abend schlief ich nicht gleich ein.

Als ich so da lag, fiel mir eine Geschichte ein, die mir Mutter mal erzählte. Die fand ich, war sehr lustig. Sie fing an: «Ich fuhr mit Frieda in den Ferien zur Tante Gretchen nach Berlin. Die war eine Schwester von deiner Oma. Die trug aber ihre Nase sehr hoch, denn Onkel Paul war ein Beamter und den himmelte sie an. Kaum traf er ein, brachte sie schon die Latschen und zog sie ihm an. In der Stube lagen überall Teppiche und wir mussten uns den ganzen Tag über still verhalten. Wegen der Leute im Haus, sagte sie. Als sie uns etwas zu essen machte, sah ich, wie sie am Brot Schimmel mit einem Tuch abwischte. Da weigerte ich mich, das zu essen. Sie sagte erbost, dass man das noch kann, und sie das nicht in den Müll wirft. Ich hatte keine andere Wahl, da ich Hunger hatte, und so aß ich es mit Widerwille. Zum Glück bekam ich kein Bauchweh. Sie kochte auch noch sehr schlecht.

Das Leben war bei ihr sehr trist. Dann kam ein Tag, an dem draußen die Sonne schien. Wir fragten sie, ob wir raus gehen dürfen, um auf dem Hof zu spielen. Nach etlichem hin und her, gestattet sie es. Wir waren im hinteren Haus. In dem Laden vorne an der Straße gab es jede Menge Spielzeug. Da wollten wir auf jeden Fall hin. Nur erlaubte sie es uns nicht, weg vom Hof zu gehen. Doch wir machten es heimlich.

Ich ging zuerst rein. Da kam eine Frau an und sagte: Na ihr Gören? Wat wollt ihr denn? Schlagfertig meinte Frieda, dass wir mal kieken wollen, was es hier so gibt. Und sie: Jut! Dann ma los! In dem Moment ging die Tür auf und ein Mann kam rein. Da war sie mit dem beschäftigt und wir sahen uns in aller Ruhe um. Auf einmal entdeckte Frieda einen roten Ball mit weißen Punkten und sagte: Guck mal! Wie gefällt dir der? Da dachte ich, hoffentlich will sie den nicht haben. Prompt drang ein: Den kaufen wir uns jetzt in meine Ohren. Mutter gab uns nur ein paar Mark mit. Die waren für Ausgaben auf der Reise. So lehnte ich das ab, doch Frieda ließ nicht locker. Sie wollte unbedingt den Ball und so kauften wir ihn. Wir liefen in den Hof.

Da tollten wir so laut herum, dass Tante Gretchen es hörte. Sie rief vom Fenster aus, das wir auf der Stelle zu ihr kommen sollen. Wohl oder übel machten wir das. Wir schritten die Treppe hoch. Oben stand sie schon in der Tür. Ihr Gesicht sprach Bände. Da gab es erst mal eine Rüge allererster Güte. Sie brüllte uns an, dass sie es uns doch gesagt hat, dass es im Hof verboten ist, zu spielen. Dann wollte sie wissen, wo wir den Ball her haben. Da wo es die Spielsachen gibt, gab Frieda ihr zur Antwort. Sofort schrie sie: Wie könnt ihr es wagen, so was zu kaufen. Ihr wisst ja, dass eure Mutter nicht viel Geld übrig hat. So! Und morgen geht ihr in den Laden und gebt den Ball zurück. Da sollen die euch das Geld wieder geben. Verstanden! Und wenn die das nicht machen, komm ich mit. Dann rede ich mit denen Klartext. Wir müssen auch sparsam sein. Und ich bin sicher, eure Mutter hat euch das nicht gegeben, um es unter die Leute zu bringen. Und Jetzt! Jetzt habt ihr für heute Hausarrest. Da war das Maß voll. Die Zeit war gekommen. An dem Tag beschlossen wir, so schnell wie möglich nach Hause zu fahren. So fingen wir an zu nörgeln. Das wurde ihr zu viel und so schickte sie uns am Tag danach weg. Der Zug fuhr um 14:00 Uhr ab. Sie wollte uns aber nicht mit leerem Bauch fahren lassen. Da kochte sie noch zum Abschied ein köstliches Mahl zum Mittag. Als wir fertig waren, brachen wir auf. Wir mussten erst mit dem Bus fahren. Da kam es, dass Frieda ihr Essen nicht vertrug. Sie fing auf einmal an zu würgen. Kind was hast du?, fragte sie nervös. Ich muss gleich brechen, war die knappe Antwort und ihre Backen wurden dicker. Was? Untersteh dich! Das Reinigen vom Bus kostet ein Vermögen, schrie sie. Doch es nutzte alles nichts. Sie würgte immer heftiger. Ihr Kopf war krebsrot ...

In Windeseile machte Tante Gretchen ihre Tasche vom Rock auf und rief: Kotz da rein! Und da war es schon passiert. Es war einiges, was aus ihr raus kam. So lief die Tasche fast über. Da war das Gesicht von ihr auch krebsrot, doch vor Zorn. Die Leute vor uns bekamen das mit. Das schien ihr nicht recht zu sein. Ich nehme an, dass sie da am liebsten vor Scham abgetaucht wäre. Dann kamen wir am Bahnhof an. Dort brachte sie uns an den Zug. Der stand schon da und so stiegen wir sofort ein. Wir setzten uns ans Fenster und winkten ihr kurz zu. Da drehte sie sich gleich um und lief mit ihrem köstlichen Essen im Rock los. Tante

Frieda lachte die ganze Fahrt darüber. Sie konnte sich nicht beruhigen. Erst als wir zu Hause waren, hörte sie auf. Den Ball gaben wir nicht zurück, sondern legten ihn unten in die Tasche, die uns Mutter mit gab. Wir spielten sehr oft mit ihm. Zu ihr fuhren wir nie wieder.»

Oma wurde achtzig und wünschte sich ein Kleid. Den Stoff kaufte Mutter in Berlin. In der Früh ging sie mit mir los. Als sich unsere Wege trennten, sagte sie mir beim Abschied: «Hans, kommst du nachher nach Hause, ist Vater schon da. Ich hab für euch gekocht, das muss er nur aufwärmen.» Sie gab mir einen Kuss auf die Stirn. Sofort drehte sie sich um und lief in Richtung Bahnhof. Sie winkte mir nochmal nach und dann sah ich sie nicht mehr.

Als ich aus der Schule kam, war Vater längst zuhause. Das Essen war schon warm und so aßen wir gleich. Nach dem machte ich mit ihm die Aufgaben. Im Kopfrechnen war ich nicht gut. Das wurde mir nicht in die Wiege gelegt. Vater war in der Beziehung sehr streng zu mir. Er ertrug es nicht, dass ich so langsam eine Rechenaufgabe löste. Er war ein Ass darin. Ich war mal da bei, wie ihm ein Kunde die Maße für ein Zimmer nannte. Im Nu rechnete er im Kopf aus, wie viele Rollen Tapete er brauchte.

Am Tag, der folgte, war eine Arbeit in Rechnen dran. Er freute sich, mich zu schleifen. Das kannte er ja vom Militär. Eine Stunde ging das. Die Ohrfeigen von ihm zählte ich nach zehn Minuten nicht mehr. So war ich froh, als er sagte, dass wir Schluss machen, da er zu einem Kunden fahren musste. Da durfte er nicht zu spät kommen. Doch drohte er mir: «Setzt du die Arbeit in den Sand, lege ich dich übers Knie. Dann versohle ich dir mit dem Ausklopfer den nackten Hintern. Hast du mich verstanden?» Ich hatte noch nie Schläge in der Art gekriegt, wie er sie mir wieder mal androhte. «Ja, Papa», sagte ich kleinlaut und brav. «Sehr gut, mein Junge. Dann lass ich dich jetzt alleine. Lerne noch so lange bis Mama kommt. Ich bin gegen sieben zurück.» Da lernte ich verbissen weiter. Ich bekam nicht mehr viel in den Kopf.

Als Mutter nach Hause kam, fragte ich sie: «Mama, hast du keinen Stoff für Oma?»

«Wie kommst du darauf?»

«Weil ich den nicht sehe.»

«Ach so! Den Stoff brachte ich gleich zur Schneiderin. Die kennt Omas Maße und fängt sofort mit dem Nähen an. Ist sie fertig, geht sie mit dem Kleid zu ihr. Da passt sie es an und Oma bezahlte es. Hast du noch gelernt?»

«Ja, seit Papa wegging.»

«Na, dann darfst du jetzt noch vor dem Haus spielen bis er kommt.» Da tolles Wetter war, nahm ich den Roller mit. Mit dem fuhr ich den Bürgersteig auf und ab. Das machte ich so lange, bis Vater kam. Mit dem lief ich in die Wohnung. Auf dem Flur traf er einen Nachbarn. Der fragte ihn, ob schon jemand von der Baufirma da war, denn die Decke war immer noch nicht verputzt. Doch Papa konnte ihm das nicht sagen. Nach dem Essen musste ich ins Bett. Da lass ich noch so lange im Rechenbuch, bis ich schlief ...

F

20. Mai.

Oma wurde achtzig Jahre alt. In der Früh verließ ich mit Mutter das Haus. Sie kam noch fast bis zur Schule mit. An einem Laden, wo es Blumen gab, nahm sie Abschied von mir. Ich lief weiter und sie ging hinein. Wie jedes Jahr kaufte sie Maiglöckchen für Oma. Sie liebte die und freute sich.

Nach der Schule lief ich gleich zu ihr. Ich klingelte und Mutter machte mir die Tür. «Ach, Hans du bist es! Komm rein», sagte sie. Dann nahm sie mir den Schulranzen ab. Ich wollte sofort in die Stube rennen. Da fragte sie: «Willst du dein Geschenk nicht mitnehmen?»

«Oh, das hätte ich ja bald vergessen.» Sie gab es mir und gleich sauste ich los. Oma saß im Sessel und um sie herum standen etliche Leute. So musste ich warten, bis die fort waren. Dann war ich dran und nutze den Moment aus. «Herzlichen Glückwunsch zum Geburtstag, liebe Oma! Und alles Gute für dich. Äh ... und viel Gesundheit», sagte ich. «Danke, mein Junge!» Ich gab ihr das Päckchen. «Und das ist ein Geschenk von mir.»

Es klingelte wieder. Grad wollte sie es öffnen, traten die nächsten Leute in die Stube. So hatte sie keine Zeit dazu und ich machte Platz. Was da eingepackt war, hätte ich auch gern gesehen. Mutter hatte es gekauft und sie sagte mir nicht, was drin war. Oma sah hübsch aus, in dem neuen schwarzen Kleid mit den tausend Blumen darauf. Das sah ich ja auch noch nicht. So sah man ihr nicht an, wie alt sie schon war.

Auf dem Tisch in der Stube sah ich drei Teller mit Brötchen. Die waren belegt mit Hackepeter, Käse, Schinken und Wurst. Die Wahl fiel mir nicht leicht. Alles sah sehr lecker aus. Da mein Magen knurrte und ich Hunger hatte, nahm ich mir eins mit Schinken. Da jeder Stuhl besetzt war, lief ich zum Fenster und aß im Stehen.

Ich kuckte raus und sah, dass unten im Hof ein paar Kinder spielten.

Die Leute, die dann kamen, waren alles welche aus dem Haus. Die meisten sah ich schon mal, wenn ich bei Oma zu Besuch war, oder vom letzten Mal. Die gingen aber gleich wieder, bis auf ein paar die blieben. Die kannte Oma auch näher. Nach und nach trafen Leute aus dem Kreis der Familie ein. Beim Kaffee waren nur Ältere da. Die, die arbeiten mussten, kamen erst später. So wie Papa und Tante Frieda. Auf ein Mal klingelte es. Es war meine Cousine, die kam mit Julchen an und das freute mich sehr.

Wir waren fertig und mir fiel die Decke auf den Kopf. Ich hörte nur noch Probleme über krank sein und Schmerz. Und Julchen, die schlief tief und fest. Da sagte ich: «Mama, darf ich runter auf den Hof gehen? Da spielen Kinder, die ich kenne.»

«Ja, mein Junge. Das darfst du. Aber mach dich nicht schmutzig! Denk dran, du hast deine Sachen für die Schule an. Die musst du morgen wieder anziehen. Hast du mich verstanden?»

«J-a-a-a, Mama ... ich versuch´s ...»

«Untersteh dich! Dann ... du weißt ja, was dir blüht, wenn wir nach Hause kommen.» Ich war grad an der Tür, da kam Vater und Tante Frieda. Die hatte extra früher aufgehört und der Herr Zenke, ihre erste Kraft, blieb bis zum Ladenschluss. Ich begrüßte sie kurz. Dann lief ich los.

Für mich ging die Zeit bis zum Abendbrot so sehr schnell rum. Immer mehr Kinder mussten nach Hause. Als keins mehr da war, lief ich wieder hoch und schaffte es, sauber zu bleiben. Von denen die verwandt waren, waren viele fremd für mich und kannte ich nicht. Die waren auch alle nicht von hier. Nach dem Essen brachen die ersten Gäste auf. Es waren die von auswärts. Ein paar hatten noch längere Wege vor sich. Wir machten uns auch bald auf den Heimweg. Ich hatte ja am anderen Tag Schule. Mit uns gingen Cousine Christel und Julchen. Die nahm die Kleine auf den Arm und trug sie die Treppe runter. Unten im Flur stand der Kinderwagen. Da der so groß war, konnte sie den nicht mit nach oben nehmen. Da legte sie Julchen rein. Vater hielt die Tür auf und wir gingen alle raus. Nur Tante Frieda war noch bei Oma, da die noch aufräumen wollte.

Auf dem Weg nach Hause, sagte Mutter: «Das war für Oma heute ein Tag vom Feinsten. Habt ihr gesehen, wie viel Freude die hatte. Und dann die große Zahl an Leuten, die ihr gratuliert haben. Schön, dass sie das ein weiteres Mal erlebt hat. Wer weiß, was das nächste Jahr bringt. Denn eins muss uns klar sein: Die Jahre von ihr sind gezählt.» Vater meinte: «Und wenn die mal stirbt, wird sich Frieda umgucken. Wer kocht dann jeden Tag für ihre Leute? Da steht sie vor der Wahl, entweder selber zu kochen oder es sein zu lassen. Ich denke, da wird sie es aufgeben.»

«Aus dem Grund sind wir ja froh, dass sie ein hohes Alter erreichte. Doch ist sie bis jetzt noch relativ gesund. Was ja auch nicht üblich ist.»

«Dann hoffe ich mal, dass es auch in Zukunft so bleibt», meinte Vater. Und ich sagte: «Ja, und für mich ist das sehr gut. So kriege ich immer ein Mittagessen, wenn ich aus der Schule komme und ihr nicht zu Hause seid.»

«Ja, das ist wahr, Hans. So hoffen wir alle, dass sie uns lange noch gesund erhalten bleibt», antwortete Mutter. Um die Zeit war nichts los auf der Straße. Als wir in Höhe von unserem Haus waren, kam der Abschied von Cousine Christel. Julchen schlief immer noch. Sie musste nur drei Häuser weiter laufen. Wir liefen über die Straße. Da es schon spät war, fand gleich der Marsch ins Bett statt. Als ich im Bett lag, sinnierte ich darüber nach, das Tante Frieda ihr Wort hielt. Sie sagte nichts vom Theater im Schaufenster, denn dann hätte ich das gehört und gemerkt.

Christel lebte mit Julia für sich. Sie hatte sich scheiden lassen. Das war ein halbes Jahr nach der Geburt. Ich hab das nicht verstanden. Doch dann erfuhr ich, wie das kam. Ich lag im Bett und Mutter und Vater sprachen darüber. Ich spitzte die Ohren. Der Mann von ihr ging, wenn er von der Arbeit kam in ein Lokal. Dort trank er gern einen über den Durst. Kam er spät in der Nacht nach Hause, war er blau wie ein Veilchen. Da war meine Cousine nicht mit einverstanden und stellte ihn zur Rede. Doch das machte ihn wütend. Er wurde aggressiv und letzten Endes schlug er sie. Am Anfang ertrug sie das, nahm die Schmerzen und blauen Flecke in Kauf, da sie Angst hatte, sich scheiden zu lassen, auch wegen Julchen.

Eines Tages traf sie einen Mann in der Kaufhalle. Den kannte sie von früher. Der war auch öfters in dem Lokal. Er sagte ihr, dass ihr Mann sie mit anderen Frauen betrog. Das war für sie wie ein Schlag mit der Keule. Es brachte endgültig das Fass zum Überlaufen. Als er wieder mal nachts nach Hause kam, lag sein Hab und Gut hinten im Garten. Da er den Schlüssel nie bei sich hatte, klingelte er. Sie ging an die Tür, machte die aber nicht auf. Da rief sie ihm zu, dass sie sich von ihm trennt, und das er zu seiner Geliebten gehen soll ... Und die Sachen von ihm liegen im Garten. Das machte ihn wütend und er trat vor die Tür.

Immer heftiger donnerte sein Fuß dagegen. Kurz darauf kamen Polizisten an und nahmen ihn mit.

Als ich das hörte, fand ich das toll, da der mich auch oft ärgerte. Ich war froh, dass er weg war. Ich hatte keine Ahnung, warum die auf den rein fiel. Sie war sehr schön, liebevoll und lustig und ich kam mit ihr gut aus. Bei der «Deutschen Versicherungsanstalt» machte sie im Büro eine Ausbildung. Da war sie noch ledig. Das passte den drei Schwestern gar nicht, denn die hatten vor, dass sie Frisöse wurde und den Salon weiter führt. Doch die dachte nicht daran, da sie keine Lust an dem Beruf hatte. So lehnte sie das strikt ab. Bei Mutter und Tante Else war sie aus dem Grund nicht beliebt.

Zwei Jahre vorher.

Ich kam grad aus der Schule und war auf dem Weg nach Hause. Da sah ich, dass viele Leute kamen und ins Haus von Tante Frieda gingen. Die kannte ich aber alle nicht. Als ich es Mutter sagte, meinte sie, dass es Verwandtschaft von Cousine Christels Vater ist, der da schon Tod war. Die hatte Hochzeit und ich freute mich auf das Poltern. Dann war es so weit und wir gingen rüber. Im Flur von Tante Frieda trafen immer mehr Leute ein und warfen das, was sie bei sich hatten, auf den Boden. Das war Geschirr, wie Teller und Tassen und knallte jedes Mal ordentlich. Es nahm kein Ende. Immer neue Leute kamen, die ich nicht kannte. Etwas zum Essen und Trinken gab es auch. Ich hatte Hunger und so ging ich in den Salon der Herren. Tante Frieda hatte dort Tische hingestellt. Darauf standen Platten mit Käse und Wurst Canapés. Doch andere Leckereien gab es auch. Zum Trinken gab´s Bier, Schnaps, Wein und Likör. Den tranken meist die Frauen und ich trank Brause. Jedes

Mal wenn es im Flur schepperte, sah ich durch den Spion in der Tür. Kannte ich die Leute, rief ich, wer grad kam. Falls nicht, es kommt wieder jemand. Tante oder Cousine eilten dann an die Tür. An dem Tag musste ich nicht so früh ins Bett wie sonst. Cousine Christel schlief die Nacht bei uns und ihr Liebling bei seinen Eltern.

Am anderen Tag.

Vor dem Haus von uns kam eine Kutsche an. In die stieg das Brautpaar und ich ein. Für mich stand dort ein Hocker, auf den setzte ich mich hin. Da kam ich mir vor wie ein Graf oder König. Ich hatte ja auch eine wichtige Aufgabe. Vor der Kirche hielten wir an und ich stieg zuerst aus. Dann ihr Herzblatt und zum Schluss die Cousine von mir. Das hatte den Grund, dass ihr jemand helfen musste. Das Kleid, das sie trug, hatte eine Schleppe, die war fast drei Meter lang.

Als sich alle aufgereiht hatten, ging ich ans Ende der Schleppe und hob die hoch. Das war nicht einfach für mich, denn die musste locker bleiben. So liefen wir in die Kirche bis vor den Altar und ich schaffte es in der Tat.

Nach einer Stunde war die Trauung aus. Die zwei hatten ja gesagt und sich geküsst. Das war´s. Und so, wie wir rein kamen, so schritten wir auch raus. Doch da standen jede Menge Leute rum und sahen uns zu. Dann flogen Blumen von rechts und links und ich bekam auch ein paar ab.

Die Braut stieg zuerst in die Kutsche ein und ich zum Schluss. Als wir alle drin saßen, fuhren wir los. Bei Tante Frieda hielten wir an und stiegen aus. Da machte ein Fotograf Bilder im Garten. Zuerst vom Brautpaar dann von uns allen. Tante Else nähte mir extra einen Anzug. Kaffee und Kuchen gab es im Salon. Die Tische standen noch da, nur lagen weiße Decken darauf und außerdem Blumen, Servietten. Teller, Tassen und Besteck. Es war Platz für dreißig Gäste an der Tafel. Die Torte war auf einem Tisch, der an der Wand stand. Als wir alle saßen, brachten Frauen, die ich nicht kannte, Kannen mit dem Kaffee aus der Küche. Dann gossen sie ein, mir auch. Doch nur wenig, der Rest war Milch. Gleich darauf stand ich auf und holte mir ein Stück Torte.

Es war schon fast dunkel, da kam endlich das Essen. Für mich war das ein Tag, den ich nie vergesse. Es war das erste Fest der Familie, an dem ich da bei war. Erst recht gefiel es mir, das es alles in Hülle und Fülle gab und ich viel essen konnte. Das war ja sonst nicht normal und nicht üblich und ich machte üppig Gebrauch ...

21. Mai.

Vater wollte, dass Mutter, in den Westen von Berlin fährt. Er hatte keine Stahlstifte mehr. Das waren spezielle Stifte, die es bei uns nicht gab. Es war Mode, die Tapete nicht bis zur Decke zu kleben. Doch so sah man die Kante. Um die zu verdecken, nahm man eine drei Zentimeter breite Leiste aus Holz und nagelte die über den Rand der Tapete. Da die keinen Kopf hatten, waren die nicht zu sehen. Dann strich man die in der Farbe der Tapete und darüber wie die Decke.

War ein Kunde bei uns, sah es aus wie in einem Laden. Wurde eine ausgesucht, legte Vater die Rolle auf den Schrank in der Stube und zog die Bahn bis auf den Boden. Der Kunde sollte so sehen, wie die aus der Ferne wirkt ...

Mutter hatte aber gar keine Lust. Es war die Woche, in der Pfingsten war. Da waren die Züge und die Stadt sehr voll mit Leuten. Zu Hause gab es jede Menge Arbeit für sie. Die machte sich nicht von allein. Doch das interessierte Vater überhaupt nicht. Was er wollte, das setzte er sich in den Kopf. So blieb ihr nichts anderes übrig. Sie fuhr in der Früh los. Nach der Schule lief ich zu Tante Frieda. Oma hatte gekocht und ich aß mit. Es gab Würstchen und Kartoffelsalat. Oma brachte die Reste vom Kuchen, der übrig war mit. So nahm jeder, der Hunger hatte, sich ein Kuchenstück. Abschließen des Salons war nicht möglich, so lief jeder, der keinen Kunden hatte, rasch in die Küche und aß ein Stück. Ich nahm mir einige, da der so lecker war.

Die Aufgaben für die Schule machte ich schnell, da es an dem Tag nicht viele waren. Ich wollte mich mit Peter treffen, da passte mir das gut. Er war bei Oma und Opa. Doch vorher musste ich zu Herrn Zenke, der mir die Haare schneiden sollte. Als ich fertig war, lief ich in den Salon und setzte mich ins Auto. Er hatte noch einen Kunden, der bald fertig war. Dann kam er zu mir und schnitt gleich los.

Auf ein Mal ging die Tür auf und ein kleiner älterer Mann kam rein. Der schritt direkt auf uns zu. Als er bei uns war, sagte er dem Herrn Zenke, dass er auf der Stelle mit ihm vor die Tür kommen soll. Er wollte ihm etwas sagen, das privat war. Er legte die Schere beiseite, sagte zu mir, dass er gleich zurück ist, und lief mit ihm nach draußen.

Dann sah ich, dass der kleine Mann mit den Armen wild fuchtelte. Kurz darauf ging der weg und Herr Zenke kam rein. Sofort schnitt er weiter, und zwar so lange, bis die Haare ab waren. Eilig hüpfte ich aus dem Auto. Dann eilte ich zu Tante Frieda und sagte ihr, dass ich zu Peter gehe. Der war hinter dem Haus. Als er mich sah, rief er: «Hans, komm her! Ich fing schon an.» Ich sah, dass er in die Erde eine faustgroße Kuhle geformt hatte. Seine Murmeln lagen verstreut vor und im Loch. «Na haste fleißig geübt?», fragte ich ihn. «Na klar! Ich will doch gewinnen.»

«Na, das wollen wir erst mal sehen?» Dann kramte ich die Murmeln aus der Tasche der Hose und er hob die von ihm auf. Als er fertig war, sagte ich: «So, wenn du der Sieger sein willst, darfst du die Schritte zählen.» Peter stellte sich ans Loch. Dann lief er los und zählte bis acht. Dort machte er eine Markierung auf den Boden. «Ich hab eine Münze», sagte er und kramte die aus seiner linken Tasche. Die legte er auf die Handfläche. Sofort warf er die in die Luft. Wenig später flog die in seine offene Hand und die ballte er flugs zur Faust. «Kopf oder Zahl?» Ich sagte spontan: «Kopf!» Er machte die auf und ich sah, dass dort die Zahl oben lag. «Ich fang an», rief er erfreut. Jeder hatte drei Murmeln. Er warf zuerst eine so nah wie möglich zur Kuhle hin. Dann war ich dran. Da meine Kugel dichter lag, machte ich weiter.

Die zweite schnickste ich mit Daumen und Zeigefinger zur Kuhle hin und sie war drin. Die dritte verfehlte nur knapp. Peter war dran, hatte nur leider Pech und seine Murmel hüpfte raus. Da ich bei dem Spiel zuerst alle eingelocht hatte, war ich Sieger. Eilig grapschte ich die Beute aus der Kuhle und er wollte ein Rückspiel. So spielten wir weiter. Jeder gewann und verlor mal.

Auf ein Mal war Mutter da und ich nahm Abschied von Peter. Ich lief mit ihr zu Oma, die noch bei Tante Frieda war. Zuerst bot ihr Oma Kaffee und ein Stück Kuchen an. Ich aß auch noch eins und trank Waldmeisterbrause. Es dauerte nicht lange und Tante Frieda kam rein. Sie setzte sich bei uns an den Tisch und sagte, dass ihr letzter Kunde grad fort ist. Und ich zu ihr: «Herr Zenke kriegte heute, als er mir die Haare schnitt Besuch von einem kleinen Mann. Die zwei liefen vor die Tür und ich sah, dass der ihm was sagte, und dabei bewegte er hektisch die Arme. Das sah sehr lustig aus.»

Sie schmunzelte und meinte: «Das war der Peqü. Er ist der Stiefbruder vom Zenke. Und der ist ja bei Weitem hibbeliger. Auch ist der in hohem Grade streng. Jeder wird von ihm gedrängt, nach der Pfeife von ihm zu tanzen.»

Dann sagte Mutter, dass es Zeit wird, zu gehen. Als wir draußen vor der Tür waren, hörte ich, dass ein Moped kam. Ich drehte mich um und sah, dass mein Vater es war, und auf uns zu brauste. Mutter sah grad ins Fenster der Bäckerei und bekam das nicht mit. Wenig später hielt er hörbar vor uns an. Sie drehte sich rasch um und sah, dass Vater auf der Maschine saß. Auf ein Mal war sie blass im Gesicht. Er stellte das Moped ab und Mutter rief außer sich: «Rudolf, um Gottes Willen ... was ist das für ein Dingsda? Und wem ist das?»

«Mir! Das kaufte ich einem Mann ab. Der hat jetzt ein Motorrad mit Beiwagen. So bin ich in der Stadt schneller und fahre auch viel billiger als mit dem Auto.»

Auf ein Mal polterte sie los: «So, so und auf mich nimmst du keine Rücksicht! Jetzt kann ich mir noch mehr Sorgen machen, dass du wieder gesund nach Hause kommst. Aber ... tu, was du für richtig hältst! Ich gehe jetzt hoch und mache uns das Essen. Kommst du mit, Hans?»

«Nein, ich möchte noch bei Papa bleiben ...»

«Macht doch was ihr wollt!» Verärgert drehte sie sich um und lief los. Vater meinte: «Die beruhigt sich schon wieder ... Hans, hast du Lust mit mir eine Runde zu drehen? Wenn du es gerne hast, fahren wir bis zur dicken Eiche.»

Darauf wartete ich ja nur. Feuer und Flamme und vor Übermut rief ich: «J-a-a-a, das will ich! Da hole ich gleich Maikäfer für die Hühner.»

«Dann geh schnell nach oben und hol den Karton!» Ich rannte gleich los. Der stand im Flur und den nahm ich oft für den Zweck. So waren da schon Löcher für die Luft drin. Als ich nach unten kam, sagte Vater: «Hans, steig jetzt auf. Nimm den Karton und stell ihn vor dich auf den Schoß. Dann halte dich mit den Armen an mir fest und klemm ihn ein, so fällt er nicht runter. Verstanden?»

«Ja, Papa!» Und schon ließ er den Motor an, gab Gas und rief: «Jetzt ... spreiz die Beine, und pass auf, dass du nicht mit den Füßen in die Speichen kommst.» Ich schrie: «Fertig!» Und gleich knatterten wir los und der Fahrtwind wehte mir durch die Haare. Es machte mir Spaß. Das war das erste Mal, dass ich auf einem Moped saß. Doch Angst hatte ich nicht. Wir fuhren an den letzten Häusern der Stadt vorbei. Vor uns sah ich den Wald. Es dauerte nicht lange und wir kamen dort an. Da sah ich sie, die riesige dicke Eiche. Vater hielt an und stellte den Motor ab. Ich hörte das laute Brummen der Käfer. Die schwirrten in Massen um uns rum.

Ich stieg ab, nahm den Karton, legte ihn auf dem Boden und dann fingen wir an. Da es Schwärme waren, war es kein Problem die Käfer im Flug zu fangen. Schnappte ich einen, lief ich zum Karton, legte ihn rein und machte den Deckel zu. Doch je mehr ich fing, desto schwerer war das, denn die, die drin waren, wollten wieder raus. Vater half mir und so war der Karton schnell voll. Dann sagte ich:

«Papa, ich glaube, wir haben genug. O-h-h-h ... das wird ein Schmaus für die Hühner. Die stürzen sich gleich über die her, wenn ich sie ihnen bringe.»

«So wird es sein, Hans. So ... und jetzt treten wir den Heimweg an. Mutter macht sich sonst Sorgen. Wir wollen sie doch nicht noch mehr verärgern.»

Ich schnürte den Karton mit einem Seil zu. Vater ließ den Motor an und ich setzte mich darauf. Als ich saß, fing knatternd die Heimfahrt an. Vor dem Haus stieg ich vom Moped ab. Vater sagte: «Hans, sag Mama, dass ich schnell in die Werkstatt fahre. Dann komme ich gleich heim.»

«Mach ich!» Er brauste los und ich rannte nach oben. Dort klingelte ich und Mutter machte die Tür auf. «Wo ist denn Papa?»

«Der bringt seine Maschine in die Werkstatt und kommt dann gleich.»

«Was hast du denn in dem Karton?»

«Maikäfer ... für die Hühner. Willst du die sehen?»

«Ja, zeig sie mir mal ... Wir gehen aber in die Küche.» Dort stellte ich den Karton auf den Tisch und sie sagte: «Pass nur auf, dass die dir nicht entwischen.»

«Ich versuche es ... Doch es sind jede Menge ...» Ich knotete das Seil auf und hob vorsichtig den Deckel hoch. Doch ehe ich mich versah, flogen schon ein paar raus. Ich hatte Mühe, die anderen zu bremsen. Da rief sie entsetzt: «H-a-n-s, mach schnell den Deckel zu!»

«Ja, Mama ich versuch´s! Ich schaff das nicht mehr ...»

«Ich bin gleich zurück!», rief sie und lief zum Ofen. Von da holte sie das Plätteisen und stellte es auf den Karton. «Geschafft! Mach schnell! Wir müssen die, die raus sind fangen», sagte sie. Doch das war gar nicht so leicht. Ein paar hingen schon oben an den Gardinen. Da kamen wir ohne Leiter nicht dran. Mutter schüttelte die kurzerhand ab. Ich packte jeden Käfer und steckte ihn in den Karton.

Als wir alle hatten, rief sie sauer: «Hans! Jetzt bring bloß die Viecher raus zu den Hühnern! Ich will die über Nacht nicht hier drin haben.» Ich schnappte mir den Karton und lief los. Als ich an der Tür war, hörte ich sie zetern: «So ein Mist! Jetzt muss ich morgen nochmal die Gardinen waschen.» Die waren ihr mehr als heilig. Der Dreck, den die da machten, war gut zu sehen. Zum Glück fiel keiner ins Essen. Na dann wär was los gewesen.

Ich lief schnell die Treppe runter. Vor dem Haus hörte ich, dass die Hühner noch draußen auf der Wiese waren. Die gackerten dort rum. Es kam mir so vor, als ob die auf mich gewartet haben. Ich rief: «Put, put, put! Jetzt gibt´s was zu fressen.»

Dann machte ich den Deckel ab und alle kamen laut gackernd zu mir. Ich kippte den Karton aus und die Käfer fielen auf die Erde. Die Hühner pickten drauf los und im Nu waren alle fort. Nur ein paar gelang die Flucht und die flogen weg. Sofort lief ich hoch.

Kaum war ich da, kam Vater an. Mutter gab ihm gleich die Päckchen. In der Folge gab es Essen. Jeder kaute still vor sich hin. So schweigsam waren wir schon lange nicht mehr. Ich sah Mutter an, dass die innerlich vor Zorn kochte. Doch hatte sie ihre Wut im Griff und wurde nicht ausfällig.

Als wir fertig waren, sagte Vater: «So ... Hans, jetzt hätte ich gerne die Aufgaben von dir gesehen, bevor du ins Bett gehst.»

Da es nicht viele waren, war das schnell erledigt.

G

22. Mai.

Alles fing zunächst wie immer an. Mutter weckte mich wie jeden Tag mit dem Ruf: «Hans aufstehen!» Und ich, wie stets: «Ja, Mama! Komme gleich.» Dann reckte und streckte ich mich. Aus einem Grund, der nicht zu erklären war, hatte ich keine Lust, aus dem Bett zu steigen. Ich war noch müde, da ich in der Nacht sehr unruhig schlief. Schuld war ein blöder Traum, in dem sah ich, dass ein Panzer kam.

Ich stand am Rand der Straße und sah zu ihm. Kurz bevor er bei mir war, drehte er sich und kam direkt auf mich zu. Sieht der mich nicht, dachte ich. Doch dann fuhr er schon über mich und ich lag unter dem Panzer. Ich schrie vor Schmerz. Im Zuge dessen wurde ich wach. Ich machte die Augen auf und sah, das es dunkel im Raum war. Da merkte ich, dass ich schwitzte. Zum Glück wurden meine Eltern nicht wach, da die tief und fest schliefen. Nach kurzer Zeit fielen mir die Augen zu.

Da kam Mutter noch mal und rief mit mehr Nachdruck: «Hans! Mach hin es wird Zeit.» Unwillig stand ich auf und lief ins Bad. Beim Waschen schwirrte mir auf ein Mal eine Melodie im Kopf herum. Die sang ich dann vor mich hin ... bis zum Tisch in der Küche. Da rief Mutter: «Wenn man am Morgen fröhlich singt, der Tag dir Unglück bringt.» Das sagte sie öfters mal und es traf nie ein. Als ich fertig war, nahm ich Abschied. Das Lied sang ich auch noch als ich die Treppe runter und aus dem Haus lief. Vor der

Bäckerei kam grad Peter raus. Ich fragte: «Na? Warste bei Oma und Opa?»

«Ja! Da war ich wieder über Nacht.»

Auf der Stelle trödelten wir los. Es dauerte nicht lange, da rief er: «Wer zuerst an der Schule ist, gewinnt», und rannte los. Um nicht zu verlieren, flitzte ich ihm auf der Stelle nach. Er kam aber schon bald aus der Puste. So überholte ich ihn mit links. So war ich der Erste, der an der Schule war. Nach Luft schnappend kam er wenig später an. Ich rief: «Gewonnen!» Fred war schon da, sah uns und fragte: «Na, seid ihr um die Wette gerannt?» Ich sagte: «Peter wollte es so und ich schlug ihn.» Dann liefen wir gleich mit den anderen in die Klasse. Wir machten oft solche Wettläufe, meistens war da auch Fred bei.

Am Tag zuvor sagte der Lehrer von uns nach Ende der Schulstunde: «Bringt bitte alle Morgen die Sachen für den Sport mit. Ich muss früher weg und so habt ihr in der letzten Stunde Sport.» Das freute mich gar nicht, darin war ich eine Niete. Im Laufen war ich ja ganz gut. Doch die Stangen in der Turnhalle waren mein Feind. Da in die Höhe zu klettern war eine Qual für mich. So rutschte ich schneller runter, als ich hochkam. Da die Sonne schien, hoffte ich, dass wir draußen Sport hatten. Auch war der Lehrer für den Sport nicht der beste Freund von mir. Dass wir uns nicht grün waren, beruhte auf Gegenseitigkeit ... Und ich hatte Glück!

Die letzte Stunde war um. Wir liefen in die Turnhalle und zogen uns Turnhose, Hemd und Schuhe an. Als ich fertig war, ging ich raus vor die Tür. Dort wartete schon der Sportlehrer. Wie üblich hatte er ein Netz mit Bällen bei sich. Als alle da waren, pfiff er kurz mit der Trillerpfeife.

Dann schrie er: «Jetzt bewegt euch und seid nicht so lahm!» Und sofort lief er los. Wir rannten hinter ihm her. In der Mitte vom Sportplatz hielt er an. Da ertönte ein Pfiff. Wir versammelten uns auf der Stelle um ihn rum. In der Zeit packte er fünf Bälle aus dem Netz. Dann warf er die zielgenau in die Runde. Ich bekam auch einen ab und das wunderte mich. Als er fertig war, sagte er: «Alle, die einen Ball haben, stellen sich nebeneinander. Die anderen in einer Reihe dahinter. Aber achtet darauf, dass in jeder Gruppe gleich viele sind. Seid ihr damit fertig, bildet ihr einen Kreis. Dann werft ihr euch erstmal den Ball zu.»

Wir fünf stellten uns auf. Dann kam der Rest und platzierte sich hinter uns. Fred und Peter kamen zu mir. Als alle in Reih und Glied standen, postierte sich jede Gruppe kreisrund. Ich warf zuerst den Ball zu Peter, der war genau gegenüber von mir. Das machten wir eine Weile. Dann pfiff der Lehrer und rief: «Aufhören! Und die Bälle zu mir bringen.» Als das geschehen war, nahm er zwei. Er sah uns an und sagte: «Während ich die Bälle ablege, bildet ihr zwei Gruppen. Verstanden?» Wir nickten und er lief fünfzig Schritte vor. Dort legte er die im Abstand von zehn hin. Als er zurückkam, sah er uns an und fing an uns in einer Reihe aufzustellen. Erst die eine, dann die andere Gruppe. Als er fertig war, sagte er: «So Kinder! Ihr lauft jetzt bis zum Ball, um ihn herum und wieder zurück. Jeder der den Wettlauf verliert, scheidet aus. Die Ersten rennen um den Sieg. Das machen wir so lange, bis zwei übrig bleiben. Die laufen um den Tagessieg.»

Die jeweils Ersten der Gruppe fingen an. Dann die Zweiten und ich war der Dritte und lief gegen Renate. Nach dem Pfiff sprintete ich los ... und hatte keine Chance.

Völlig außer Atem kam ich am Ziel an. Obwohl ich um mein Leben rannte, reichte es nicht. Da hörte ich die Stimme vom Lehrer, der lachte und hämisch spottete: «Ha, ha, ha ... Das kann doch nicht wahr sein! Jetzt laufen die Mädchen schon den Jungen weg!» Er verlangte, dass ich zu ihm komme. Da keifte er: «Zur Strafe machst du zwanzig Liegestütze.» Sein stechender Blick sagte mir, dass er es ernst meint. Dann machte er den Mund auf und nach einem tiefen Atemzug brüllte er: «Na ... wird's bald!»

Es war mir klar, dass er mich so demütigen wollte. Im Inneren kochte ich vor Wut. Mit Zorn im Bauch kniete ich mich auf den Rasen. Da streckte ich die Beine aus und fing langsam an, den Körper mit den Armen nach oben zu stemmen. «Eins ... zwei ... drei ...». Es ging ihm, wie mir schien, nicht schnell genug denn er brüllte: «S-c-h-n-e-l-l-e-r!» Im Anschluss drehte er sich zu den anderen um und schrie: «Jeder Junge, der heute verliert, muss auch zwanzig Liegestütz machen. Habt ihr das verstanden!»

«Zwanzig», rief ich und hatte es geschafft. «Sehr gut, Junge. Dann geh zu den Verlierern.» Ich erhob mich und stellte mich zu denen. Da pfiff er und die Nächsten liefen los.

Eine Schlappe gegen Renate zu erleben war keine Blamage. Sie war im Sportverein und nahm fast an jedem Ende der Woche an einem Wettkampf teil. Ihr Vater war auch Sportler und siegte auf vielen Turnfesten. Kein Junge aus der Schule besiegte sie. Zum Schluss traten die Besten aus den Gruppen an. Das ging so lange, bis zwei übrig waren, Paul und Renate. Die rannten um den Sieg und Renate gewann ganz klar. So war ich an dem Tag nicht der einzige Junge, der gegen ein Mädchen verlor. Das passte dem Lehrer gar nicht.

Doch ich freute mich für sie. Wir sprachen oft mal auf dem Schulhof. So wusste ich, dass ihr Vater ihr keine andere Wahl ließ. Sie musste bei jedem Wettbewerb mit machen. Sie sollte ja mal Olympiagold holen. Aus dem Grund trainierte sie jeden Tag nach der Schule. Sie war zwar ein bisschen schüchtern, kannte man sie näher, war sie aber überaus nett. Ich empfand in der Tat Sympathie zu ihr. Mit ihr eine Freundschaft an zu fangen hatte ich nicht vor. Ich hatte Angst, dass dann ihr Vater mich auch zwingen würde, ein Sportler zu werden. Dazu hatte ich keine Lust und schon gar nicht das Talent. Folglich ließ ich es so, wie es war. Ich gratulierte ihr aber zum Sieg. Zum Glück war da der Sport vorbei. Der Lehrer sagte die erlösenden Worte: «So Kinder. Ihr könnt euch jetzt umziehen. Dann dürft ihr nach Hause gehen.» Sofort rannten wir zurück, um die Kleidung zu wechseln. Da es sehr warm war, behielt ich meine schwarze Turnhose an.

Als alle fertig waren, liefen wir aus der Schule. Auf dem Heimweg fragte ich Fred und Peter: «Wollen wir uns gleich zum Spielen treffen?» Doch die zwei hatten keine Zeit.

Ich kam zu Hause an und Mutter machte mir auf. Sie hatte das Essen schon fertig und so aßen wir auf der Stelle. Vater wollte erst später kommen. So machte ich gleich die Aufgaben für die Schule. Als er kam, sagte er autoritär: «Hans, wenn ich mit dem Essen fertig bin, dann werde ich mit dir rechnen üben. Bereite dich schon mal vor!» Das war mir gar nicht recht. Mutter wechselte in der Zeit die Kleidung. Sie wollte zum Metzger gehen. Vater saß in der Küche und aß sein Essen, das aufgewärmt war.

Ich ergriff die Gunst der Stunde und lief mit ihr runter. Da sie mit der Straßenbahn fuhr, ging ich mit bis zur Haltestelle. Dort angekommen bettelte ich: «Mama, nimm mich doch mit!» Sie sah mir in die Augen und sagte: «Hans, sieh mal ... du hast doch keine Schuhe an. Wenn jemand dir auf die Füße tritt, dann wird dir das weh tun ... Es dauert nicht lange, dann bin ich ja wieder da. In der Zeit kannst du mit Papa rechnen üben.» Grad das wollte ich nicht. Ich musste sie egal wie umstimmen. So fing ich an, mit verweinter Stimme zu sprechen: «Bitte, bitte ... Mama, nimm mich mit. Ich habe keine Lust auf Rechnen.» Doch sie ließ sich nicht erweichen. Es wurde 16:32 Uhr und in dem Moment fuhr die Straßenbahn vor. Sie winkte mir kurz zu und stieg ein. Ich stand da wie ein begossener Pudel und hatte Tränen in den Augen ... und kurz darauf ging die Tür zu. Ich sah, wie sie sich ans Fenster setzte. Sie winkte mir zu, dann fuhr die Bahn los. Als ich sie nicht mehr sah, drehte ich mich um. Langsam lief ich auf unser Haus zu. Ich war lustlos, hatte Tränen in den Augen und war böse auf sie. Wie konnte sie mir das antun. Da sah ich, dass hinter dem Haus dunkle düstere Wolken am Himmel waren. War das ein Zeichen vom Himmel? Drohte mir nachher ein Donnerwetter? Egal! Weinend lief ich weiter auf die Pein zu, die gleich auf mich wartete. Ich war grad vorm Salon von Tante Frieda. Da sah ich, dass von vorn eine Frau mit einem Kinderwagen auf mich zu kam.

Ich kuckte genauer hin und da sah ich, dass es der von Julchen war. Frau Tschoritsch schob den. Die wohnte über dem Salon. Als sie bei mir war, sagte sie: «Das ist ja prima, das ich dich sehe, Hans. Könntest du mal kurz auf Julia aufpassen. Ich muss mal in meine Wohnung, um mir ein

Gefäß zu holen. Ich brauche Schlagsahne aus der Bäckerei. Ich bin auch gleich zurück!» Sofort stellte sie den Wagen vorm Haus an der Hauswand ab. «Ja, ist gut, Frau Tschoritsch», sagte ich und wischte mir schnell die Tränen weg. Dann lief sie los und verschwand im Flur. Ich beugte mich in den Kinderwagen.

Julchen war wach und lächelte. Ich reichte ihr einen Finger und sie griff mit ihren kleinen Händen zu. Sie sagte mir was, doch ich verstand nicht, was das war. Dann ließ sie los und ich kitzelte sie an den Füssen, die aus der Decke raus guckten. Da lachte sie laut und ihre Augen strahlten voll Freude.

In dem Moment hörte ich in der Ferne, das etwas quietscht. Ich erhob mich und guckte da hin. Da sah ich, dass es ein Militär-Jeep der Russen war. Das schaukelte hin und her auf dem Fahrdamm. Schon wieder ein Saufbold am Steuer, dachte ich. Die rasten sehr oft durch die Stadt. Vater sagte mir jedes Mal, sah er so einen, dass ich denen aus dem Wege gehen soll. Da war meine Neugier gestillt. Ich drehte mich um und sah zu Julchen. Die war munter, lachte und quasselte vor sich hin.

Da rief Frau Tschoritsch: «H-a-a-a-n-s, ich bin wieder d-a-a-a!» Ich richtete mich auf und sah zu ihr. Da quietschten Reifen und in der Sekunde rumste es. Dann stieß mich etwas von hinten in die Beine. Es krachte und drückte mich brutal in den Kinderwagen. Da knickte ich ein, glitt mit dem Körper an dem Wagen runter und rutschte auf die Steine. Und dann war es mucksmäuschenstill. Als ich da lag, sah ich, dass die linke Hand in den Speichen klemmte. Zieh die raus, sonst tut es dir weh, sagte ich zu mir im Stillen. Merkwürdig war, dass ich keine Schmerzen an der Hand hatte. Komisch? Ich weinte doch sonst bei jedem Wehwehchen. Da hörte ich, wie ein Mann rief: «Ruft sofort ein Krankenauto! Ein Junge, und eine Frau sind verletzt.» Ich sah die nur nicht.

Da kam mir Julchen in den Sinn und so wollte ich nach ihr sehen. Doch musste ich erst die Hand befreien. Ich zog ganz fest und hatte Erfolg. Aber die tat mir immer noch nicht weh. Ich sah sie mir genauer an, doch sie war heil. Dann sah ich, das der Kinderwagen auf dem leicht schrägen Gehweg langsam auf eine Straße zu rollte ... Los steh auf und lauf ihr nach, ehe sie auf die kommt, sagte ich zu mir. Sofort stützte ich mich auf beide Hände, hob den Körper an und wollte auf die Knie kommen. Doch da merkte ich, dass das nicht ging, da ich die Beine nicht spürte. Wieso rühren die sich nicht, fragte ich mich und wollte kucken warum. Ich drehte den Kopf um und da sah ich jede Menge Leute und das Militärauto stehen. Das war nur ein paar Meter von mir weg. Julchen ... kam mir in den Sinn. Ich wollte doch den Kinderwagen festhalten.

Dann sah ich vom Auto auf die Beine. Nur konnte ich mich so weit nicht drehen. Da rief ein Mann, dass er mir hilft. Als ich auf dem Rücken lag, fragte der, ob ich Schmerzen habe. Wie kam der darauf, die hatte ich doch gar nicht. Dann hob ich den Kopf etwas an und kuckte an mir runter. Da sah ich, dass die Beine voll Blut waren, und der Mann meinte, dass gleich das Krankenauto kommt. Warum sagte er das zu mir? Da sah ich einen Knochen, der aus dem linken Bein von mir raus kuckte. Doch musste das nicht höllisch weh tun?

Ich sah auf die Füße, wollte die Zehen bewegen, doch die machten das nicht. Da war mir klar, dass ich der Junge bin, der verletzt ist. Julchen ... wo bist du? Ich glaube, ich kann dir nicht mehr helfen ... Ohne jede Aussicht das zu schaffen, legte ich mich auf den Rücken hin und kuckte in die dunklen Wolken am Himmel.

Da lag ich, war traurig und wollte weinen, doch das konnte ich nicht. Da kam mir Julchen in den Sinn. Ich hoffte, dass sie nicht überrollt wird, wenn sie auf die Straße rollt. Ich hatte vor zu rufen, doch brachte ich kein Wort über die Lippen. Dann drehte ich den Kopf um ... und was ich da sah, machte mich froh. Ein Mann hielt den Kinderwagen an. Ach, wie freute ich mich darüber. Am liebsten hätte ich vor Glück geschrien.

Auf ein Mal hörte ich ein furchtbares Wehklagen. Ich drehte den Kopf um und da sah ich Frau Tschoritsch auf dem Gehweg liegen. Sie weinte und wandte sich auf dem Pflaster hin und her. Da war mir klar, dass sie die Frau war, die man angefahren hatte. Es kamen auch immer mehr Leute da zu und ein paar von denen weinten. Mir tat nichts weh, obwohl ich doch an den Beinen blutete. Ich drehte den Kopf wieder um und kuckte in die Wolken.

Da spürte ich einen Schmerz, wie ich ihn noch nie hatte, und davon hatte ich ja schon genug. Doch die waren gegen die, wie ein Stich von einer Mücke. Das tat sehr weh und so schrie und weinte ich. Dann merkte ich, dass mir etwas auf die Beine gelegt wurde. Ich sah, dass es eine Decke war und das es eine Frau machte. Das tat noch mehr weh. Ich weinte und schrie lauter: «A-h-h-h! M-a-m-a! P-a-p-a ... wo seid ihr?», und dicke Tränen rannen mir aus den Augen.

Da drehte ich den Kopf kurz um und sah das Oma und Tante Frieda kamen. Die kniete sich neben mich hin, sagte: «Hansel, Hansel, dein Papa kommt gleich ...» Da sah ich über mir den Kopf von Oma, die weinte. Dann merkte ich, wie sie mir über die Stirn strich. Tante Frieda hielt die Hand von mir und drückte die. Sie weinte auch und wischte sich mit dem Ärmel die Tränen ab und ich schrie vor Schmerzen. Da hörte ich, wie Oma - ihre Stimme klang verweint - rief: «Mein ... Kind ... mein Kind ... mein armer Hansel ...»

Kurz darauf war Vater da. Tante Frieda stand auf und er kniete sich neben mich. Der Schmerz war kaum noch zu ertragen und ab und zu wurde mir schwarz vor Augen. Vater hielt jetzt die Hand von mir. Ich hörte, wie er weinend sagte: «Hans, es wird alles wieder gut ... Gleich ist das Krankenauto da ... »

Da rief jemand mit lauter Stimme: «Machen sie doch bitte mal Platz!» Und dann kamen zwei Männer mit einer Trage an. Die stellten sie links neben mich hin. Einer schrie: «Wer legte denn die dreckige Decke auf den Jungen?» Mit einem Ruck riss er die von mir und warf sie auf den Gehweg. Die zwei knieten sich neben mich. Der eine legte die Hände unter den Rücken und der andere unter die Beine. Dann sagte einer, dass es gleich eine bisschen weh tun kann, und schon hoben sie mich an. Doch da wurde mir schwarz vor Augen und der Schmerz so schlimm, dass ich so laut schrie wie noch nie.

Als ich auf der Trage lag, hoben die zwei sie an. Dann liefen sie mit mir eilig durch die Masse von Leuten, die da herum standen. Kurz darauf kamen wir am Krankenauto an. Da die Tür auf war, schob man mich gleich rein. Vater stieg auch ein und setzte sich neben mich hin, faste meine Hand an und ich schrie Ach und Weh und weinte. Die zwei nahmen die zweite Trage und rannten fort. Dann kamen sie mit Frau Tschoritsch an, die sie neben mich stellten. Einer deckte uns gleich mit einer Decke zu. Der andere war der Fahrer, er machte von außen die Türen zu und stieg vorne ein. Doch er fuhr nicht weg. Warum fährt er denn nicht los? Ich krümmte mich vor Schmerzen.

Da nahm der, der bei uns war in aller Ruhe ein Blatt Papier. Er wollte wissen wie wir heißen. Bei mir sagte es ihm Vater. Doch Frau Tschoritsch wimmerte und gab was von sich, das er nicht verstehen konnte. Mal um Mal fragte er sie. Nur verstand er sie nicht. Ist denn das so wichtig? Warum fahren wir nicht endlich los? Ich habe doch große Schmerzen und da schrie ich mit letzter Kraft: «A-h-h-h .... d-i-e ... h-e-i-ß-t ... Tschoritsch und wohnt ... in der 115!» Er sah mich an, meinte: «Danke Kleiner, das ist nett von dir. Dann gehts jetzt los!» Er gab dem Fahrer ein Zeichen und der brauste gleich mit Tatütata ab. Vater saß neben mir und sprach kein Wort. Ich fragte mich, warum er nicht den Namen von ihr sagte, denn er kannte sie ja auch. Die Straße war nach einer Weile sehr holprig. Bei jedem Schlag nahm der Schmerz zu und mir wurde es häufig schwarz vor den Augen.

Da bekam ich Angst und war der Meinung, dass ich nie mehr nach Hause komme. Da dachte ich, was wird bloß Mama sagen, wenn ich tot bin ... Und Tränen rannen mir über die Wangen. Ich merkte, wie Vater sie mir abtupfte. Mit der noch übrigen Lebenskraft hauchte ich: «P-a-p-a, muss ich jetzt sterben?» Seine Antwort kam nicht prompt. Er überlegte wohl erst. Auch er weinte, als er mit leiser Stimme sprach: «Nein, mein Junge. Das wirst du nicht. Wir sind ja gleich im Krankenhaus ... und da helfen dir die Ärzte.»

«Papa, ich habe Durst?»

«Hier gibt es nichts zu trinken, Hans. Doch gleich, wenn wir da sind, bekommst du etwas.»

Da hielt das Auto an und der Fahrer rief: «Wir sind da!» Von draußen riss man die Tür auf und gleich zogen sie mich raus. Es waren vier Männer und Frauen in Weiß. Da machte ich die Augen zu. Ich bekam mit, dass man mich sehr schnell durch ein paar Gänge fuhr. Dann blieb ich stehen, eine Tür ging auf und es ging weiter. Die Fahrt war kurz hierauf zu Ende und ich stand still da. Ich wollte wissen, wo ich bin, und machte die Augen auf. Ich war neben einem Tisch aus Metall und die vier waren grad am Werk mich auf den zu legen. Dann zogen sie mich darauf. Als sie das machten, war der Schmerz kaum zu ertragen.

Der Sanitäter, der hinten im Wagen saß, kam zu mir. Er streichelte meine linke Hand und sagte: «Alles Gute für dich und halt die Ohren steif. Es wird schon wieder.» Dann verschwand er mit der Tragbahre. Kaum war er weg, wurden die Schmerzen noch stärker. Ich schrie, so laut ich konnte. Vater stand neben mir und hielt meine rechte Hand fest. Eine Schwester kam an und da sagte ich leise weinend: «Ich, ich habe Durst ...»

«Ich gebe dir gleich etwas zu trinken», war ihre Antwort. Sie drehte sich um und lief weg. Kurze Zeit später kam sie wieder. Sie machte die Lippen von mir mit Tee nass. Eine andere drückte mir eine Maske über Nase und Mund, sagte: «So ... und jetzt atme tief ein und aus ... ein und aus ... ein ... und ... a-u-s ...» Blinzelnd machte ich die Lider auf und zu und es wurde Nacht. Ab da bekam ich nichts mehr mit ... Im Schlaf hatte ich grausame Träume. Es rollten Panzer über mich und ich schrie vor Schmerz. Dann nahm ich an, dass Schwestern bei mit waren. Es wurde kurz hell, doch wenig später war es Nacht. Da kamen die Panzer wieder. Irgendwann, als es mal hell wurde, merkte ich, dass die rechte Hand von mir berührt wurde. War ich etwa schon im Himmel? Doch ich sah keine Engel. Rings um mich war weißes Licht. Ich machte die Augen zu und dann wurde es Nacht. Die Panzer fuhren aufs Neue über mich. Als es noch mal hell wurde, hörte ich die Stimme einer Frau: «H-a-a-a-n-s, hörst du mich? H-a-n-s ...» Ich wollte was sagen, konnte nur nicht und döste ein ... und es wurde Nacht.

Als es wieder hell wurde, machte ich blinzelnd die Augen auf. Als ich es schaffte, drehte ich den Kopf nach links und sah eine weiße Wand. Am Bett stand ein Ständer, an dem Flaschen hingen. Ich sah, dass dort rote und helle Flüssigkeit drin war und von da aus Schläuche im Arm endeten. Dann kuckte ich vor das Bett und sah ein Gestell mit Gewichten. Da rief die Frau wieder: «H-a-n-s, hörst du mich?» Da merkte ich, dass die rechte Hand von mir sanft gestreichelt wurde. Ich wollte den Kopf drehen, um zu sehen, was das für eine Frau war. Doch dazu kam es nicht, denn im Nu fielen mir die Augen zu und es wurde Nacht.

Ich wusste nicht, wie lange ich schlief ... Da wurde es wieder hell. Ich sah, dass Mutter rechts neben dem Bett saß und sanft über die rechte Hand strich. Und ich hörte den melodiösen Klang ihrer Stimme: «H-a-n-s, hörst du mich?» Es war doch kein Engel. Da bin ich ja noch auf der Erde, dachte ich und nickte mit dem Kopf.

Ich wollte ihr etwas sagen. Da merkte ich, dass mir übel wurde, als der Brechreiz vorbei war, versuchte ich es aufs Neue. Mit Mühe flüsterte ich: «J-a-a-a, M-a-m-a-a-a ...»

«Das ist ja schön ... Hans, dass du mich hörst. Ich sprach oft mit dir, doch du sagtest nichts.» Wieder kam der Brechreiz. «Mama, Warum ist mir jetzt so übel?»

«Das kommt von der Narkose, die du bekamst.»

«Ich wollte, dir was sagen, doch ich konnte das nicht ... Ich wurde immer gleich müde.»

«Ist nicht so wichtig, mein Junge. Es kam daher, dass du sehr erschöpft warst. Dann schlaf wieder ein wenig. Es ist schon spät am Abend. Ich muss jetzt gehen, da Papa gleich nach Hause kommt. Ich sage ihm, dass du wach bist. Wir kommen morgen zu dir.» Kaum sah ich sie und schon wollte sie mich wieder verlassen. Das war mir gar nicht recht und ich fing an zu weinen ... schluchzend sagte ich: «Bleib bei mir ... bleib bei mir Mama.»

«Ich bin ja bei dir. Ich habe nur nicht die Erlaubnis, die ganze Nacht bei dir zu sein. Wir sind im Zimmer der Schwestern und die müssen hier arbeiten ... Doch bin ich noch hier, im Raum nebenan, wenn du mich brauchst.» Sie stand auf. In dem Moment kam eine Schwester hinter dem Schirm raus und stellte sich links neben das Bett. Mutter beugte sich über mich und gab mir einen Kuss auf die Stirn. Da sah ich Tränen in ihren Augen, die ganz rot waren. «Mama, warum weinst du denn?»

«Weinen? Ich? Nein, nein, mein Junge, das sieht nur so aus. Es ist hier so warm und das sind nur Schweißperlen.» Wieso log sie mich an. Ich sah, dass es keine waren ... Was war mit mir los, dass sie weinte. Sie hätte sich doch freuen müssen.

War mit mir was Böses passiert? Ich war noch in Gedanken, da sah ich, dass sie winkte. Doch ihr Lächeln kam mir unecht vor. Im Nu verschwand sie hinter dem

Schirm und ich fing an zu weinen. Ich schluchzte und mir liefen die Tränen über die Wangen.

Die Schwester nahm ein kleines Tuch und wischte mir die ab. «Hans, deine Mama ist doch gleich wieder da. Jetzt beruhige dich und schlaf ein wenig», sagte sie und ich döste langsam ins Reich der Träume. Doch da waren die Panzer und jeder rollte über mich. Ich merkte, dass es mir sehr weh tat. Da ich das nicht mehr aushalten konnte, schrie ich, so laut ich konnte: «M-a-m-a, komm her! Hilf mir! Die Panzer rollen über mich!» Davon wurde ich wach. Doch nicht Mutter, sondern die Schwester stand vor dem Bett und sagte leise: «Hans, beruhige dich. Hier kann kein Panzer über dich fahren. Kuck dich mal um ... Siehst du! Es war nur ein Traum. Und die Mama von dir kann jetzt nicht kommen. Es ist mitten in der Nacht und sie schläft. Sobald sie wach ist, kommt sie gleich. Das verspreche ich dir.» Durch ihre leise und monotone Stimme fielen mir die Augen zu und ich schlief ein ...

Es wurde hell ... Doch war es nicht so wie sonst. Ich wurde ganz normal wach, hatte keine Alpträume mehr. Als ich die Augen auf hatte, war das Licht so grell, dass ich die gleich wieder zu machte. Erst nach vielen Blinzeln war ich das gewohnt. Ich lag auf dem Rücken und kuckte an die Decke. Da vernahm ich die Stimme von einer Frau und einem Mann doch sah ich die nicht. Die konnten nur hinter der Wand sein, so hörte es sich an. Auf einmal hörte ich die Stimme einer Frau. Die klang wie die von Mutter. Da rief ich: «Mama, bist du da?» Doch statt ihr kam eine Krankenschwester. Voll Freude sagte die: «Guten Morgen, Hans! Wie gehts dir denn heute?»

«Wo ist meine Mama?»

«Die kommt gleich wieder. Ich bin Schwester Erna und die rechte Hand vom Chefarzt Doktor Hanschke. Wir sind für deine Heilung da. So tun wir alles, dass du bald gesund wirst. Hast du Hunger oder Durst?»

«Beides!»

«Fein, dann bringe ich dir gleich etwas.» Sie drehte sich um und verschwand hinter der Wand. Kurze Zeit später hörte ich das Klirren von Gläsern. Nanu wer klimpert denn hier rum, dachte ich und dann sah ich, wer das war. Eine Schwester schob ein Gefährt vor sich her. Oben drauf standen viele kleine Gläschen. Die waren fast alle leer. Was macht die denn mit denen bei mir, fragte ich mich im Stillen. Die Antwort kam prompt: «Guten Morgen! Ich bin Schwester Anita. Ich brauche ein wenig Blut von dir. Keine Angst, das tut nicht weh.» Sofort holte sie eins der Fläschchen und schrieb etwas darauf. Dann nahm sie einen Schlauch aus Gummi und eine Art Nadel. Sie sah mich an und sagte: «So, zeig mir mal deine Hände!» Da sah sie sich jeden Finger an. «Der war gestern dran ... nehmen wir heute den hier.» Es war mein rechter Zeigefinger. Sie drückte und sagte: «Beiß dir mal auf die Zähne, gleich tut es ein wenig weh.»

Das machte ich und schloss auch die Augen, da ich nicht sehen wollte, was sie tat. Da merkte ich schon den Stich, der leicht schmerzte. Es dauerte nicht lange, da hörte ich: «So, fertig!» Doch es tat höllisch weh, und ich war nah dran zu brüllen. Da dachte ich an Vater, der wenn mir was weh tat sagte, das eine Rothaut keinen Schmerz kennt. Und ich solle doch damit aufhören.

Sie stellte das Glas mit dem Blut auf den Rollschrank. Dann sah sie mich an und sagte: «Du warst sehr tapfer,

Hans! Wir sehen uns morgen wieder ...» Flugs fuhr sie mit dem Gefährt los, hinter die Wand und weg war sie.

Es dauerte nicht lange und Schwester Erna kam. Die trug ein Tablett vor sich her. Das stellte sie auf einen Tisch, der neben dem Bett stand ab. Dann sah sie mich an und sagte: «Hans! Bevor du jetzt dein Frühstück bekommst, gibt's erst mal eine kleine Spritze.» Ich sah, dass die auf dem Tablett in einer Schale lag. Sie griff die mit der rechten Hand und hob sie vor ihr Gesicht. Kurz schnippte sie dran und sofort kam ein Strahl raus. Da nahm sie ein Stückchen Watte und tränkte es in eine Flüssigkeit. Dann ging sie an die linke Seite vom Bett. Sie schob die Zudecke am Oberschenkel weg. Mit dem Stück Watte wischte sie mir an der Pobacke rum. Als sie das erledigt hatte, sah sie mich an und sagte: «Jetzt ... Hans, wird's ein bisschen weh tun.» Doch den Stich merkte ich nicht. Warum hatte ich bei ihr keine Schmerzen? Sonst spürte ich das jedes Mal. Da waren die oft so groß, dass ich weinen musste. «Das war es schon», rief sie und legte die leere Spritze weg.

«Kriege ich jeden Tag so eine?», fragte ich voll Neugier. «Ja! Bis auf weiteres. Und jetzt gibt´s was zu futtern. Ich nehme an, du hast schon großen Hunger, oder?»

«J-a-a-a, wie ein Löwe!»

«Sehr gut! Da du jetzt noch geschwächt bist, füttere ich dich erst mal. Hast du einen Einwand?» Ich schüttelte den Kopf und sagte: «Nein.»

«Fein, dann fangen wir an. Möchtest du erst mal Tee?»

«Ja!»

«Gut! Heute gibt es Kräutertee ... Vorsicht, der ist heiß!»

«Mmh, der schmeckt lecker ... Was ist denn das für eine komische Tasse?»

«Das ist eine Schnabeltasse.»

«Ha, ha ... Was für ein lustiger Name.»

«Ja, das ist er. Aber die ist eine sehr gute Trinkhilfe. Bei einer Tasse läuft meist ein Teil der Flüssigkeit am Mund vorbei. Das ist hier nicht der Fall.»

«Ja, stimmt! Ich hab nicht gekleckert.» Und schon kam der erste Löffel an. Es war Haferbrei. Ich aß den, bis der Teller leer war. Dann trank ich noch den letzten Schluck Tee. Da war ich ganz schön satt. «Hans, du hattest aber großen Hunger. Das ist schon mal sehr gut. Jetzt gehe ich wieder. Gleich kommt der Stationsarzt zu dir. Wenn du was brauchst, oder dir etwas nicht behagt, ruf bitte so laut, wie du kannst, dann komme ich sofort! In Ordnung?»

«Ja, Schwester Erna ...»

«Fein, dann bis später.» Sie nahm ihr Tablett und ging weg. Es dauerte nicht lange und Mutter rief: «Guten Morgen, Hans! Wie geht es dir heute?» Als ich sie sah, freute ich mich riesig. «Gut, Mama! Ich hab grad was gegessen.»

«So? Was gab es denn?»

«Brei und Kräutertee.»

«Das ist ja prima.»

«Ich hab alles verputzt und gleich kommt ein Arzt zu mir. Mama, wo ist denn Papa? Der wollte doch mit dir kommen ...»

«Ja, das stimmt. Doch arbeitet er noch. Wenn er fertig ist, dann kommt er her.» Ich wollte von ihr wissen, wie es Oma und Tante Frieda geht. Mutter fing an zu erzählen und ich hörte ihr zu. Nur wurde ich durch ihre Art zu sprechen sehr müde ... und schlief ein. Da merkte ich auf ein Mal, das die rechte Hand berührt wurde. Ich nahm an, dass es

Mutter war. Ich schlug die Lider auf ... und sah Schwester Erna. Ich kuckte mich um. «Wo ist Mama?», wollte ich wissen. «Die ist gleich wieder da. Sie erledigt etwas.»

Da ging die Tür auf und der Arzt kam mit wehendem Kittel rein. Er stellte sich an die linke Seite vom Bett vor mich hin. Ihm folgte eine Schwester, die ich nicht kannte. Sie blieb vor dem Bett stehen, da wo die Füße waren.

«Guten Tag Hans! Ich bin Doktor Hanschke und das ist Schwester Anna. Sie wird dir jetzt die Wunden verbinden. Ich zeige ihr, wie sie das machen muss. Einverstanden?» Ich nickte mit dem Kopf. «Gut! Dann fangen wir gleich an.» Da kam noch eine rein. Die schob einen Wagen vor sich her und da lagen jede Menge Schachteln drauf.

Schwester Erna lief ans Kopfende und sagte zu mir: «Hans, ich klappe jetzt mal kurz das Kopfteil nach unten ... Achtung!» Im Nu lag ich da und starrte an die weiße Decke. Warum darf ich meine Verletzung nicht sehen, fragte ich mich. Als sie fertig waren, sagte Schwester Erna: «Hans, beugt dich mal ein wenig nach vorne. Ich mach das Kopfteil hoch.» Dann gingen sie fort.

Da war ich allein und froh. Doch es war nicht von langer Dauer, denn Schwester Erna kam mit dem Essen an. Da ich hungrig war, aß ich alles auf. Kaum war sie weg, kam erst Mutter und dann Vater an. Der grüßte mich zwar herzlich, schien aber sehr bedrückt zu sein. Da fragte ich ihn: «Papa, weißt du mehr über den Unfall von mir?» Er wollte erst nicht, doch schließlich sagte er: «Na gut, mein Junge. Das, was mit dir passiert ist, sah von uns ja keiner. Doch es gab Leute, die das sahen.

Die Polizei sagte mir heute Morgen, dass im Auto, ein Offizier und vier Soldaten saßen. Alle waren besoffen. Der

Fahrer verlor durch das hohe Tempo die Kontrolle. So kam es, dass sich das Auto auf dem Fahrdamm um die eigene Achse drehte. In der Folge schleuderte es zwischen dem Baum und der Säule auf den Gehsteig. Dort nochmal um sich selbst. So verletzte es Frau Tschoritsch und dann drückte dich die Stoßstange in den Wagen von Julia. Da hattet ihr sehr viel Glück. Als wir auf dem Weg hier her waren, kam erst die Polizei an. Und Leute, die das sahen, sagten ihnen das.» Die letzten Worte vernahm ich nicht mehr, den ich wollte von ihm wissen, wie es Julchen geht. Er meinte: «Gut! Ihr geschah gar nichts. Auch wenn der Wagen, da wo du standst, eine beachtliche Delle hatte.» Dann sagte ich ihm, wie ich es erlebt habe, und er: «Das weißt du alles noch so genau?»

«Ja, sicher Papa!»

«Aha, jetzt verstehe ich das ... Mmh ... die Stoßstange drückte dich in den Wagen und brach dir die Beine. Das ist ja nicht zu fassen ... und dass ihr noch lebt. Nur einen Meter weiter quetschte es euch an die Wand. Mein Gott ... Ich denke, das hättet ihr nicht überlebt ...»

«Papa, und wie geht es Frau Tschoritsch?»

«Das wissen wir nicht. So, wie es aussah, brach sie sich ein Bein.»

«So wie ich?»

«Na ja, fasst so ...» Mutter stand neben mir und weinte die ganze Zeit. Ich sah das und fragte sie: «Warum weinst du, Mama? Bald bin ich gesund und dann komme ich wieder heim.» Sie wischte sich im Nu die Tränen weg und sagte leise: «J-a-a-a, das stimmt! Doch ... schickte ich dich nicht nach Hause ... wärst du jetzt nicht hier. Da mach ich mir, so lange ich lebe Vorwürfe.» Sie fing an zu weinen.

Ich wollte sie trösten, sagte: «Mama, das ist doch nicht die Schuld von dir. Bin ich gesund, ist alles gut.»

«Nein, nein! Das wird es nie mehr sein, mein Junge!»

Vater hörte uns mit Geduld zu. Doch auf ein Mal wurde er sehr nervös. Dann sagte er barsch: «Komm, Liesel wir müssen jetzt los ... Es tut mir leid mein Junge, aber ein Kunde kommt gleich und da muss ich zu Hause sein.» Das war mir gar nicht recht und meinte: «Ja Papa, das verstehe ich», obwohl ich doch sehr traurig war. Da sagte Mutter: «Ich besuch dich morgen, Hans.»

«Da freue ich mich, Mama!» Sie gab mir einen Kuss auf die Stirn. Durch ihr Weinen waren die Augen rot. Sehr oft tupfte sie sich die mit einem Tuch ab. Vater gab mir die Hand und sagte: «Es wird schon werden mein Junge!» Mutter winkte mir kurz zu und dann waren sie fort. Da hörte ich, wie Schwester Erna fragte: «Ach, gehen sie schon wieder?» Und Vater sagte: «Ja, ich muss los. Gleich besucht mich ein Kunde.»

«Kommen sie heute nochmal?»

«Nein, erst morgen», meinte Mutter. Und Vater sagte: «Da geht es bei mir gar nicht! Ich bin bis zum Montag im Krematorium. Das streiche ich von innen neu an und an dem Tag muss ich fertig werden. Doch was ich Ihnen jetzt sage, haut sie von Hocker. In der Früh traf ich den Leiter der Verwaltung, den Herrn Kurz. Mit ihm besprach ich, was zu tun ist. Ich machte eine Liste vom Material. Da fragte er mich, wie es Hans geht. Ich sagte, dass es ihm ganz gut geht ... Und jetzt halten Sie sich fest! Da meinte er, dass ihn laufend Leute fragen, wann die Beerdigung ist.»

«Das ist ja nicht zu fassen!»

«Doch! Ich hielt das auch nicht für möglich. Ich gab ihm zur Antwort, dass Hans lebt und das er den Leuten das auch sagen soll.»

«Herr Allagor. Sie wissen ja, wie es mit Tratsch so ist: Einer weiß immer mehr ...»

«Ja, leider ist das so! So, und jetzt entschuldigen Sie uns bitte. Die Zeit drängt.» Dann hörte ich, wie sie Abschied nahmen. Schwester Erna kam zu mir und fragte mich, ob ich einen Wunsch habe. Den hatte ich und er war dringend. Ich sagte: « Ja, ich muss mal ...»

«Klein oder groß?»

«Äh ... klein!»

«Gut, dann rufe ich dir einen Pfleger.» Kurze Zeit später kam der, mit ihr, an mein Bett und sie sagte: «Hans, das ist Herr Nowak. Ab sofort ist der zuständig für das Intime von dir. So, dann weißt du Bescheid ... Ich lasse euch jetzt alleine.»

«Wie heißt du denn?»

«Hans!»

«Ich heiße Adam. Du musst mal klein?»

«Ja!»

«Gut! Dann hole ich dir schnell die Bettente und komme gleich zurück.» Was sagte er? Eine Ente fürs Bett? Das konnte ich mir nicht vorstellen. Ein Töpfchen das hätte ich ja noch verstanden. Doch was wollte er mit der Ente? Ich stellte mir vor, wie die den Schnabel aufmacht und mein ... «Bin wieder da!», rief er und kam auf mich zu. Da sah ich, dass er eine komische Flasche bei sich hatte. Da war ich froh, dass es keine echte Ente war.

Adam sagte mir, wie das geht. Als ich mein «Geschäft» verrichtet hatte, nahm er die mit und ging weg. Es dauerte nicht lange und es gab Essen. Lust auf das, was es gab, hatte ich nicht. Aus dem Grund aß ich nur wenig.

Dann ruhte ich, sah an die Decke und nahm an, dass mit mir etwas nicht stimmt. Nur warum sagte mir das keiner. Es musste sich um die Beine handeln, denn die durfte ich nicht sehen. Hierbei wurde ich müde und schlief ein. In der Nacht wurde ich nicht wach. Doch in der Früh musste ich sofort nach Pfleger Adam rufen. Als er weg war, hörte ich, wie Gläser klirrten. Das konnte nur Schwester Anita sein ...

Und schon sah ich den Wagen und dann sie. Da bekam ich gleich Angst, da ich die vor dem Schmerz hatte. Doch war es nicht so arg wie angenommen. Sie war fort und schon kam Schwester Erna mit Spritze und dem Essen an. Da sagte sie: «Hans, heute kommt ein Arzt vom russischen Militär zu dir. Er will sehen, wie es dir geht.» Das war mir gar nicht recht, da ich Angst bekam, dass der mich mit nach Russland nimmt. Ich wurde traurig und fing an zu weinen. Schluchzend fragte ich sie: «Muss das sein?»

«Ja, Hans! Da es ein Soldat von denen war. Wenn der Arzt da ist, komme ich wieder ... So, jetzt ruh´ dich ein bisschen aus und hör auf zu weinen.»

Einige Zeit später kam Mutter. Da freute ich mich sehr. Ich sagte ich ihr gleich, dass der Arzt kommt. Doch sie wusste das schon von Schwester Erna. Es dauerte nicht lange, da kam sie und rief: «Es tut mir leid, Frau Allagor. Ich störe Sie nur ungern, doch die Ärzte sind da. So bitte ich Sie jetzt zu gehen.»

«Ja, ist gut! Dann bis später, Hans. Oma wollte dich auch mal besuchen. Es kann sein, dass sie das heute schon tut.»

«J-a-a-a, das wäre schön» rief ich und die zwei gingen weg. Da merkte ich auf einmal, dass mein Herz wie wild pochte. Im Nu standen die Ärzte vor mir und ein Mann in Uniform. Die stellten sich vor das Bett. Der Arzt von uns sagte zu dem aus Russland: «Das ist der kleine Patient.»

Der sah mich an und verzog keine Mine. Da sprach der Mann zu ihm: «Eto malen'kiy patsiyent», oder so was in der Art. Der Stationsarzt faste die Zudecke an und zog sie weg. Da sah ich, was los war: Das linke Bein war verbunden und hing am Ständer mit der Last. Das Rechte sah ich nicht. Ich hob den Kopf etwas an, um mehr zu sehen.

Doch ich sah weder Bein, Fuß noch Zehen. Es ist weg, schoss es mir durch den Kopf. Das war also der Grund, dass mir keiner was sagte. Ich ließ mich fallen und starrte an die Decke. Mein Herz pochte und mir war speiübel. Ich wollte schreien, doch das traute ich mich nicht. So hielt ich die Tränen zurück. Wenn das wahr war, wollte ich tot sein. Ich hatte nicht vor so zu leben. So hoffte ich, dass alles nur ein böser Traum war.

Ich hörte, wie der Arzt von uns sagte: «Der kleine Patient hier, wurde bei uns am 22. Mai eingeliefert ... Mit der Zertrümmerung des rechten Beines und mit großer Weichteilwunde ... Großer Weichteilwunde am linken Bein mit komplizierter Fraktur des Oberschenkels ... Platzwunde am linken Auge, die genäht wurde ... Bei der Aufnahme war der Patient pulslos infolge schwerer Schockeinwirkung ... Durch fortlaufende Bluttransfusionen gelang es uns, den Patienten Operationsreif zu bekommen ... sodass die Absetzung des rechten Beines erfolgen konnte ... Gleichzeitig erfolgte die Versorgung der großen Wunde des linken Beines ... Nach einigen Stunden war der Patient aus dem Schock heraus ... Wegen des sehr bedrohlichen und schweren Zustandes ... muss der Patient noch im Schwesternzimmer liegen ... Es bedarf noch längerer Zeit einer Extrawache ... An allen Tagen Temperaturen ..., die können mit einer Penicillintherapie erfolgreich bekämpft werden ... Der Stumpf des rechten Oberschenkels ist jetzt verhältnismäßig sauber ... Die Fraktur des linken Oberschenkels steht funktionell ausreichend ... Es ist zu einer ausgedehnten Weichteilnekrose am linken Oberschenkel gekommen ... Temperaturen zeitweilig noch subfebril ... Wenn auch zurzeit, eine Besserung zu verzeichnen ist ..., so ist sowohl von Seiten der Ärzte ... als auch von Seiten des Pflegepersonals besondere Sorgfalt nötig ... um das Leben des Kindes zu erhalten ...»

H

Der russische Arzt hörte mit Geduld zu und sagte dann: «Danke! Ich sah alles. Besprechen wir den Rest draußen.»

Als das übersetzt war, legte der von uns die Decke auf mich. Die drei drehten sich um und gingen fort. Dann hörte ich, dass sie eine Weile sprachen.

Ich verstand nur nicht, was sie sagten. Doch ich hatte das Wissen, dass ich das rechte Bein nicht mehr hatte. Ich zog das Kissen über den Kopf und fing an zu weinen. Dann heulte ich so laut, dass Schwester Erna wohl das hörte. Denn sie rief auf einmal: «Hans, was ist los?» Doch ich wollte ihr nichts sagen. So zog ich das noch fester über mich, um ein für alle Mal zu sterben. Ich hatte nicht vor als Krüppel zu leben. Da riss sie das Kissen weg und sagte leise: «H-a-n-s ... Erfuhrst du eben, dass das rechte Bein von dir nicht mehr da ist?» Ich schrie sie stinkig an: «J-a-a-a! Das hab ich! Und jetzt bin ich ein Krüppel! Lieber wäre ich tot ... Mit einem Bein kann ich ja nie mehr rennen ... N-e-i-n! Ich will nicht mehr leben ...», und fing an Rotz und Wasser zu heulen. So liefen mir rasch die Tränen wie ein Bach über die Wangen. Dann merkte ich, wie sie mir die abwischte. Ich hörte, wie sie leise, tröstend sagte: «H-a-n-s ... Es wird alles gut. Du wirst auch wie früher laufen, da gebe ich dir mein Wort. Es wird nur eine Zeit dauern. Um die Wette rennen ist aus dem Grund aber ein für alle Mal für dich aus und vorbei. Das stimmt ... auch jede Art von Sport.»

Da traf sie den Nerv. Das war es, was ich mir immer schon wünschte. Keine Qual mehr an der Stange und nie mehr kann ein Mädchen mit mir um die Wette laufen. Und den blöden Lehrer von Sport, den sah ich auch nie mehr. Das in den Dreck ziehen von ihm war rum. Doch lieber hätte ich noch mein Bein.

Ich hörte mit dem Weinen auf und die letzte Träne tupfte sie ab. Da sagte sie: «Hans, so gefällst du mir schon besser. Wir tun jetzt alles, was nötig ist und das du schnell einen Ersatz für das Bein bekommst. Glaub mir das!» Langsam kam ich zur Ruhe. Ich machte die Augen zu und atmete tief durch. Mein Kopf war leer ... die Sinne hatten Pause. Da nahm ich nur die Stille wahr. Da dachte ich an eine Sache, die ich nie vergesse. Ich spielte an der frischen Luft vor der Tür. Da kam ein Mann mit Krücken auf mich zu, da sein linkes Bein weg war. Neben ihm lief eine Frau. Das Ende von der Hose klemmte unter dem Gürtel.

Die zwei lachten und waren sehr froh. Wie war das möglich? Musste ihm das nicht weh tun? Mir war nicht nach Lachen zumute, als ich das sah. Doch er sah nicht so aus, als ob er Schmerzen hatte. Ich sagte das Vater, und der meinte, dass er den Mann kennt. Er verlor das Bein im Krieg. Von denen gab es jede Menge bei uns. Es gab auch ein paar, die hatten nur einen Arm. Da beschloss ich, dass ich das auch kann. Ich musste einen Versuch wagen.

Dann dachte ich an Oma und daran, was sie macht, wenn sie mich so sieht. Ich bin doch ihr ein und alles, sagte sie immer. Jetzt war ich ein Krüppel und das für den Rest vom Leben. Ich durfte sie nicht traurig machen. Denn sie wird weinen so wie ich, sagt Mama ihr das. Ja, ich werde, wenn ich gesund bin, auch froh sein. Und ich will mich am Leben freuen, genau so wie der Mann, den ich sah. Schaffte ich das nicht, konnte ich mir ja auch das Leben nehmen so wie Tante Else.

Auf ein Mal weckte mich ein Geräusch. Eine Stimme rief melodiös: «H-a-n-s, aufwachen ... es gibt Essen.» Ich machte die Augen auf. Da sah ich, dass neben dem Bett eine Frau mit blonden Haaren stand. Sie sagte: «Ah, wie ich sehe, bist du wach. Ich bin Schwester Trude und würde dir gerne das Essen reichen. Oder bist du in der Lage das selber zu tun?»

«Nei ... nei ... nein», stotterte ich. Die sah ich noch nicht. Sie war bildhübsch und sah aus wie ein Engel. Ich hatte zwar gar keine Lust auf Essen, doch ich wollte gern von ihr gefüttert werden. So nahm ich ihr jeden Bissen ab. «So, das war der Letzte und nun ist der Teller leer. Das ist dufte, dass du das geschafft hast. Ich bin stolz auf dich», sagte sie und reichte mir die Schnabeltasse. «So und jetzt gibt es noch Tee.» Als ich den getrunken hatte, ging sie fort. Ich legte mich auf den Rücken und die Arme neben mich auf die Decke. Ich hoffte, dass Mutter und Oma bald zu mir kamen. Doch schlief ich ein ...

Als ich aufwachte, sah ich Mutter rechts am Bett auf einem Stuhl sitzen. Sie sah das und stand auf. Dann gab sie mir einen Kuss auf die Stirn. Sie lächelte mich an und sagte freudig: «Guten Tag, mein Junge. Wie fühlst du dich?» Ich sah sie böse an, zog die Brauen in die Höhlen der Augen und rief: «Sehr schlecht!»

«Warum? Hast du Schmerzen?»

«Nein! ... Ich hab nur noch ein Bein!» Ich sah, dass ich ihr damit einen Schock versetzt hatte. Sofort setzte sie sich auf den Stuhl. Dann legte sie ihre Hände auf den Arm von mir, holte tief Luft, streichelte mich und fing an zu weinen. Schluchzend sagte sie: «Hans, es war nicht die Schuld von uns. Der Arzt erlaubte es nicht, dir das zu sagen. Er hatte Angst, dass du ein Trauma kriegst. Bevor du das weißt, wollte er, dass du gesund wirst. Na ja, um dann alles besser zu verkraften. Ich sprach eben, mit Schwester Erna. Sie sagte mir, dass du heute das mit dem Bein sahst, und dass du dann geweint hast. Hans, es tut mir alles so leid ...

Doch hab ich auch eine gute Nachricht für dich. Die Rund-um-die-Uhr-Betreuung brauchst du jetzt nicht mehr. So kriegst du bald ein Zimmer nur für dich. Ist das nicht toll?»

Sie weinte wieder und tupfte sich die Tränen ab. Ich sagte: «Mama, hör auf zu weinen. Ich lebe doch noch und bin nicht Tod. Bald bin ich gesund und ihr kauft mir ein Bein aus Holz, wie es ein Pirat hat. Mit dem und den Krücken laufe ich wieder. Das wirst du dann sehen ...»

Sie stand vom Stuhl auf, beugte sich zum Kopf von mir und küsste mich auf die Stirn. Mit verweinter Stimme sagte sie: «Das ist mein Junge. Es freut mich so sehr, dass du das willst. Das war unsere größte Sorge.»

«Äh, wo ist Oma? Sie wollte ja auch kommen.»

«Der geht es nicht gut. Sie hat große Probleme mit ihrer Gesundheit. Das, was mit dir geschah, setzte ihr sehr zu. Doch sie kommt sofort mit, geht es ihr besser.»

«Und Vater?»

«Der kommt morgen, da er heute eine ganz wichtige Arbeit hat. Aus dem Grund ist er erst sehr spät zu Hause.» Sie setzte sie sich hin und erzählte mir von Tante Frieda und Oma. Gespannt horchte ich jedem ihrer Worte zu, doch wurde ich müde und schlief ein ...

«Es gibt Abendbrot», hörte ich und wurde wach. Ich machte die Augen auf und sah, dass es Schwester Erna war. Ich kuckte mich im Raum um. «Wo ist Mama?»

«Die ist schon eine Zeit weg. Als du einschliefst, ging sie nach Hause. Sie kommt aber morgen wieder.»

Ich war mit dem Essen fertig, da kam sie, holte das Tablett ab, und sagte: «Ich komme später nochmal zu dir.» Ich merkte auf einmal, dass ich musste und rief im Nu: «Aber ... aber! Ich brauche gleich Adam.»

«Kein Problem, Hänschen. Ich sage ihm Bescheid.» Kurze Zeit später kam er und dann hatte ich Ruhe. Nachts schlief ich durch. Auf einmal fror es mich leicht, als er weg war. Da legte ich die Arme unter die Bettdecke. So döste ich ein wenig vor mich hin. Da kam Schwester Erna rein und rief: «Hänschen, ich schüttel noch mal Decke und Kissen auf, bevor du schläfst.»

Als sie fertig war, deckte sie mich zu. Die Arme legte sie auf die Decke. Da sagte sie: «Jetzt Hänschen verlasse ich dich für heute. Schlaf gut!»

«Gute Nacht ... Schwester Erna.» Sie drehte sich um und lief los. Kurz darauf kam sie noch mal an, lugte hinter der Wand vor und rief: «Die Hände bleiben auf der Decke!»

«Warum?»

«Das hat seine Gründe. Gute Nacht!» Ich begriff nicht, warum ich das nicht durfte? Sollte ich frieren und krank werden? Nein das hatte ich nicht vor, und so legte ich die unter die Decke. Da ich nicht schlafen konnte, sinnierte ich so vor mich hin. Da fiel mir etwas ein ...

Zwei Jahre zuvor.

Es war ein Montag. Ich traf mich mit Fred und Peter auf dem Hof hinter dem Haus. An dem Tag kam Walter zu uns. Er wohnte seit drei Wochen in der hundertzehn und war älter als wir. Ich schätzte ihn auf etwa zwölf. Als er kam, standen wir rum und wussten nicht so recht, was wir machen wollten. Da sagte er: «Ich zeig euch mal was.» Er machte den Hosenlatz auf, steckte vom Bund her die rechte Hand in die Hose und einen Finger durch den Schlitz. Mit dem fuchtelte er rum. Er sah uns an und fragte: «Na, könnt ihr das auch?»

«Und ob wir das können. Das ist ja Pillepalle», sagte Peter. Wir stimmten ihm zu und gleich machte jeder bei sich den Schlitz der Hose auf. Es sah lustig aus, wie im Nu aus jeder ein Finger guckte. Wir lachten laut, hatten Spaß und keiner dachte sich was da bei. Es war der Waschtag von uns und das Bettzeug hing auf der Leine. Da sah uns niemand, doch auch wir sahen nicht, ob wer kommt.

Urplötzlich kam Mutter dort hervor und schrie: «Was macht ihr denn da?», und rannte stracks auf mich zu. Die hätte da auch Renate überholt, so schnell war sie. Ich sah kurz zu ihr hin. Doch ehe ich mich versah, knallte je eine

Backpfeife auf die rechte und linke Backe. Ich schrie vor Schmerz und zog flink die Hand aus der Hose. Da brüllte sie: «Schämt ihr euch nicht, eine solche Schweinerei zu machen! Und du … großer Kerl, müsstet doch mehr Grips im Kopf haben ... So, und jetzt kommst du sofort mit nach oben!» Mutter packte mich, ohne Gnade an das rechte Ohr, zog mich neben sich her und ich heulte vor Schmerz.

Als wir in der Stube waren, sagte ich ihr, dass uns Walter das zeigte. Doch das war ihr egal. Wütend brüllte sie mich an: «An sich müsste ich es Vater sagen. Doch du kriegst jetzt schon deine Strafe von mir, nämlich eine Woche Arrest in der Stube. Verstanden?»

«Nein, Mama ...»

«Du weißt genau warum! Das, was ihr getan habt, dass macht man nicht. Gut, dass euch niemand sah. Hätte einer das und spräche es sich rum, dass du bei solchem Kram da bei warst, ließe das auf eine schäbige Erziehung schließen. Spott der Nachbarn wäre die Folge. Wir sind hier geachtete Leute und machen uns das durch dich nicht kaputt. Hast du das kapiert?» Das war schon eine harte Strafe, doch die Blamage vor den Freunden war übler. Es war Sommer und warm. Und ich durfte für eine Woche nicht draußen spielen. Ich denke, dass Mutter Vater doch was sagte, denn er fragte mich nie nach dem Grund ...

Der Gedanke an das regte mich so sehr auf, dass ich keinen Schlaf fand. Da rief eine Frau mit leiser Stimme: «H-a-n-s? Warum schläfst du denn nicht?»

«Ich bin nicht müde.»

«Warte, ich hole dir gleich ein Glas Wasser.» Es war die Schwester, die in der Nacht da war. Ich trank das Glas leer und dankte ihr. Sie wünschte mir eine Gute Nacht und ging fort. Nach einer Weile wurde ich müde und die Lider fielen mir zu ...

Abrupt wurde ich wach, denn die Tür ging auf. Ich sah, dass es die Frau war, die sauber machte. Die wischte den Boden mit einem Lappen auf. Das tat sie zwar leise, doch war ich schon wach. Dann verschwand sie so schnell, wie sie kam. Ich sprach sie nicht an und stellte mich schlafend.

Nach und nach gab es das volle Programm in der Früh. Als das vorbei war, kam Mutter an. Sie stellte sich rechts neben das Bett, lächelte mich und sagte: «Guten Morgen, mein Junge. Heute bringe dir was mit. Ich hoffe, es gefällt dir?»

Dann holte sie aus der Tasche einen weißen Hund aus Plüsch raus. Den setzte sie auf die Zudecke, genau auf meinen Bauch. «Das ist ja ein Spitz, Mama! Wie heißt er denn?»

«Der hat noch keinen Namen.»

«Dann nenne ich ihn Pfiffi!»

«Ja, der ist sehr schön.» Sofort fing ich an, mit ihm zu spielen. Kurz bevor das Essen kam, sagte Mutter: «So, mein Junge, ich gehe jetzt nach Hause. Heute komme ich nicht mehr zu dir. Ist Papa da, gehen wir in der Stadt noch einkaufen.»

«Das ist aber schade.»

«Ja, das ist leider nicht zu ändern. Doch jetzt hast du ja Pfiffi und mit dem kannst du spielen. Morgen komme ich ja wieder. So, dann machs gut, mein Junge», sagte sie, gab mir einen Kuss auf die Stirn und ging fort.

Kaum war sie weg, brachten zwei Pfleger ein Bett und eine Schwester folgte mit einem Gestell. An dem hing oben ein Beutel und von da führte ein Schlauch zum Arm von dem Mann, der im Bett lag und schlief. Das stellten sie an die Wand auf der anderen Seite. Dann gingen sie weg und Schwester Erna kam an und trug ein Tablett vor sich. Sie kam zu mir und sagte: «Hänschen, ich bringe dir dein Essen!»

«Mmh, ich habe auch schon großen Hunger.»

«Das ist fein.»

«Schwester Erna, was hat der Mann? Bleibt der jetzt für immer hier?»

«Nein, Hänschen. Das ist mein Mann. Er wurde eben operiert und bleibt nur ein paar Tage hier. Wer ist denn das da?»

«Das ist Pfiffi! Den schenkte mir meine Mama.»

«Der ist ja zum Knuddeln. Kann der bellen?»

«Nein! Das muss ich selber machen ... Wau, wau, wau!»

«Ach, Hänschen, das machst du aber sehr gut. Man könnte meinen, du bist der Hund. So, und jetzt gibt's Essen.» Als ich fertig war, nahm sie ihr Tablett, drehte sich um und verschwand. Der Mann schlief immer noch.

Dann wurde er wach und ihm war speiübel. Genau so wie das bei mir war. Schwester Erna hatte ihm eine Schale aus Blech auf die Brust gelegt. Er wurde immer mal wach, doch schlief er gleich wieder ein. So konnte ich mit ihm nicht reden.

Am anderen Tag.

Ich war mit dem Frühstück fertig und sah zum Bett von dem Mann. Ich wollte sehen, ob der schon wach ist. Sein Kopf lag so, dass er merkte, dass ich zu ihm sah. Auf ein Mal hörte ich, wie er sagte: «Na? ... Wer bist du denn?» In dem Moment war ich sprachlos. Ich konnte kein Wort sagen. Da kam Schwester Erna an und lief auf ihn zu:

«Guten Morgen, Bernd ... das ist Hänschen. Er ist schon ein paar Tage bei uns.»

«Äh ... ist das der Junge, den der Russe anfuhr?»

«Ja, das ist er.» Da sah er zu mir und sagte: «Über den Unfall sprach ja die ganze Stadt. Selbst im RIAS Berlin kam ein Bericht. Hänschen, du warst ja in aller Munde.»

«Wirklich?»

«Ja, das stimmt.» Da kam der Stationsarzt und ging zu ihm. «Guten Tag, Herr Neumann. Wie geht es Ihnen?»

«Na ja! Sagen wir mal, leidlich.»

«Ich seh mir mal kurz die Wunde an. Mmh ... ja, das sieht sehr gut aus. Da hatten Sie großes Glück, denn der Blinddarm war schon durch. Sie kamen in der letzten Sekunde zu uns. ... Ich komme dann morgen wieder. ... Und ist alles gut verheilt, dürfen Sie in einer Woche nach Hause.»

«Danke, Herr Doktor.» Dann kam er zu mir, kuckte sich auch die Wunden an, und sagte: «Und du Hans, du bleibst noch etwas länger bei uns. Wir werden dich aber in Kürze auf Station bringen. Da hast du dann mehr Ruhe wie hier.» Er drehte sich um und sagte: «Auf Wiedersehen», und ging weg. Ich hörte, wie er mit Schwester Erna noch sprach. Danach kam sie an und brachte ihren Mann das Essen.

Dann setzte sie sich auf einen Stuhl neben dem Bett. Sie fing an, ihn zu füttern. Die Pampe sah aus wie Haferbrei. Als er satt war, ließ sie uns allein. Ich schätzte, dass der Herr Neumann so um die fünfzig war. Wenig später schlief er ein und ich spielte mit Pfiffi. Nach der Mahlzeit am Mittag kam Mutter.

Die Tage danach waren alle gleich: Als ich wach war wusch man mich. Dann war die Entnahme von Blut. In der

Folge gab es die erste Mahlzeit des Tages. Es folgte der Wechsel der Verbände. War die Visite rum, kam Mutter und blieb, bis es Essen gab. Nach Mittag kam sie nochmal und blieb meist so zwei Stunden. Ab und zu kam auch mal Vater mit.

Eine Woche verging.

Der Mann von Schwester Erna nahm Abschied von mir. Er durfte nach Hause und ich war allein und sehr traurig.

Zwei Tage später.

Mutter besuchte mich nicht, da sie etwas vor hatte. Da kam Schwester Erna zu mir ans Bett und hielt in der Hand einen Karton. Sie sah mich an, lächelte und sagte: «Hänschen, ich hab was für dich.»

«Was ist da drin?»

«Ein Kaufmannsladen. Den kaufte ich für dich, da ich sah, dass du traurig bist.»

«Oh ... Danke!»

«So und jetzt pack ich ihn dir aus. Dann kannst du damit spielen.» Mein Herz klopfte vor Freude, denn so einen sah ich noch nie. Mit Geduld kuckte ich zu, wie sie den aufmachte. Sachte nahm sie jedes Teil raus, legte es bei mir auf die Decke und baute den Laden zusammen. Als sie fertig war, stellte sie den vor mich hin und meinte: «So Hänschen jetzt kannst du mit dem spielen», und ich fing an.

Zwei Tage später.

Beim Essen sagte sie mir, das ich in einer Stunde verlegt werde. Da freute ich mich, denn ich bekam ein Zimmer nur für mich. So waren die Tage mit Hektik und Lärm vorbei ...

Schwester Erna und Adam kamen und sie sagte: «So, Hänschen, jetzt kommst du in das neue Zimmer.» Ich war aus dem Häuschen und rief: «Ja, da freu ich mich», und mein Herz pochte vor Aufregung. Schwester Erna, die kräftig war, löste die Bremsen und schob das Bett zur Tür. Pfleger Adam lief neben her und schob das Gestell. Er fasste mit an, als wir an der Tür waren. Sie mussten ja aufpassen, dass wir nicht an die Ecke stießen, denn das hätte mir weh getan ...

Dann waren wir auf dem Flur. Sie fuhren mich den linken Gang entlang. Da sah ich die Teeküche. Etwas weiter weg war eine Tür, die offen stand. Da sah ich Sachen, die für die Putzfrauen waren. Kurz danach hielten wir an. «So, Hänschen wir sind da», sagte Schwester Erna. Adam machte die Tür auf. Das Zimmer war am Ende des Ganges, auf der linken Seite. Sie schoben mich durch die Tür. Da sah ich, dass es ein kleiner weißer Raum war.

Das Bett stellten sie in die Mitte. Rechts sah ich ein Fenster. Das hatte zwei Flügel, einer war offen. Schwester Erna sagte: «Hänschen, das ist jetzt dein Zimmer», und lief zur Wand hinter mir. Pfleger Adam ging raus. Dann legte sie mir eine sonderbare Sache aufs Bett. «Hänschen! Das hier ist eine Notklingel. Wenn du auf den Knopf drückst, leuchtet draußen über der Tür ein Licht und bei uns klingelt es. Mach das aber nicht zum Spaß! Hast du das verstanden?»

«Ja! Schwester Erna, mach ich nicht.»

«Gut!» In dem Moment kam Adam rein. Er hatte meine Sachen bei sich. Da sagte sie: «Nun Hänschen. Jetzt lassen wir dich erst mal allein. So hast du Zeit, dich mit dem neuen Zuhause vertraut zu machen.» Sofort gingen sie aus dem Raum. Adam schloss die Tür und ich war auf mich gestellt. Ich kuckte erstmal aus dem Fenster. Draußen schien die Sonne. Da sah ich, dass etwas weiter weg

Bäume waren. Es sah aus wie ein Park. Die Blätter in den Baumkronen wehten im Wind sanft hin und her. Mehr sah ich aber nicht. Ich schätzte, dass ich in der zweiten oder dritten Etage war. Außer dem Bett gab es einen Tisch. Der hatte vier Ecken und war unter dem Fenster. Dann gab es noch zwei Stühle aus Holz und ein Regal, wo Material zum Verbinden, Heftpflaster und anderes drin lag. Einen Schrank gab es auch noch. Da hatte Adam die Sachen von mir aufbewahrt.

Oh wäre das schön, könnte ich bei dem Wetter mit dem Roller fahren, dachte ich. Es machte mich sehr traurig. Kurze Zeit später ging die Tür auf. «So, Hänschen! Ich bringe dir das Essen.» Es war Schwester Erna. «Jetzt ess mal schön. In einer halben Stunde komm ich zurück», sagte sie und ging raus.

Die Tür ging wieder auf. Es war Mutter, die freudig rief: «Oh, Hans. Du hast aber jetzt ein schönes Zimmer.»

«Ja! Und nur für mich allein. Hast du's gleich gefunden?»

«Nein. Auf dem Gang traf ich Schwester Erna und die hat mir gesagt, wo du bist. Die kommt auch gleich sagte sie und holt das Tablett. ... Ich habe dir heute was Leckeres mit gebracht.»

«Oh, das ist ja Schokolade! Und die ... die ist ja von Karina. Danke! Darf ich die gleich essen?»

«Ja! Aber nicht alle fünf auf ein Mal. Du bekommst sonst Bauchschmerzen.»

«Nein, Mama. Ich hab doch eben erst gegessen. Doch ein Stück, das geht noch in den Bauch.»

Sie packte eine Schokolade aus, brach gleich zwei Stück ab und ich aß sie mit Genuss auf. Da kam Schwester Erna rein und rief: «Oh, Hänschen, wie ich sehe, hast du ja alles gegessen?»

«Ja, und ein Stück Karina Schokolade auch noch.»

«Was? Na hoffentlich wird dir jetzt nicht übel ...»

«Nein, Schwester Erna! Es war nur ein kleines.»

«Na dann ist es ja gut! So, nun geh ich wieder. Bis später.» Da sagte Mutter: «Hans, ich leg dir den Rest hier in den Schrank. Morgen bekommst du ein weiteres Stück.» Als Mutter fort war, nahm ich den Laden und spielte.

Nach dem Abendbrot kam Schwester Erna zu mir und brachte eine Frau mit. «Hänschen, das ist Frau Dickmann. Sie bleibt bis Morgenfrüh bei dir und sorgt sich um dich. Wenn du einen Wunsch hast, sag ihr das. Falls du es gerne hast, liest sie dir auch etwas vor. In Ordnung?»

«Ja, Schwester Erna.»

«Prima, dann lasse ich euch zwei jetzt alleine. So, nun wünsche ich dir eine gute Nacht ... und Ihnen auch, Frau Dickmann.» Sofort drehte sie sich um und ging raus. Die Frau sah mich an und sagte: «Du heißt Hans?»

«Ja!»

«Wie findest du es, wenn ich dir was vor lese?»

«Oh, das wäre prima!»

«Was hörst du denn gerne?»

«Am liebsten etwas mit Tieren.»

«Ich habe heute nur die vom kleinen Muck bei mir. Kennst du den?»

«J-a-a-a!»

«In Ordnung, dann lese ich dir die vor.» Sie kramte aus ihrer Tasche das Buch raus und fing gleich an. Ich hörte gespannt zu ... leider kam ich nicht bis zum Schluss. Den bekam ich nicht mit, denn ich schlief vorher ein.

Als ich wach wurde, war es hell. Ich nahm an, dass ich allein war. Doch dann hörte ich hinter dem Bett ein Geräusch und die Stimme einer Frau: «H-a-n-s ... bist du wach?» Ich sagte flüsternd: «Ja, bin ich.»

«Prima!», rief sie so laut, dass ich einen Schreck bekam. «Ich packe grad meine Sachen ein, denn gleich gehe ich nach Hause. Heute Abend bin ich aber wieder da. Was hältst du da von, wenn ich dir dann was aus Grimms Märchen lese?»

«J-a-a-a gern!»

«Fein, das Buch hab ich. Die Geschichten hörten die Kinder von mir auch gern. So und jetzt Hans verlasse ich dich. Dann bis zum Abend.» Kaum war sie fort, kam Schwester Erna rein. «Guten Morgen, Hänschen ... wie geht's dir denn heute?»

«Sehr gut!»

«Das ist fein. Dann mach ich mal dein Bett zurecht.» Kurze Zeit später kam Pfleger Adam rein. Er fasste den Kopf von mir an und hob ihn etwas hoch. Schwester Erna zog das Kissen weg und schüttelte es wie Frau Holle aus. Dann legte sie es mir unter den Kopf. Als das erledigt war, sagte sie: «So fertig. Wir gehen jetzt und ich bring dir bald das Frühstück», und schon waren sie weg.

Kaum war die Tür zu, ging sie wieder auf. Es war Schwester Anita, die rief gut gelaunt: «Guten Morgen Hans. Ah, wie ich sehe, hast du ja jetzt ein Zimmer nur für dich.»

«Ja, und das ist sehr schön. Doch bin ich, wenn keiner da ist sehr einsam.»

Sie trug in der linken Hand - wie eine Kellnerin - ihr Tablett mit den Gläsern und um den Hals einen roten

Schlauch. Dann stellte sie es auf den Tisch hin und sagte: «Ich glaub, da findest du dich bald mit ab.» Sie drehte sich um und kam zu mir. «Heute nehmen wir mal den Finger.» Im Nu machte sie ihn steril und pikste mir eine Nadel in die Spitze. Sie drückte so lange, bis das Blut kam, und gleich stülpte sie ein Röhrchen aus Glas darauf. Das war an dem Gummischlauch befestigt. Das andere Ende führte sie zu ihrem Mund und saugte so lange, bis das voll Blut war. Auf der Stelle füllte sie es in eines der Laborgläser ein. Dann kam sie zu mir und drückte den weißen Tupfer auf den Finger. «So! Den hältst du jetzt so lange fest, bis es nicht mehr blutet.» Dann drehte sie sich um, nahm ihr Tablett und sagte: «Bis morgen, Hans.»

Kaum war die Tür zu, ging sie wieder auf. Schwester Trude kam rein. «Guten Morgen, Hans! Ich kucke jetzt, ob die Binden von dir noch in Ordnung sind. Wenn nicht muss ich die wechseln.»

«Guten Morgen, Schwester Trude», grüßte ich sie und schon hob sie mit Vorsicht die Zudecke an. «Das sieht ja alles noch sehr gut aus. Da brauche ich die nur feucht zu machen.» Sie holte von ihrem Wagen zwei Spritzen, griff nach der Ersten und spritzte die Flüssigkeit in den Verband vom Stumpf. Dann nahm sie die Zweite und lief mit der zum Bein. Über dem stand ein Gestell. So lag die Decke nicht direkt auf dem.

Als sie fertig war, kuckte sie mich an und sagte: «So Hans, heute komm ich nicht mehr und Morgenfrüh macht der Doktor den Verband neu ...» Kaum verklang das letzte Wort von ihr, ging die Tür auf und Schwester Erna kam rein. Sie stellte das Tablet mit dem Essen ab. «So, dann lass es dir gut schmecken.»

Ich hatte grad dem letzten Bissen im Mund, da kam Schwester Erna schon wieder rein. «Ah, wie ich sehe, bist du fertig. Das ist ja prima. Dann nehm ich gleich das Tablett mit. Und jetzt, Hänschen, kannst du dich erst einmal allein beschäftigen. Hier hast du den Laden. Da kannst du Kaufmann spielen. Morgen kommt der Doktor zu dir. Da müssen wir die Verbände wechseln. So, dann bis später, Hans ...» Als sie weg war, war es zum ersten Mal stumm an dem Morgen. Niemand kam mehr rein. So döste ich ein bisschen. Dabei schweifte mein Blick zum Fenster, das zu war. Da sah ich an einem Baum Eichhörnchen, die rauf und runter rannten, und das war lustig. Gespannt sah ich ihnen zu. Da hatte ich zum ersten Mal keine Schmerzen. Dann ging abrupt die Tür auf und Putzfrau Irmgard kam rein: «Na, Kleener, wie jeht's dir denn?»

«Gut! Doch mir ist langweilig ... machst du mir das Fenster mal auf? Draußen sind Eichhörnchen am Baum. Die seh ich so besser.»

«Aber klar mein Kleener. Mach ich doch für dich ...» Und gleich machte sie es auf. Dann nahm sie den Wischmopp und wischte den Boden auf. Ich guckte raus, doch leider waren die weg. Da hörte ich: «Mach´s jut mein Kleener ... bis morgen.»

«Ja, Frau Irmgard», rief ich ihr hinter her und war ab da allein. So kuckte ich wieder raus ...

«Hallo Hänschen ... wach auf, das Essen ist da», rief Schwester Erna. Ich machte die Augen auf, sah raus und stotterte: «Äh, wie, was, wo sind die Eichhörnchen?»

«Eichhörnchen?»

«Ja! Die sah ich draußen am Baum. Dann waren sie weg und ich schlief wohl ein.»

«Und wer machte das Fenster auf?»

«Frau Irmgard.» Sie lief zum Fernster, kuckte raus, drehte sich um und sagte: «Es fängt an zu regnen. Ich mache es jetzt wieder zu. Wir wollen ja hier drin kein Wasser haben. Sonst treibst du noch mit dem Bett raus.»

«Ha, ha, das geht ja gar nicht! Das ist ja viel breiter ... Das wäre aber bestimmt sehr lustig». Sie setzte sich neben mich. «Hänschen, du merkst auch alles. Dich verkauft man nicht für dumm. So, und jetzt iss schnell auf, sonst wird es kalt ... Ich komm wieder, wenn du fertig bist.» Nach einer Weile kam sie rein. «Ah, wie ich sehe, ist der Teller leer. Dann hat es dir ja gut geschmeckt. Und so gibt es morgen auch schönes Wetter.» Sie nahm das Tablett und lief raus.

Es dauerte nicht lange, da ging die Tür auf. Ich sah, dass es Mutter war, was mich sehr freute. Sie sagte: «Sieh mal, mein Junge! Ich habe heute noch jemanden bei mir.» Da kam Oma ins Zimmer. Oh wie freute ich mich, als ich sie sah. Doch sie weinte auf einmal. «Was ist passiert, Oma? Du weinst ja ...»

«Ich? Nein, nein! Hansel, ich weine doch nicht. Ich bin ja so froh, dass du am Leben bist», sagte sie, drehte sich rasch um und wischte sich mit dem rechten Ärmel die Tränen aus den Augen. Dann kam sie zu mir ans Bett, beugte sich und drückte mich fest an sich. Doch es waren keine Tränen der Freude. Sie erschrak, wie mir schien, als sie mich sah. Ich lag ja hilflos im Bett und das linke Bein hing im Gestell. Mit leiser Stimme und den Tränen nahe sagte sie: «Wie gern käme ich schon früher zu dir. Doch man ließ es nicht zu. Nur Mama und Papa durften das.

Die Ärzte wollten, dass du keinen Virus kriegst. Das wäre nicht gut für dich, sagten sie. Doch jetzt bist du über den Berg ... Ich hab auch etwas bei mir ... Kuchen mit Streuseln.»

«Mmh ... den esse ich am liebsten.»

«Ja, das weiß ich doch. Den backte ich extra heute Morgen für dich. So, ich gebe dir mal ein Stück ...» Sie gab mir das und ich aß es mit Genuss auf. Und keinen Krümel ließ ich übrig. Dann, kurze Zeit später, ging die Tür auf. Es war Schwester Erna. Die kam rein, sagte zu mir: «Ah, Hänschen, du hast ja Besuch! ... Und das ist deine Oma?»

«Ja, das ist sie.» Dann lief sie auf Oma zu und die wischte sich schnell die Tränen mit einem Tuch ab. Sie sagte: «Guten Tag, ich bin Schwester Erna. Hans erzählte mir schon viel über sie. Es freut mich sehr, dass ich Ihnen mal begegne. Sie können stolz auf ihn sein, denn er ist sehr tapfer und trägt bis jetzt sein Schicksal ohne Klage.»

«Ja, das stimmt, Schwester Erna. Ich danke Ihnen sehr, dass Sie sich so viel Mühe geben und sich ihm widmen.»

«Keine Ursache, das ist ja mein Beruf. Es ist für uns eine große Aufgabe, dass er schnell gesund wird, und dann nach Hause kommt. Es ist nötig, dass Sie noch Geduld haben. Erst an dem Tag, an dem er wohlauf ist, darf er das. Prima! So, und jetzt verlasse ich sie. ... Hänschen, und ich kuck später noch mal nach dir. Dann auf Wiedersehen und alles Gute für Sie.»

«Danke! Für Sie auch Schwester Erna», gab ihr Oma zur Antwort. Als sie weg war, sagte ich: «Oma, da ist ein Stuhl. Du musst nicht stehen», und zeigte mit dem Finger auf den. Mutter lief los und holte ihn. Dann setzte sie sich neben mich, nahm meine Hand und streichelte sie. Da sagte mir Oma und Mama, was bei uns so los war. Und ich von den Eichhörnchen, die ich sah und von Pfiffi und den

Kaufladen. Mehr hatte ich ja nicht, da ich nichts erlebte. Dann seufzte Mutter und sagte: «Ach, mein Junge. Leider ist der Moment des Abschieds da. Wir müssen jetzt nach Hause, da die Zeit für Besuche gleich um ist. Doch morgen komme ich wieder. Auch Oma muss ich ja noch in ihre Wohnung bringen.» Die saß die ganze Zeit neben mir und hielt meine rechte Hand. Dann stand sie auf und drückte mich doll an sich ... und ich sah, dass sie weinte. Mit Tränen in den Augen sagte sie leise: «Hansel! Es war sehr schön, dass ich dich sehen konnte. Jetzt weiß ich, dass es dir gut geht. Ich besuche dich, wenn ich gesund bleibe, bald noch mal.»

«J-a-a-a! Da würde ich mich sehr freuen ... Das war heute eine Überraschung für mich und machte mir viel Freude. Auch bin ich ja bald gesund und dann komme ich gleich nach Hause.» In der Folge stellte Mutter den Stuhl an die Wand. Von da aus kam sie zu mir. Sie gab mir einen Kuss auf die Stirn und sagte: «Mach´s gut, mein Junge ... bis morgen. Ach, fast hätte ich es vergessen ... Da bringe ich Tante Frieda mit, die soll dir mal die Haare schneiden.»

«Gut, Mama! Da freue ich mich ...» Da sah ich an der Scheibe Tropfen. «Mama, kuckt mal da, es regnet. Habt ihr einen Schirm?»

«Ja, mein Junge, den haben wir bei uns. Vorhin, als wir uns auf den Weg machten, gab es schon mal eine Husche. Da nahm ich zwei mit. Also ... bis morgen.» An der Tür drehten sie sich um und winkten mir kurz zu. Dann machte Mutter die Tür zu und ich war allein ...

Am Abend kam Frau Dickmann. Sie las mir vor, bis ich schlief. Mitten in der Nacht riss mich ein Schmerz im Stumpf aus dem Schlaf, wie ich ihn noch nie hatte. Es war ein Gefühl, als ob mir dort jemand tausend Nadeln rein stach. Ich fing gleich an, laut zu schreien. Frau Dickmann fragte besorgt: «Was hast du denn?»

«Schmerzen im Stumpf.» Sie sprang von ihrem Stuhl auf und rief: «Dann hol ich gleich die Nachtschwester», und lief schnell zur Tür raus. Wenig später kam sie mit der zurück. Die war aber nicht in der Lage mir zu helfen. Sie sagte, dass sie den Arzt vom Dienst holt.

Ich wandt mich derweil vor Schmerzen im Bett hin und her. Der Doktor war wenig später da. Er sah sich den Stumpf an, doch hatte er keine Ahnung, wo die her kamen. Da sagte er, dass er mir ein Schmerzmittel spritzt. Kurz darauf wurde es besser und der Schmerz ließ nach. Letztlich schlief ich ein ... Als ich wach wurde und die Augen aufmachte, kam der Schmerz zurück.

Ich griff nach der Klingel. In dem Moment kam aber schon Schwester Erna und Doktor Hanschke rein. Sie maß mir sofort Fieber ... und der Doktor fragte: «Wo tut es dir denn weh?» Ich sagte: «Im Stumpf.» Er sah zu Schwester Erna und meinte: «Gut, dann machen wir den Verband mal ab und sehen nach.»

«Hat er Fieber?»

«Ja, Herr Doktor!»

«Dann fangen Sie schon mal an ... und ich geb ihm etwas gegen den Schmerz.»

«Mach ich ...», und wickelte gleich den Verband ab. Als sie fertig war, sah Doktor Hanschke sich alles genau an und sagte: «Sehen Sie sich das mal an ...»

«Eine Wundrose!»

«Genau. Richten Sie bitte die Infusion mit Antibiotika vor und ich mache den Rest.»

«Gut, Herr Doktor! Mach ich.» Sofort lief sie raus und der Doktor fing an.

Kurze Zeit später kam sie mit dem Schlauch für die Infusion. Als alles so weit war, verband Schwester Erna den Stumpf und ich fragte den Doktor: «Sterb ich jetzt?» Er lächelte und meinte: «Nein, nein! Das musst du nicht. Erysipel steckt auch nicht an, da es von Bakterien kommt. In dem Fall nehme ich an, waren es Streptokokken. Die drangen durch die Wunde ein. Ich denke, in ein bis zwei Wochen ist das vorbei.» Er drehte sich um und ging aus dem Raum ... Ich fragte traurig: «Schwester Erna kommt Mama jetzt nie mehr?»

«Doch Hänschen das macht sie ... du hörtest ja, dass es nichts Schlimmes ist. Das, was du hast, steckt nicht an. Jetzt schlaf noch ein bisschen und dann bis nachher ...» Und sie ging auch fort ...

Ich sah sie erst am Mittag wieder. Als ich fertig war mit dem Essen, kam Mutter. Na die war baff darüber, was mir passiert war. Als sie grad gehen wollte, kam Schwester Erna rein. Die zwei begrüßten sich. Da sagte Mutter: «Morgen wollte die Schwester von mir Hans die Haare schneiden. Ist das möglich?»

«Nein Frau Allagor! Der Doktor befahl Hans zehn Tage Ruhe. Ich sage es ihnen, wenn es ihm besser geht.»

«Danke Schwester Erna. Gut! Dann ist es nicht zu ändern. Ich hatte grad vor nach Hause zu gehen. Doch morgen sehen wir uns wieder.»

«Ja ist gut, Frau Allagor und schöne Grüße an Ihren Mann.»

Und ich war sehr traurig, hatte ich mich doch gefreut. Doch war es nicht zu ändern.

Am Tag darauf.

Schwester Erna kam zu mir und rief: «Kuck mal Hans, was ich hier habe.»

«Oh, ist das ein Radio?»

«Ja, und mit dem kannst du jetzt Musik hören, wenn du mal Lust dazu hast. Ich zeig dir, wie es angestellt wird.» Na das war eine große Freude. Auch für Mutter wie die am Nachmittag kam und das sah.

Ein paar Tage später.

Mitten in der Nacht wachte ich auf, da ich Schüsse gehört hatte. Ich nahm erst an, dass es ein Traum war. Doch dann hörte ich sie wieder. Das sind gewiss Russen, die betrunken sind, dachte ich. Abrupt war in der Folge Ruhe ... und ich schlief ein. Als ich wach wurde, kam grad Schwester Erna an und ich sagte ihr, dass ich Schüsse hörte. Da meinte sie: «Hänschen, mach dir keine Sorgen. Heute ist der 17. Juni und die Arbeiter streiken. Das Politbüro hob die Normen energisch an. Und zwar so hoch, dass die nicht mehr zu schaffen sind. Doch hier bei uns bist du sicher, da die Streiks nur in den großen Städten sind.»

Nach dem Essen machte ich das Radio an. Da kam gleich die Nachricht, dass der Minister Grotewohl sagte, dass der Anstieg der Normen nicht mehr gültig ist ... Und alles bleibt so, wie es ist. War ich zu Hause, hörte ich am Sonntag den Sender RIAS. Das war nicht erlaubt und so tat ich das heimlich. Nur im Krankenhaus ging das nicht. Schlief ich nachts nicht gleich ein, machte ich mir das Radio an und hörte Musik. Von den Unruhen bekam ich nichts mehr mit und ein Schuss fiel auch nicht mehr.

So gingen die Tage ins Land. Eines morgens in der Früh kam Schwester Erna zu mir und sagte: «Hans, ich hab eine gute Nachricht für dich! Deine Mutter und Tante kommen heute zu dir.»

«Ehrlich?»

«Ja! Ich sprach das mit dem Doktor ab.»

«Wann?»

«Hat die Tante von dir Pause. Also nach dem Essen.»

Da kam sie mit Mutter an und lief gleich auf mich zu. «Hansel, ich freu mich, dass ich dich mal sehen darf. Ist die Wundrose wieder weg?»

«Ja, Tante Frieda. Da starben schon viele Leute dran, sagte mir Schwester Erna.»

«Ich bin ja so froh, das du noch lebst. Ich wollte dich ja schon früher besuchen, aber ich durfte ja nicht.» Als sie das sagte, rannen Tränen über die Wangen von ihr. «Das ist doch nicht schlimm. Jetzt bist du doch da.»

«Ja, das stimmt. Leider hab ich nicht lange Zeit, da ich um zweie eine Kundin habe. So fangen wir gleich an.»

Im Nu packte sie die Sachen, die sie brauchte aus. Als sie fertig war, legte sie mir den Umhang um und fing an. Die Haare wuchsen in der Zeit, wo sie nicht da war schon beachtlich lang. Jetzt oder nie dachte ich und fragte: «Tante Frieda, was fand statt, als ich weg war?»

«Das war so: Als das Krankenauto weg war, kam deine Mama an. Die drängte sich durch die Masse an Leuten, kam zu mir und fragte, was los ist, und ich sagte es ihr. Da drückte sie mir die Sachen, die sie bei sich hatte in die Hand und wollte auch gleich hier her fahren ... und lief los.»

«Ja das stimmt, Frieda! Ich stieg in die nächste Bahn ein. Doch was ich hier sah, war furchtbar für mich. Ich weinte und betete. Wir blieben die Nacht hier. Erst als man uns sagte, dass du am Leben bleibst, fuhren wir mal nach Hause.»

«Und bei uns kamen zwei von der Polizei an. Die fragten jeden, der da war, ob er etwas sah. Nur drei Leute sagten ganz genau, was ablief. Dann schickten sie alle weg und der Pulk löste sich auf. Da kam aus der Ferne ein Militär Fahrzeug der Russen an. Das hielt hinter dem, dass da noch stand und dich traf. Es stiegen zwei Offiziere aus und liefen zu denen hin. Dann redeten sie in rüden Tonfall mit den vieren.

Ich ging zu Oma, die weinte die ganze Zeit. Als ich mit ihr ins Haus lief, sprachen die zwei mit den Polizisten. Ich hatte eine Kundin, die auf mich wartete. Doch da war mir nicht mehr nach zumute. Die Gedanken von mir drehten sich nur um dich und das du am Leben bleibst.

Als ich im Salon war, sah ich, dass die Russen zur gelben Kaserne fuhren. Da war die Polizei noch da. Und dann traf die Feuerwehr ein und spritzte mit dem Schlauch das Blut vom Gehweg ab.»

«Da war ja noch viel los, als ich weg war.»

«Ja, das stimmt Hansel. Doch wichtiger ist, dass du bald gesund wirst und nach Hause kommst.»

«Ja! Dann schneidest du mir wieder die Haare im Auto.»

«Na klar, mach ich das, ohne dir in die Ohren zu schneiden.»

Danach erzählte sie mir noch ein paar Geschichten ... und von Streichen, die sie dem Herrn Zenke spielte. Leider ging die Zeit zu schnell vorbei. Doch bevor sie Abschied nahm, sagte sie: «Hansel, wir müssen jetzt gehen. Aber ich werde dir, so lange wie du hier bist, die Haare hier schneiden.»

Zwei Wochen später.

Schwester Erna kam zu mir und sagte: «Hänschen, jetzt befreie ich dich vom letzten Tropf», und gleich machte sie den Verband am linken Arm ab. Dann zog sie die Kanüle raus und klebte ein Pflaster auf die Stelle, wo die drin war. «So jetzt hast du wieder beide Hände frei.»

«Darauf hoffte ich schon lange.»

«Ja, das glaube ich dir gern. Gleich schicke ich dir Adam, der macht dir den Streckverband ab.» Sie packte alles ein, griff sich den Ständer mit dem Tropf und ging aus dem Raum.

Abends nach dem Essen sagte Schwester Erna zu mir: «Hänschen, ich habe jetzt zwei Wochen frei. In der Zeit betreut dich Schwester Trude. Die kennst du ja schon. Dann ... alles Gute für dich. Bis zum Wiedersehen. Gute Nacht!»

Zwei Tage später.

Es war ein Tag mit Sonne und Wärme. Schwester Trude kam in der Früh, nach dem ich fertig mit dem Essen war, zu mir und sagte: «Hans, bei dem schönen Wetter bringen wir dich in den Park an die frische Luft. Ich sprach eben mit dem Doktor und der bewilligte es. Ich komme gleich zurück und dann gehts los.»

Kurze Zeit später kam sie, eine Schwester und ein Pfleger, die ich nicht kannte. Das Bett, das sie bei sich hatten, rollten sie neben das von mir. Ich sah, dass auf dem ein Kissen und eine Decke lagen. Schwester Trude sagte: «Hans, jetzt heben wir dich gleich auf das Bett.» Sie hob das Bein an und die zwei fassten mich rechts und links unter die Arme. Als ich auf dem lag, fuhr der Pfleger mich durch den Flur bis zum Aufzug. Dann von da aus in den

Garten. Dort stellte er mich am Rand vom Weg ab und lief fort. Die Sonne schien vom Himmel ohne eine einzige Wolke. Ich war müde und schlief ein ...

Als ich wach wurde, hatte ich Hunger und Durst. Auch war mir übel ... und ich hatte Kopfweh. Da sah ich wie der Pfleger, der mich abstellte, zu mir kam. Ohne ein Wort zu sagen, schob er mich ins Haus. Am Raum, wo die Schwestern waren, hielt er an und lief kurz rein. Dann brachte er mich aufs Zimmer. Als ich da war, kam gleich Schwester Trude und eine andere an. Die drei hoben mich hoch und da gab es einen lauten Knacks und ich schrie vor Schmerz, da das so weh tat. «Holen Sie mal schnell den Doktor! Mit dem Bein ist etwas nicht in Ordnung», sagte Schwester Trude rüde. «Mach ich!», rief sie und rannte aus dem Zimmer und ich weinte vor Schmerzen.

Es dauerte nicht lange und Doktor Hanschke kam und fragte: «Was ist denn los?» Schwester Trude sagte: «Als ich den Jungen in sein Bett legte, hob ich sein Bein an. Dann gab es einen Knacks und der kleine Patient schrie vor Schmerz.»

«Warum mussten Sie ihn in sein Bett legen?»

«Wir brachten ihn in den Park, da er mal an die Luft sollte», gab sie ihm kleinlaut zur Antwort. Grimmig sah der Doktor sie an. «In den Park? Wer erlaubte Ihnen denn das?», fragte er erbost. Sie zuckte zusammen, meinte frech: «Der Arzt Biedermann.» Der Doktor schüttelte den Kopf und sagte im rüden Ton: «Das fasse ich nicht! Sehen Sie sich das Gesicht an, das ist ja glutrot! Der war nicht nur kurz in der Sonne, der Kopf glüht ja förmlich und er hat ein wenig Fieber. Der Junge hat eine Heliosis.» Dann tastete er das Bein ab. Da das aber verbunden war, merkte er wohl nichts. Da sagte er ruppig zu ihr: «Jetzt kühlen Sie ihm erstmal den Kopf und dann muss er gleich zum Röntgen. Ich nehme an, dass der Knochen brach. Und geben Sie ihm etwas gegen den Schmerz!» Als das erledigt war, kam der Pfleger und schob mich in den Raum, wo schon Röntgenschwester Paula wartete. Sie sagte erstaunt: «Hallo, du bist doch der kleine Hans ... Was ist denn mit dir? Warum bist du schon wieder hier?»

«Es tut mir hier im Bein weh. Da knackste es.»

«Na, da sehen wir doch gleich mal nach, was das ist.» In der Folge hob man mich auf den Tisch. Dann wurde es dunkel und sie machte die Bilder. Kaum war sie fertig, kam Doktor Hanschke. Der sah sich die genau an. Da hörte ich die Stimme von ihm: «Der Kleine hat eine Fraktur. Er muss gleich in den OP-Saal. Ich veranlasse alles, was nötig ist», sagte es und lief fort. Kurze Zeit später schob mich der Pfleger in den Raum, wo ich schon erwartet wurde. Eine Schwester setzte mir die Maske für die Narkose auf die Nase und ich atmete tief ein und aus ...

Ich wachte auf und sah, dass ich in meinem Zimmer war. Dann wurde mir übel, doch brechen musste ich nicht. Ich sah zum Bein und das war im Streckverband. Da kam eine Schwester an, die ich nicht kannte, kuckte und ging fort. Es dauerte nicht lange, da kam der Stationsarzt mit ihr zu mir ans Bett und sagte: «Hans, es tut mir leid, dir sagen zu müssen, dass der Knochen brach da er noch nicht gut verheilt war. So legten wir dir wieder den Verband an. Wegen der OP schickten wir die Eltern von dir nach Hause. Deine Mutter lässt dir ausrichten, dass sie morgen allein kommt. So und jetzt seh ich mir an, ob alles richtig sitzt. Mmh ... sieht sehr gut aus. Gut! Dann lassen wir dich nun in Ruhe. Schlaf noch ein bisschen.» Er drehte sich um und verschwand mit der Schwester und ich schlief ein ...

Am anderen Tag.

Es war nach dem Essen am Mittag. Ich war grad fertig und da ging die Tür auf. Ich sah, dass es Mutter und Vater war. Der fragte gleich: «Und Hans? Wie gehts dir?»

«Nicht so gut. Aber ... wieso bist du da? Mama wollte doch ohne dich kommen.»

«Ja, das hatte ich auch vor. Doch hab ich noch Zeit bis ich zu einem Kunden muss. Da wollte ich dich kurz sehen und wissen, wie es dir geht.» Mutter kam, beugte sich über mich, gab mir einen Kuss auf die Stirn und sagte weinend: «Ach, mein Junge, bleibt dir, denn nichts erspart? Dein Vater beschwerte sich eben beim Stationsarzt. Es war Dummheit von der Schwester, die das getan hat.»

«Ja! Und er sagte weiter, dass er die Erlaubnis nie gegeben hätte, dich in den Park zu bringen. Die gab ein Assistenzarzt der Schwester, auf ihre Bitte hin. Er war zu der Zeit nicht hier und wusste das nicht. Na ja, die zwei bekamen eine Rüge von ihm, so sagte er es mir.»

«Dann bleib ich jetzt noch länger hier?»

«Ja, mein Junge», meinte Mutter und wischte sich mit einem Tuch die Tränen ab. «Ich hoffe, dass Schwester Erna bald kommt», sagte ich und war traurig. «Wenn die da gewesen wäre, hätte es das nicht gegeben, Hans ...»

«Ja, Papa, das weiß ich. Doch ist das nicht zu ändern. Genau wie der Unfall von mir.»

«So, mein Junge, es wird Zeit. Halt die Ohren steif», sagte er und ging weg. Mutter blieb aber noch eine Weile. Doch dann machte auch sie sich auf den Weg. Ich döste, als sie weg war ein ... «Hans aufwachen, es gibt Essen ...», rief eine Frau. Ich wurde wach und machte die Augen auf. Da sah ich, dass es Schwester Trude war.

Drei Tage später.

Es war in der Früh und die Sonne schien ins Zimmer. Auf einmal ging die Tür auf und ich sah Schwester Erna. Sie lief zu mir und rief: «Hänschen! Es tut mir so leid, dass dir das passiert ist! Der Bruch war noch gar nicht richtig verheilt. Doch das ereignet sich nie mehr. Das verspreche ich dir.»

«Ach ... was bin ich so froh, dass Sie da sind, Schwester Erna.»

«Das glaube ich dir gerne. So, jetzt lass dich erst mal drücken ... und dann bringe ich dir das Frühstück.»

Danach ging sie wieder und Putzfrau Irmgard kam rein. Mit der sprach ich ja schon. Sie fragte: «Ist es dir denn nicht langweilig? Du bist doch den ganzen Tag allein.»

«Ja, das ist es.»

«Liebst du Tiere?»

«Ja.»

«Und Fische?»

«Ja, die mag ich auch.»

«Na das ist ja prima. Ich hab bei mir zu Hause ein kleines Aquarium. Das brauchen wir nicht mehr. Ich frage mal Schwester Erna, ob sie es erlaubt, dass ich dir das mit bringe, gefiele dir das?»

«J-a-a-a! Das wäre schön! Mit Fischen?»

«Na logisch! Ohne die ist es ja kein Aquarium, oder?»

«Nein! Oh ... da freu ich mich riesig.»

«Ja, mein Junge, das glaub ich dir! Mach aber langsam mit den jungen Pferden. Heißt: Nicht zu früh freuen, denn Erna muss das für gut heißen. Sehe ich sie, frage ich sie gleich.» Dann machte sie weiter, bis sie fertig war. «So machs gut Hans», rief sie an der Tür und lief raus.

Ich war schon lange mit dem Essen fertig und hoffte, dass Mutter bald kam. Dann ging die Tür auf, ich sah hin, doch statt ihr kam Putzfrau Irmgard. Ihr folgte ein Mann und Schwester Erna. «Hänschen! Wir haben etwas für dich», rief sie voll Freude. Ich sah, dass der Mann ein Gehäuse aus Glas trug. Das stellte er auf die Kommode. «Und ahnst du, was das ist?» Ich dachte mir das schon, doch wo waren die Fische? So meinte ich verunsichert «Ein ... Aquarium ...»

«Ja Hänschen! Das ist es», rief sie laut aus und strahlte über ihr Gesicht. «Freust du dich?» Ich konnte kein Wort sagen, nahm an, das wäre ein Traum. Ich nickte ihr zu. Doch mehr wie ein «Mmh» brachte ich nicht raus. Schwester Erna sagte zu mir: «Hänschen! Ich geh jetzt. Wenn alles fertig ist, komme ich wieder.»

Da sah ich, wie Putzfrau Irmgard aus der Tasche Beutel mit Sand heraus holte. Den streute der Mann auf den Boden in das Gehäuse. Als das getan war, steckten sie Pflanzen in den Sand. Der Mann holte dann einen Eimer mit Wasser und goss es rein. Als es fast voll war, holte Putzfrau Irmgard ein Glas aus der Tasche und rief: «So, Hans ... pass auf ... jetzt lasse ich die Fische ins Wasser.»

«Da bin ich ja mal gespannt», meinte ich und sah genau zu. Sie hielt das Glas in das nasse Element und gleich schwammen die Fische raus. Da kam Schwester Erna an und rief: «Ah ... wie ich sehe, schwimmen die ja schon. Freust du dich, Hans?»

«J-a-a-a, und wie ...», und war ganz aus dem Häuschen. «Ich dachte nicht, dass das wahr wird. Danke, danke,

danke», rief ich und starrte gleich wieder die Fische an, die wild umher schwammen. Da hörte ich, wie Schwester Erna sagte: «Dann danke ich auch dir, Irmgard ... Und Ihnen auch Herr Altmüller. Wie ihr seht, bereitet ihr Hans eine große Freude.»

«Da gibt es doch nichts zu danken, Erna! Wir haben drei Kinder und die hüteten alle schon mal das Bett. Da fielen uns die Fische ein und das war eine sehr gute Idee ...» Da warf Schwester Erna ein: «Ja, und wie, äh ... und mit was füttern wir die?»

«Darum brauchen Sie sich nicht zu kümmern. Das erledige ich, da ich ja fast jeden Tag hier bin. Habe ich frei, macht das eine Kollegin von mir. Der zeige ich das.»

«Das ist ja sehr gut, Irmgard. Dann bedanke ich mich herzlich für alles.»

«Ist schon gut, Erna. So ... und jetzt müssen wir wieder nach Hause. Wir wollen die Kinder nicht so lange alleine lassen. Und dir, Hans, wünschen wir viel Spaß ...»

«Danke, danke, danke ... Irmgard.» Dann nahmen sie Abschied von mir. Alle drei gingen aus dem Zimmer ... und ich war allein mit den Fischen. Das waren die neuen Freunde von mir. Auf einmal klopfte es und die Tür ging auf. Da sah ich, dass es Mutter war. Das überraschte mich und so fragte ich: «Mama, was machst du denn hier? Du wolltest doch nicht kommen ...»

«Ja das stimmt! Das wollte ich auch nicht. Doch Vater brachte eben Ware zu einem Kunden und der wohnt hier um die Ecke. Wie ich sehe, gelang uns die Überraschung.»

«Ja, das stimmt! Aber wo ist Papa?»

«Der redet mit Schwester Erna. Dein Lehrer kam zu uns, da er dich mal besuchen will. Jetzt brauchen wir die

Erlaubnis von ihr. Stimmt sie zu, rufe ich ihn an. Dann will er in zwei Tagen zu dir kommen.»

Da kam Vater rein, starrte gleich auf das Aquarium und fragte: «Hans, wo ist das her?»

«Das brachte mir Putzfrau Irmgard und ihr Mann.»

«W-a-s! Wie kommen die denn dazu?»

«Nur so! Frag Schwester Erna, die erlaubte das. Die haben das übrig. Ich tat ihr so leid, dass ich den ganzen Tag einsam bin.»

«Ist schon gut, mein Junge ... ich glaub dir das ja. Du hast dich gewiss gefreut.» Als er das sagte, sah er immer mal hin. «Mmh ... Ja! Und wie ...»

«Und wer füttert die Fische?», wollte Mutter wissen. «Sie auch.»

«Ach, na das ist ja schön.»

Da ging abrupt die Tür auf und Schwester Erna kam rein: «So jetzt gibt es Abendbrot», rief sie und da nahmen die Eltern von mir und ihr Abschied.

Zwei Tage später.

Nach dem Essen am Mittag ging die Tür auf. Schwester Erna kam rein und sagte: «Hänschen, du hast Besuch.» Sie drehte sich zur Seite um und da sah ich den Herrn Winter, meinen Lehrer. Ihm folgten vier aus der Klasse. Leider war Fred und Peter nicht bei ihm nur Renate war es, was mich sehr freute.

Schwester Erna ging raus und machte die Tür hinter sich zu. Herr Winter kam zu mir ans Bett und sagte: «Guten Tag, Hans. Ich hatte schon lange vor dich zu besuchen, bekam aber keine Erlaubnis. Doch, wie du siehst, ist es jetzt so weit. Wie geht es dir?»

«Es geht so, Herr Winter.»

«Wie du siehst, habe ich einen Anhang bei mir. Gestern sagte ich in der Klasse, dass ich heute zu dir darf. Ich fragte, wer mitkommt, und das waren fast alle. Da ich nur die Erlaubnis für vier bekam, fiel das Los auf die, die bei mir sind .... Und hier habe ich eine Kleinigkeit für dich.»

«O-h-h-h ... Halloren Schokolade. Mmh, die ess ich gern. Woher wissen Sie das? Ach ... ich weiß, von Mutter, die riefen Sie ja an.»

«Stimmt, das hast du sehr gut kombiniert. Hier habe ich auch Bücher aus der Schule für dich. Da sind Lesezeichen drin, so das du die Seiten findest, wo wir grade sind.»

«Danke, Herr Winter», sagte ich. Doch die waren mir nicht so wichtig wie die Fische. Ich sah, kurz zu den anderen, die kuckten alle den Fischen zu und hatten Spaß daran, genau wie ich. Herr Winter sah das. Hierauf drehte er sich um und sagte: «Hallo, ihr seid nicht wegen der Fische hier. Grüßt Hans erst mal.» Da kam jeder zu mir und gab mir die Hand. Zuletzt war das Renate.

Da sagte Herr Winter: «Hans, ich sprach mit Schwester Erna. Wir hatten vor, dich hier zu unterrichten. Sie lehnte es ab, da sie der Meinung ist, dass es für dich zu früh ist. Finden wir keine Lösung, kommst du nicht mehr in die Klasse zurück.»

Über mein Bein stellte man mir ein Gestell aus Draht. Das sollte das vor dem Gewicht der Decke schützen. Ich sah, dass zwei die Absicht hatten, darunter zu kucken. «Na ihr? Wollt ihr wissen, was mir passiert ist?» Die nickten und dann erzählte ich, was ich erlebt hatte.

Da sagte Herr Winter: «Ach da fällt mir ein, dass ich Schwester Erna noch etwas fragen muss. Ich komme gleich wieder. Und ihr teilt Hans in der Zeit das neueste aus der

Schule mit.» Dann lief er raus, die Jungen zum Aquarium und Renate blieb bei mir. Sie legte eine Hand auf meine und streichelte sie und sagte: «Ach, Hans! Das ist ja furchtbar, was mit dir passiert ist, und es tut mir so leid.» Ich lächelte sie an und meinte: «Renate, das muss es doch nicht. Kein Mensch kann etwas dazu. Es hat sich so ereignet und ist nicht mehr zu ändern. Willst du mal meinen Stumpf sehen?»

«Nee ... Eher nicht ...»

«Da ist doch alles verbunden.» Da hob ich die Decke hoch und zeigte ihr das kurze Stück Bein, das ich noch hatte. Und sie rief: «Igitt! Das ist ja furchtbar.» Im Nu hielt sie sich die Augen zu und fing an zu weinen. Schnell senkte ich die Decke. Die drei sahen das nicht, denn die hatten mit den Fischen zu tun. Doch dann sah ich, dass sie sich umdrehten und Ludwig rief: «Da! Guckt mal! Die ist in Hans verliebt! Jetzt heult sie schon um ihn ... Wann wollt ihr denn heiraten? Ha, ha, ha ...» Und die zwei anderen lachten mit. Den Kerl konnte ich gar nicht leiden. Er war immer und zu jedem sehr frech.

Doch sie taten das nicht lange. Im Nu kuckten sie wieder nach den Fischen und ich sagte leise: «Renate, du musst nicht weinen. Ab jetzt gewinnst du doch alle Rennen gegen mich. Mit Prothese und Krücke humpel ich ja nicht so schnell hinter dir her.»

Sie wischte sich mit dem Ärmel der Bluse die Tränen weg, fing an zu lächeln und meinte: «Ich stell mir grad im Moment vor, wie wir am Start stehen. Dann sprinte ich los und du ... bum ... fällst um ... Und das nur, weil die Krücke von dir in der Erde stecken blieb.» Das stellte ich mir auch vor und so lachten wir beide so laut, dass die drei sich umdrehten. «Na, lacht ihr über uns?», meinte Ludwig bissig und kam auf uns zu.

Da ging die Tür auf und der Lehrer und Schwester Erna kamen rein. Sie blieben aber an der Tür stehen und sprachen. Da hörte ich: «Herr Winter, ihre Zeit ist um. Hans braucht jetzt Ruhe.» Da rief Ludwig, der als erster bei mir am Bett war: «Guckt mal her», hob die Decke hoch und zynisch rief er: «Ha, ha, Hans ist jetzt ein Krüppeljunge!»

Da sah ich, dass Herr Winter auf ihn zu lief und laut schrie: «Was hörte ich da eben? Du sagtest, dass Hans ein Krüppel ist! Sei froh, dass dir das nicht passiert ist! Denk mal nach, dass Hans jetzt für immer versehrt sein wird, denn sein Bein wächst nicht mehr nach. Ich hoffe aber für dich, dass es dein Verstand noch tut ... Und damit du begreifst, was ich meine, bleibst du morgen zwei Stunden länger in der Schule. Da schreibst du: Ich sag nie wieder Krüppel zu Hans, so lange auf, bis die Zeit um ist. Kapiert?» Kleinlaut sagte der: «Ja, hab ich!»

«Dann ist es ja gut! So Hans! Jetzt ist es so weit und wir müssen gehen. Ich wünsche dir eine schnelle Heilung und das wir uns bald wieder in der Schule sehen.»

«Danke, Herr Winter.»

«So, Kinder! Es heißt Abschied nehmen von Hans.»

Er, und die Mitschüler gaben mir die Hand. Renate winkte mir noch kurz zu. Dann gingen alle aus dem Zimmer und Schwerster Erna kam rein. Die schüttelte das Kissen und die Decke flink auf. Als sie fertig war, sagte sie: «So, Hänschen! Jetzt kannst du bis zum Abendbrot ruhen.»

«Kommt Mama nicht?»

«Nein Hänschen. Die kommt erst morgen. Du hattest ja heute schon genug Gäste. Dann bis später.»

Es strengte mich doch gehörig an und so schlief ich ein. Schwester Erna weckte mich, als sie kam und mir das Essen brachte. Dann lass ich noch in einem Buch, das ich von Herrn Winter bekam. Ich wurde aber schnell müde. Da legte ich das an die Seite und versuchte zu schlafen. Ich dachte daran, wie schön doch die Abende mit Frau Dickmann waren. Die lass mir immer, bis ich schlief, so fesselnde Geschichten vor. Nur kam sie leider nicht mehr. Schwester Erna sagte mir, dass das für mich nicht mehr nötig ist.

Ein paar Tage später.

Mutter kam an und hatte eine Frau bei sich, die ich nicht kannte. Sie sagte: «Hans, das ist die Tochter von unserem Schuhmacher. Ich holte gestern dort Schuhe ab und da traf ich sie. Wir unterhielten uns, und ich erzählte ihr, was mit dir passiert ist. Da wollte sie dich unbedingt sehen.»

Die Frau kam auf mich zu, gab mir die Hand und sagte: «Hallo Hans. Als ich hörte, dass du ein tapferer kleiner Mann bist, wollte ich dich mal kennenlernen. Es freut mich sehr, dass du den Mut nicht verloren hast. Unfälle gibt es jeden Tag und keiner ist da vor geschützt. Aber gegen das was dann kommt schon. Und da ist es wichtig, voll Freude am Leben zu sein, sich nicht gehen zu lassen. Man muss den Kampf aufnehmen, um wieder auf die Beine zu kommen. Dann wird man schnell erneut ein Gewinner sein. Wie ich sehe, schaffst du das, denn du bist einer.

Als der Weltkrieg um war, wollte ich in Schweden mein Glück finden. Das war immer schon ein Traum von mir. Als ich da an kam, hatte ich nichts. Das erste Hindernis war die Sprache, denn die verstand ich überhaupt nicht. Das Wichtige war Arbeit zu finden. Ich fragte an jedem Ort, doch keiner wollte mich. Dann sah ich außerhalb von einem Ort einen Hof. Da ging ich hin und der Bauer sprach ein wenig deutsch. So konnte ich mit ihm reden und bekam auch eine Arbeit. Und das Beste war, das ich bei ihm in einem Haus wohnen konnte. Er züchtete Geflügel auf dem Hof. Es machte mir Spaß und ich verdiente Geld. Da sparte ich jeden Monat von und leistete mir die Reise in die Heimat mit dem Schiff. Es sind die ersten Ferien seit langer Zeit. Jetzt traf ich mich mit den Eltern und das ging sehr zu Herzen.» Das wollte ich auch schon immer und so fragte ich sie: «Sie fuhren mit einem Schiff? War das groß?»

«Ja, sogar sehr groß. Es war ein Fährschiff.»

«Was ist das?»

«Das fährt Leute, Fahrzeuge jeder Art und Größe und Waggons von der Bahn.»

«Hä? ... Wie kommen die denn auf das Schiff?»

«Das geht so: Da Waggons keinen eigenen Antrieb haben, schiebt eine Lok die rauf. Stehen die an Ort und Stelle, kuppelt man die von der Lok ab und die fährt weg. Mit so einem Schiff kam ich in Sassnitz, auf der Insel Rügen an. Dort im Hafen verlassen alle die Fähre. Es kommt eine Lok an die Waggons und die zieht sie vom Schiff. Und die Leute, reisen mit dem Zug oder Auto weiter. Ich fuhr mit der Bahn bis nach Berlin. Dort stieg ich um in einen anderen Zug um. Der brachte mich bis hier her zum Bahnhof.»

Ich sah zu Mutter, die nervös war. Da sagte sie: «Hans! Leider wird es Zeit und wir müssen gehen. Papa kommt bald von der Arbeit und da muss ich zu Hause sein.»

«Ja, ist gut Mama. Und Ihnen danke ich für die schöne Geschichte.»

«Ist schon gut Hans. Ich hoffe, ich konnte dir mit der etwas Mut machen. Sodass du immer weiter machst und jedes Ziel erreichst.»

«Ja! Das tue ich gewiss.»

«Sehr gut, Hans. Und jetzt werde schnell gesund. Es wäre möglich, dass wir uns mal wiedersehen.»

Mutter gab mir einen Kuss auf die Stirn. Dann verliessen sie mich. Am Abend, wie ich vor mich hin döste, traf ich eine Entscheidung: Ich nahm mir vor, wenn ich gesund bin, nach Rügen zu fahren, um das mal selbst zu sehen ... dann schlief ich ein.

Einige Tage später.

Es war ein warmer Tag mit Sonne satt. Am Mittag brachte mir Schwester Paula das Essen. Sie stellte das Tablett auf den Tisch ab und sagte: «Meen Kleener ... ick werde dir mal das Fenster uffmachen, hier ist ja eine stickige Luft drin!» Im Nu und Ruck zuck waren beide Flügel auf. In der Folge hob sie das Betttischchen auf das Bett. Dann holte sie das Tablett mit dem Essen und stellte es darauf. «So, meen Kleener! Da wünsche ick dir juten Hunger», sagte sie und ging raus.

Ich kuckte mir das Essen an und war gar nicht begeistert von dem, was ich da sah. Nur vom Blick darauf wurde mir schon übel. Ich stocherte mit der Gabel da drin herum. Nee das ess ich nicht, nahm ich mir vor. Doch wenn ich das nicht tat, hatte ich ein Problem. Schwester Erna verlangte, dass ich alles esse, was mir gebracht wurde. War das nicht der Fall, wollte sie mich füttern. Ich grübelte nach, da ich das verhindern musste. Da kam mir eine, wie ich fand, sehr gute Idee. Ich steckte mir von der Pampe etwas in den Mund. Da formte ich von dem Brei eine Kugel. Die nahm ich raus und warf sie aus dem Fenster.

Doch ich hatte nicht immer Erfolg. Ein paar trafen die Wand und fielen von da aus auf den Boden. Zum Glück stand der Tisch von der Wand ab. Ich hoffte, dass Schwester Paula das nicht sah, wenn sie das Tablett holte. Dann kam sie und meinte: «Ah, wie ich sehe, hast du alles aufgegessen, Hans. Das ist ja prima!», sagte sie, nahm es und verschwand. Nach einer Weile kam Schwester Erna rein, ging zum Fenster und machte es zu. Auch sie sah die Kugeln unter dem Tisch nicht.

In der Früh kam Putzfrau Irmgard. Oh, oh! Da fiel mir glühend heiß ein, dass die das sieht, wenn sie dort putzt. Und schon rief sie: «Hans! Wenn du das Essen aus dem Fenster werfen willst, dann musst du besser zielen.» Sie fing an zu lachen und fragte: «Sag mal? Wie kamst du nur auf die Schnapsidee?»

«Weil Schwester Erna will, dass ich alles auf esse. Doch das da, schmeckte mir gar nicht. Auf dem Teller lassen kann ich es auch nicht, da sie mich dann füttern will, und das hasse ich.»

Sie nickte und meinte: «Ja, ja, Hans! Ich verstehe dich sehr gut. Ich habe auch Kinder. Na ja und die essen auch nicht alles, was ich koche. Darum verrate ich dich nicht.»

«Danke, danke, danke! ... Und dann dachte ich auch an die Vögel und die Eichhörnchen. Die sind doch auch hungrig.»

«Ach so! Na dann kuck ich mal, wo das Essen landet.» Sie lief ans Fenster und sah nach unten. «Ach du meine Güte», hörte ich kurz darauf. Sie drehte sich um, ihr

Gesicht war weiß wie die Wand und sagte ohne Regung: «Oh, oh ... unter dem Fenster ist ein Dach. Da fällt es drauf und klebt fest. Hier fressen auch Vögel die Kost nicht.» Sie fing an zu lächeln und meinte: «Jetzt verstehe ich dich sehr gut. So, jetzt muss ich weiter arbeiten. Doch erst füttere ich schnell die Fische. Dann sehen wir uns morgen wieder.»

«Ja, Irmgard ... und danke, dass du mich nicht verpetzt.»

«Ist doch Ehrensache. Aber pass auf, dass man dich nicht erwischt», sagte sie und ging fort. Puh ... da hatte ich ja noch mal Glück. Das nächste Mal musst du die Kugeln mit mehr Schwung werfen, redete ich mir gut zu. So, dass das nicht noch mal so ablief. Dann fluchte ich über die Vögel. Ich war zornig, dass die das nicht fraßen. Das ging ja auch nur an dem Tag, wo mir irgendwer, dass Fenster aufmachte. Irmgard verriet mich nie, das wusste ich. So wog ich mich in Sicherheit.

Zwei Tage später.

Mutter kam am Nachmittag zu mir mit dem Pfarrer der Gemeinde. Der taufte mich auch und sagte: «Guten Tag Hans, es ist schön, das ich dich wieder mal sehen kann. Ich wollte dich schon lange besuchen, doch erlaubte man mir das nicht. Wie geht es dir heute?» Ich gab ihm zur Antwort: «Danke Herr Pfarrer. Mir geht es ganz gut.»

«Das ist ja prima! Deine Mama sagte mir vor ein paar Tagen, dass es dir nicht gut ging. Da hattest du, glaube ich eine Wundrose. Aus dem Grund besorgte ich für dich eine Arznei. Es ist wichtig, dass du die eine Zeitspanne nimmst. Doch nicht einer hier darf das wissen, auch nicht Schwester Erna. Die wollen hier nichts, was aus dem Westen kommt. Aus dem Grund muss auch deine Mutter die Arznei mit nach Hause nehmen. Verstehst du das, Hans?»

«Mmh ... ja das hab ich. Aber ... wo äh, haben sie die denn her?»

«Die hab ich aus einer Kirchgemeinde. Als ich mit der Mutter von dir sprach, rief ich gleich den dortigen Pfarrer an. Der lebte früher hier und so kannten wir uns. Bei dem Gespräch erzählte ich ihm von dem Unfall. Da sagte er, dass er einen sehr guten Arzt kennt, mit dem er sprechen will. Einen Tag später rief er mich an und teilte mir mit, dass er mir die Arznei schickt. Die kam ein paar Tage danach bei mir an. Er sagte mir auch, dass er alles besorgt, was man will. Also Frau Allagor, haben Sie mal für Hans was nötig, sagen Sie mir das. Ich leite das weiter.» Dann legte er die kleine Schachtel auf das Bett und sagte: «So jetzt mach ich die Packung auf und du nimmst gleich eine Pille ein.» Er holte aus der eine kleine Flasche aus Glas raus. Ich sah, dass da rote Pillen drin waren, die sahen aus wie Erbsen. Er drehte den Verschluss auf und gab mir eine. «So, jetzt schluck die mal mit viel Wasser runter.» Das machte ich sofort und er gab die Schachtel Mutter. Die steckte sie gleich in ihre Tasche.

Er erzählte noch, was sich alles so ereignet hatte. Auf einmal sagte er: «Es tut mir leid, doch ich muss jetzt gehen. Es ist schon spät und ich hab noch einen Termin. Dann wünsche ich dir alles Gute Hans! Beste Genesung, und das du bald wieder nach Hause kannst.»

«Danke Herr Pfarrer. Das hoffe ich sehr.» Er sprach noch ein paar Worte mit Mutter, dann ging er fort. Sie blieb noch, bis zum Ende der Besuchszeit.

Ein paar Tage später.

Schwester Erna kam rein und ich sah ihr an, dass sie wütend war. Da schrie sie mich auch schon an: «Hänschen!

Du hast mich belogen! Du sagtest, dass du alles aufgegessen hast. Doch das ist nicht wahr. Soeben kam der Hausmeister an und zeigte mir, dass Essen in der Form von Kugeln auf einem Dach liegt. Und das wurde von hier raus geworfen. Warst du das?»

«Äh, ich? ... Äh, ist denn keins mehr über mir?»

«Doch! Es gibt eins oben drüber, doch da liegt eine alte Frau im Sterben. Wie bitte schön, kann die was aus dem Fenster werfen?»

«Das weiß ich nicht ...»

«Hänschen, du brauchst nicht zu lügen. Ich ahnte schon lange, dass hier etwas nicht stimmt. Dein Teller war auch an den Tagen leer, wo dir das, was du bekamst, nicht schmeckte. Das machte mich schon stutzig, doch fehlte mir der Beweis und den hab ich jetzt. Du weißt ja: Isst du nicht jeden Tag, dann heilen die Wunden von dir auch nicht. Das heißt, dass du noch lange hier bei uns bleiben musst. Und das willst du doch nicht, oder? Ich kann dir auch jeden Tag Lebertran bringen, den musst du dann im Beisein von mir trinken.»

«Igitt! N-e-i-n ... nur das nicht!»

«Im Übrigen sind wir hier nicht im Zoo. Die Tiere draußen brauchen kein Futter. Im Sommer gibt es für alle genug. Verstehst du das?» Leise weinend und den Kopf gesenkt sagte ich: «Ja, Schwester Erna. Und ... es tut mir leid ...»

«Ist schon gut, Hänschen, jetzt wein doch nicht gleich. Ich hab eine Idee, was wir machen: Wir schließen einen Pakt ab, von dem niemand was weiß, nur du und ich. Und da muss sich jeder dran halten. Und so sieht der aus: Ich möchte von dir, dass du mir sagst, wenn dir das Essen am

Mittag nicht schmeckt. Dafür lass ich dir am Abend eins nach dem Wunsch von dir bereiten. Was hältst du da von?»

«Ja, das gefällt mir ...»

«Prima! Dann machen wir den Pakt mit Handschlag ab!» Das machten wir und sie fragte: «Was hättest du denn gern mal?»

«Krakauer Würstchen.»

«Na gut, Hänschen ... ich werde das dem Koch sagen. Versprich mir, hier und jetzt, dass du nie mehr Essen aus dem Fenster wirfst. In Ordnung?»

«Ja Schwester Erna, das mach ich nie mehr.»

«Gut Hänschen, so ist das abgemacht. Dann bis später.»

Es dauert nicht lange und die Tür ging auf, da hörte ich sie rufen: «Hänschen, ich hab hier ein Stück Torte mit Buttercreme! Mmh ... das schmeckt dir gewiss.»

Als sie vor mir stand, kuckte ich das genau an. Da sah ich, dass die aus zwei Scheiben Königskuchen war mit einer Schicht Butter in der Mitte. Das ist aber keine richtige Torte, sagte ich zu mir. Doch traute ich mich nicht, ihr das zu sagen. Backte Mutter die, sah das anders aus. Sie lächelte mich an und sagte: «Hänschen, jetzt beiß mal rein und lass es dir schmecken.» Mit Unlust machte ich den Mund auf und biss ein kleines Stück ab. Oh, oh ... die von Mutter schmeckte auch viel besser. Als ich kaute, sah sie mich an und bewegte den Kopf auf und ab, dann kam die Frage, auf die ich wartete. «Wie ist die Torte, Hänschen?» Ich wollte artig sein und sagte, als der Mund leer war: «Mmh ... sehr gut!»

«Fein, das freut mich! Dann bringe ich dir jetzt oft ein Stück, das macht dich schnell gesund.» Das wollte ich schon, nur nicht jeden Tag. Da sie mir nicht traute, wartete

172

sie so lange, bis der Teller leer war. Nur ein Bissen mehr, und ich hätte gebrochen. «Prima Hänschen, das du das geschafft hast. Ich bin stolz auf dich», nahm den Teller und ging fort.

Ein paar Tage später.

Es gab ein Essen, was gar nicht mein Fall war. Von dem aß ich nur einen Bissen und den Rest ließ ich auf dem Teller. Als Schwester Erna kam, sagte sie: «Na? Wie ich sehe, schmeckte dir das Essen nicht. Magst du lieber Krakauer? Heute Abend?»

«J-a-a-a», rief ich und mein Herz hüpfte vor Freude. «Gut Hänschen! Ich versuche es. Du weißt ja, dass es recht schwierig ist. Versprechen kann ich es dir deshalb nicht.»

Ich döste ein und wurde wach, als Mutter und Cousine Christel kamen. Das war eine große Freude für mich. Doch Julchen war nicht bei ihr. Sie erzählte mir jede Menge von ihr und zeigte mir ein Foto. Sie sagte, dass sie Mama sagen kann und laufen lernen, versuchte sie auch schon. Auf einmal griff sie in ihre Tasche und sagte: «Hans, ich habe hier etwas für dich.»

«Ein Geschenk?»

«Ja, pack mal aus ...» Ich machte den Karton auf und sah eine Puppe mit schwarzen Haaren. Ich zog sie raus und da sah ich, dass der Körper auch so war. «Das ist ja die von Julchen. Aber dann hat die ja keine mehr.»

«Mach dir darüber keine Sorge. Die hat noch ein paar, mit denen sie spielt.»

Mutter passte das gar nicht, denn entsetzt rief sie: «Das kommt gar nicht in Frage! Eine Puppe ist was für Mädchen. Das ist nichts für einen neun Jahre alten Jungen. Die nimm mal sofort wieder mit!»

«Na gut, wenn du das nicht erlaubst ... Es tut mir leid, Hans. Ich hatte vor dir eine Freude zu machen. Doch deine Mutter versteht das nicht, wie mir scheint. Na gut, nehme ich sie wieder mit.» Cousine Christel packte die Puppe hastig ein. Dann warf sie vor Zorn den Karton in die Tasche.

Ich verstand das nicht. Warum wollte Mutter nicht, dass ich mit einer Puppe spielte? Was bezweckte sie mit dem, fragte ich mich. Die Folge: Die Laune war ab da bei beiden sehr explosiv. Es dauerte nicht mehr lange, da war die Zeit um. Ein Abschied mit Herz und Seele folgte. Die zwei gingen aus dem Zimmer und ich war traurig. Zum Glück hatte ich die Fische, denen sagte ich das. Doch konnten sie ja nicht reden.

Dann war es so weit und das Essen kam. Es gab Krakauer Würstchen, mit Brötchen und Mostrich. Das freute mich riesig, denn die aß ich am liebsten. Da blieb kein Krümel auf dem Teller. Bei dem Genuss vergaß ich die Trauer über die Puppe. Zum Glück hatte ich ja noch die Fische, die mir Freude machten. Auch das Radio hatte ich ja noch. Doch die Tage waren sehr eintönig für mich.

Da ich jede Menge Zeit hatte, grübelte ich oft. Dann gab ich mir den Befehl, an etwas das schön war zu denken. Doch das war nicht so leicht. In den 9 Jahren, in denen ich lebte, passierte ich ja nicht viel. Vater sagte oft, dass alte Leute nur noch von der «Guten alten Zeit» reden und dass damals alles besser war. Er war der Ansicht, dass das da mit zu tun hat, dass sie nichts mehr erleben. Er sagte mir auch, ich solle mich in Geduld üben. Das «Warten» zu lernen ... Wo rauf? Ich wusste es jetzt: Es war der Tag, an dem ich hier raus und nach Haus komme. War ich mal traurig, sprach ich mir so Mut zu. An dem Abend konnte ich nicht gleich schlafen. Da dachte ich an Peter und was er jetzt so macht. Da fiel mir ein, was ich mit ihm im vorigen Sommer erlebte. Es war ein heißer Tag. Ich spielte mit ihm im Garten hinter dem Haus. Da kam die Oma von ihm zu uns und wollte, dass er in den anderen geht. Sie brauchte eine Harke, und dem Gemüse sollte er Wasser geben. Er fragte mich: «Kommst du mit, Hans?» Ich sagte: «Da muss ich erst meine Mama fragen. Ich geh mal schnell hoch. Du kannst ja so lang vor der Tür warten.» Die hatte nichts dagegen und so liefen wir los. Der Garten war am Rand der Stadt.

Nach etwa einer halben Stunde waren wir da. Peter schloss die Tür, die aus Stahl war auf und wir gingen rein. Es war extrem heiß und wir schwitzten. Er schloss ab und lief dann voraus auf eine kleine Laube zu. Ich sah, dass da vier Stühle, ein Tisch und zwei Liegen aus Holz standen. Da sagte Peter: «Da hinten ist der Schuppen, da sind die Geräte für den Garten drin.»

Er lief voraus und ich hinter ihm her. Dann machte er die Tür auf und ging rein. «So Hans, jetzt geben wir erst mal dem Gemüse Wasser.»

Er gab mir eine Kanne und nahm sich auch eine. Neben der Laube war ein Brunnen. Mit den vollen Kannen liefen wir ein paar Mal hin und her ... Abrupt sagte Peter: «Schluss! Die Pflanzen sind nass genug und ich auch. Mir rinnt der Schweiß aus allen Poren. Jetzt zieh ich mich erst mal aus.»

Er ging in die Laube und als er raus kam, war er nackig. «Mach, Hans! Zieh dich doch auch aus. Hier sieht uns keiner. Wie du siehst, sind Büsche rundrum.»

175

«Das mach ich auch», sagte ich und zog mich aus. Dann tobten wir nackt im Gras rum und hatten Riesenspaß. Nach einer Weile meinte Peter: «So, genug getobt. Jetzt ruhen wir uns erst mal aus.» Dann schnappte er sich eine der Liegen. «Nimm dir die andere, Hans.»

Das machte ich und schon lagen wir da und die heiße Sonne brannte uns auf die nackte Haut. «Hier liegen Mama und Papa auch, scheint die Sonne. Die nennen das Sonnenbaden. Dann lege ich mich aufs Gras.»

«Nackig, so wie wir?»

«Ja, jedes Mal!»

«Ich sah Mama und Papa noch nie nackt.»

«Ehrlich?»

«Ja!»

«Als ich noch kleiner war, badete ich mit denen in der Wanne. Im letzten Jahr waren wir in den Ferien an der Ostsee. Da waren am Strand alle nackig.»

«Alle? Auch Frauen?»

«Ja, na klar!»

«Nee! Das ist ja nicht zu glauben. Ich sah noch nie eine nackte Frau, außer Julchen. Da wechselte ihre Mama ihr Mal die Windel. Doch die ist ja keine Richtige, die ist ja ein Mädchen. Nur das, was wir Jungen haben, fehlt bei der.»

«Mmh ... Stimmt! Hat gewiss schon seinen Grund ...»

«Peter, ich glaube, es wird Zeit, nach Hause zu laufen.»

«Puh! Ich hab aber noch keine Lust dazu. Es ist ja noch so heiß ... Du hast ja recht, sonst macht sich Oma am Ende Sorgen und das will ich nicht.»

Wir standen auf und zogen uns an. Peter schloss alles zu und wir liefen nach Hause. Da fragte seine Oma: «Peter, wo ist denn die Harke?»

Entsetzt sah er sie an. «Aha, wie ich sehe, hast du sie vergessen?»

«Oh ja, das hab ich, Oma.»

«Na, dann weißt du ja, was du jetzt machst!»

«Zurückgehen und die holen?»

«Genau! Dann beeil dich, ich will heute noch was tun.» Er hatte keine andere Wahl und musste bei der Hitze erneut los. Da ich auch nicht mehr daran dachte, lief ich mit ...

Das war eine sehr schöne Zeit und jetzt für immer vorbei. Bei dem Gedanken füllte sich mein Herz mit Trauer. So was hatte ich schon lange nicht mehr erlebt. Mit Tränen in den Augen fragte ich mich, was Peter macht und wie es ihm geht. Jetzt ist sicher Fred sein bester Freund. Mit mir ist ja nichts mehr los, wenn ich wieder nach Hause komme ... und ich schlief ein.

Am Morgen brachte mir Schwester Erna das Frühstück. «So Hänschen, dann lass es dir gut schmecken. Ich muss jetzt erstmal Binden wickeln, dann komme ich wieder», sagte sie und wollte grad gehen. Da rief ich: «Darf ich das auch mal machen? Ich hab Langeweile.» Sie dachte nach und meinte: «Na ja, das kannst du gewiss. Das wäre mal eine Ablenkung für dich. Gut! Wir versuchen es mal. Ich bin gleich zurück.»

Auf einmal ging die Tür auf und sie kam mit einem Tablett an. Auf dem lag ein Haufen mit Binden und das legte sie auf die Decke. «So Hänschen, pass mal auf ... Ich zeige dir, wie es geht», sagte sie, nahm eine und wickelte sie langsam auf. Ich sah gespannt zu, wie sie das machte. «Das kann ich auch», rief ich vor Freude. «Gut! Dann probier es mal aus ...» Das machte ich und nach ein paar Proben wickelte ich jede exakt auf. «Prima, Hänschen! Das machst du sehr gut! Dann mach weiter so, bis alle gerollt sind. Bist du fertig, klingelst du. Ich hole sie ab und bring dir Neue.»

Als alle gerollt waren, klingelte ich. Schwerster Erna kam gleich an und sagte baff: «Oh, das machtest du aber toll, Hänschen. Du hast uns heute sehr geholfen. Wenn du Lust hast, kannst du die jetzt immer wickeln. Hast du?»

«Ja-a-a ...»

I

Der Sommer war rum und der Herbst stand vor der Tür. Die Blätter an den Bäumen wurden bunt. War es mal windig, dann flogen viele schon durch die Luft. Ich wartete auf das Mittagessen. Da kam Schwester Erna zu mir. Sie sagte mit sehr guter Laune: «Hänschen! Gleich kommt eine Ärztin und sieht sich den Stumpf von dir an.»

«N-e-i-n! Nicht schon wieder eine OP», rief ich und fing an zu schluchzen. «Du brauchst doch nicht zu weinen, Hänschen. Das ist auf jeden Fall die Letzte. Es wird alles gut, das verspreche ich dir.» Da ging die Tür auf und eine jüngere Frau mit blonden Haaren kam rein. Sie sagte mit einer sanften Stimme: «Du bist also der kleine tapfere Hans. Von dir hörte ich schon viel. Endlich lerne ich dich mal kennen. Ich bin Frau Doktor Schröder und Ärztin für Orthopädie. Ich komme aus Berlin. Da war ich in der Charité und half Kindern, die Wunden hatten, wie du sie hast. Jetzt bin ich hier, um dir zu helfen. Ich bereite dich auf das Leben nach der Zeit hier vor. Doktor Hanschke rief mich an, sagte mir, was mich hier erwartet, und ich will dir jetzt helfen. Ist dir das Recht?»

«Äh, ja ... schon!»

«Prima! Dann sehe ich mir gleich mal den Stumpf von dir an. Schwester Erna! Helfen Sie mir bitte mal.»

Als der Verband ab war, sah Frau Doktor sich alles ganz genau an. Dann sagte sie: «Hans! Wir machen ein letztes Mal eine OP bei dir. Aus dem Stumpf ragt ein Stück vom Knochen raus und der muss weg. Da er aber lose ist, ist das schnell erledigt. Dann nähen wir die Wunde zu. Die wird rasch heilen. Das ist leider nötig! Machen wir das nicht, wird später, wenn du eine Prothese hast, dir das Wehtun. Das willst du doch nicht ...»

«Nein!»

«Prima! Ist die Wunde heil, machen wir die Muskeln vom Bein stark, denn auf dem trägst du ja jetzt die Last vom Rumpf. Wir fangen erst leicht an und das geht dann so lange, bis du in der Lage bist mit Gehstock zu laufen. An dem Tag hast du es geschafft. Du gehst da allein und ohne fremde Hilfe. Du brauchst keine Angst zu haben. Hilfst du mir, dann schaffen wir das schnell, wenn nicht dauert es länger ... Schwester Erna, legen sie die Kompresse bitte wieder an ... Und dich, Hans, sehe ich gleich.» Sie drehte sich um und verließ den Raum. «So, Hänschen, jetzt werde ich den Stumpf wickeln. Wie du ja von Frau Doktor gehört hast, brauchst du keine Angst zu haben. Alles geht gut.»

Als sie das tat, grübelte ich über die Worte nach und bekam auf einmal Bammel. Und zwar so sehr das ich weinen musste. Schwester Erna legte den Verband schnell an und sah zu mir. «Hänschen, weinst du? Du brauchst doch gar keine Angst zu haben. Ich bin doch bei dir und lass dich nicht allein.»

«Bestimmt nicht?»

«Ja, das verspreche ich dir! Ich bringe dich nach unten und dann bleib ich bei dir, bis du wach bist ... Und nun wisch dir die Tränen ab.»

Ich schniefte kurz, meinte: «Mach ich, Schwester Erna.»

«Das ist prima! Ich komm gleich wieder», sagte sie, drehte sich um und lief raus. Nach einer Weile kam sie rein. Froh gelaunt rief sie: «Hänschen! Jetzt gehts los ... ich komme, um dich zu holen.»

Mir war flau im Bauch und ich dachte, hätte ich mich nur unter dem Bett versteckt. Leider konnte ich es ja nicht mehr. Da löste sie schon die Bremsen und fuhr mich aus dem Raum. Auf dem Flur kam eine Schwester, die ihr half und ich nicht kannte.

Die zwei brachten mich bis zum Aufzug. Mit dem fuhren wir nach unten. Und von da aus kam ich in den Raum vor dem OP-Saal. Als ich auf dem OP-Tisch lag, bekam ich gleich die Maske auf das Gesicht. Dann musste ich zählen ... Bis an zu dem Moment hielt Schwester Erna die linke Hand von mir. Mit der Zeit fielen mir die Lider zu und es wurde Nacht.

Als es hell wurde, war ich auf dem Zimmer. Kaum hatte ich die Augen auf, hörte ich sie schon: «H-a-l-l-o ... Hänschen, wie fühlst du dich?»

«Äh ... mir ist s-o-o-o-o übel ...»

«Das glaube ich dir. Doch das kennst du ja schon. Falls du dich übergeben musst, stell ich dir hier eine Schale hin. Ich komme gleich wieder.» Ich hoffte, das war wirklich das letzte Mal und übergab mich. Doch außer Spucke kam nichts raus. Ich sah, dass es draußen schon dunkel war. Da kam Frau Doktor Schröder rein. «Guten Abend Hans! Ich wollte mal nach dir sehen. Wie fühlst du dich?»

«G-u-t!»

«Dufte! ... Bei der OP gab es keine Probleme. Es ist alles in Ordnung. Jetzt hast du alles hinter dir. So ... und jetzt verlass ich dich. Schlaf gut und Gute Nacht!»

«Gute Nacht, Frau Doktor ... aber, ich habe Durst ...»

«Du möchtest was trinken? Ich sag es Schwester Erna. Die kommt dann gleich zu dir.» Es dauerte nicht lange und sie war da.

Zwei Tage später.

Frau Doktor Schröder kam zu mir. «Hans! Jetzt fangen wir mit der ersten Übung an. Da geht es um die Kräftigung der Arme.» Die machten wir ein paar Tage. Dann stellte sie sich neben mich ans Bett und sagte: «Hans, ab heute lernst du, wie du dich aus eigener Kraft auf den Rand vom Bett setzt. Wir machen das jetzt gleich mal. Bist du bereit, fangen wir an.» Ich stimmte zu und sie zog die Zudecke weg. Dann sagte sie: «Zuerst bringen wir das Bein an den Rand vom Bett. Du brauchst keine Angst zu haben, denn ich halte dich fest.»

Nur sehr langsam brachte ich das Bein seitwärts bis zum Rand. Sie machte mir Mut, indem sie sagte, dass ich das sehr gut mache. Im Nu fasste sie mit den Händen unter die Wade. «So Hans, ich hebe jetzt das Bein sachte an ... und ziehe es über die Kante ... Nun lass ich es nach unten gleiten. Tut das weh?»

«Nein! Es brennt nur ein bisschen.»

«Das ist nicht schlimm. Nur wenn du starke Schmerzen hast, musst du mir das sagen.» Als es fast senkrecht am Bett runter hing, sagte sie: «Prima Hans! Du hast es geschafft. Gleich heb ich es wieder an», und legte es auf den Rand. «Hattest du Schmerzen?»

«Nein.»

«Das ist ja prima! Jetzt machen wir das noch zwei Mal.» Als das beendet war, sagte sie: «Jetzt richten wir den Körper von dir auf. Stütz dich mal mit den Ellbogen auf dem Bett ab.» Das ging leicht. «Ganz prima! Und nun press das Kinn auf die Brust. Gut! Jetzt drück den Rücken hoch und nach vorn.» Ich wollte es, doch gelang es mir nicht. Ich strengte mich an, aber ich hatte nicht die Kraft dazu.

Dann sah ich, wie sie das Kissen nahm und eine Rolle daraus machte. Die legte sie mir unter den Rücken. Doch packte ich es immer noch nicht, da sagte sie: «Das bekommen wir schon hin! Ich nehm jetzt meine Hand zu Hilfe.» Und da schaffte ich es ... Zum ersten Mal seit Monaten saß ich aufrecht im Bett. Doch dann drehte sich alles um mich. Sie merkte das und fragte: «Hans, wie fühlst du dich?»

«Mir ist schwindelig ...»

«Das kommt vom Kreislauf und gibt sich wieder. Leg dich hin ... In ein paar Minuten machen wir es noch mal.» Und das taten wir, bis sie sagte: «So Hans, das war es für heute. Jetzt darfst du dich erholen ... Bis morgen.» Voll Sehnsucht hatte ich das Ende erwartet, denn es strengte mich doch sehr an.

Am nächsten Tag.

Ich wurde wach und merkte, dass mir alles weh tat. Doch Frau Doktor Schröder kannte keine Gnade und übte wieder mit mir ... Und es ging Tag für Tag besser.

Dann kam der Tag, an dem ich mich alleine auf die Bettkante setzte. War das eine Freude, als ich das schaffte. Und Frau Doktor Schröder? Die war baff, als sie das sah. Dann lief sie den Tränen nahe aus dem Raum. Kurze Zeit später kam sie mit Doktor Hanschke an. Da musste ich ihm das auch zeigen. Da sagte er: «Hans, das ist ja ein großer Schritt nach vorn. Mach weiter so und du verlässt uns bald gesund ... Und ihnen, Glückwunsch, dass Sie das so schnell auf die Reihe brachten. Jetzt freue ich mich auf den nächsten.»

Er ging fort und ich bekam eine neue Übung. Bei der hob ich das Bein hoch, bis es senkrecht war. Dann winkelte ich es an und zog das Knie an den Körper heran. Das war gar nicht so leicht, doch Frau Doktor half mir.

Drei Tage später.

Ich schaffte das allein und brauchte ihre Hilfe nicht mehr. Voll Freude sagte sie: «Hans, wenn du so weiter machst, kannst du bald aufstehen.»

An dem Tag kamen Mutter und Vater. Sonst war sie nur allein da. Ich zeigte ihnen, was ich konnte, da staunten die zwei Bauklötze. Und so dachten sie gleich, dass ich bald nach Hause komme. Nur so weit war es noch lange nicht.

«Ich muss mal sehen, wie es den Fischen geht», sagte Vater und lief zum Aquarium. Und Mutter packte aus ihrer Tasche etwas aus. Ich linste und sah, dass es Schokolade war. «Hier hab ich was für dich, Hans!»

«Oh, das ist ja eine Sarotti mit dem Bauernhof.» Ich war außer mir vor Freude. «Darf ich ein Stück essen?»

«Na klar, kannst du das.» Ich brach mir gleich eins ab und steckte es in den Mund. Mmh ... schmeckte das gut. Die fade Kost, die es hier gab, vergaß ich im Nu, als die Schokolade mir auf der Zunge schmolz. Da fragte ich: «Was ist passiert bei Oma und Tante Frieda?» Sie erzählte mir alles und richtete mir auch einen Gruß aus. Vater sagte nichts, denn der kuckte nur den Fischen zu. Erst als Mutter nach Hause wollte, trennte er sich von denen. Ich sah ihm an, dass ihm das gefiel. Doch ließ sie das nie zu, hatte sie ja dann die ganze Arbeit. Der Abschied war innig und ich allein. In der Nacht schlief ich nicht, da ich Schmerzen im Bein und im Stumpf hatte. Als ich so da lag, dachte ich an eine Fahrt ...

Ein Jahr zuvor.

Wir machten eine Reise mit dem Zug nach Ziltendorf. Es waren fast alles Leute, die schon in Neu Zelle mit waren. Es war warm, der Himmel war blau und man sah keine Wolke. Am Bahnhof stiegen wir aus. Dann marschierte die Kolonne los. Das Ziel war ein See. Es dauerte eine Weile, da lag der vor uns. Wir Kinder flitzen gleich mit Gebrüll dorthin. Ich freute mich schon, auf das plantschen im Wasser.

Als die Großen kamen, gingen wir an eine schnöde Hütte nicht weit vom See. Vor der standen Bänke und Tische aus Holz. Da setzten wir uns hin. Vater ging gleich los, da er sehen wollte, was es zu Essen gab.

Als er kam, sagte er: «Es gibt Pfifferlinge oder Bratwurst.» Ich rief: «Pfefferlinge!» Mutter wollte eine Wurst. Es dauerte nicht lange, da brachte uns die Wirtin alles an den Tisch. Für Mutter und mich gab es Limo und Vater bekam eine Flasche mit Bier. Da ich Hunger hatte, fing ich gleich an. Als ich ein paar verspeist hatte, knirschte es mir zwischen den Zähnen. «Igitt! Da ist Sand drin», rief ich, drehte mich um und spuckte alles, was ich im Mund hatte aus.

«Da wurde wohl ein Pilz nicht sauber gewaschen», hörte ich Mutter sagen. Und Vater raunzte: «Junge, das ist nicht schlimm! Der Sand ist nicht giftig und Dreck reinigt den

184

Magen!» Zum Glück war es nur der eine und ich aß den Rest. Da sah ich, wie Vater sich oft an den Mund fasste. Das weckte die Neugier von mir und so kuckte ich genau hin. Da sah ich, dass es Nadeln von Tannen waren, die er unter den Tisch warf. Er sagte aber kein Wort. Da ich wenig Lust auf Ärger mit ihm hatte, hielt ich den Mund.

Das Essen war um und ich fragte: «Mama! Darf ich jetzt spielen?» Sie sah mich an, drohte mit dem Zeigefinger und sagte: «Ja, das erlaube ich dir Hans. Doch wenn du zum See gehst, dann darfst du nur am Rand planschen. Du weißt ja, dass du und wir nicht schwimmen können.»

«Ja Mama! Ich pass schon auf.»

«Und immer in Rufweite bleiben.»

«Ja, mach ich ...», rief ich, drehte mich um und rannte an das Ufer vom See. Dann ging ich Barfuß am Rand durch das Wasser hin und her. Da kuckte ich zu, wie die Schwimmer durch den See kraulten. Da bildete ich mir ein, das auch zu tun, und so machte ich das an Land mit den Armen nach.

Mutter hatte eine Tasche bei sich. Die kam bei jedem der Reisen, die wir machten mit. Da war eine Thermoskanne mit Tee, Stullen mit Wurst und Kuchen drin. Bei dieser Fahrt hatte sie noch Handtücher und eine Decke mit. Auf der saß oder lag sie fast die ganze Zeit. Da sprach sie mit den Frauen, die da waren. Das Wasser war ihr egal, doch Vater nicht. Der lief an den Rand vom See und watete im Nass hin und her. Oft sprach er mit Männern, die meist aus der Gruppe von uns waren, und ich spielte da am Ufer im Sand und sah das. Doch musste ich Schluss machen. Ich rannte zu Mutter und schrie: «Mama, ich muss mal aufs Klo!»

«Dann lauf schnell hinter die Hütte. Da sind zwei kleine Häuschen. Das Erste ist für die Männer», sagte sie und zeigte mit dem Zeigefinger dahin. «G-u-t! Das finde ich schon», rief ich und ging sofort los ... Hinter der Hütte sah ich gleich die Klos. Da führte ein schmaler Pfad hin, genau an einem Teich entlang. Eine Stange war die Absperrung und sorgte dafür, dass man nicht rein fällt. Ich lief ohne Eile dort hin und hörte, dass Frösche laut quakten. Dann sah ich sie auf Seerosen sitzen. Ich kuckte denen zu. Da hörte ich, dass hinter mir jemand sprach. Ich drehte mich um und sah, dass es vier Jungen waren, die ich nicht kannte. Die stellten sich neben mich und einer rief: «He ... guckt mal da ... Frösche! Die machen wir jetzt nass!»

Er zog die Hose runter und strullte los. Die drei die bei ihm waren, taten das auch. Doch kam keiner auch nur in die Nähe der Frösche mit dem Strahl. Mir drückte die Blase sehr und ich hielt es kaum noch ein. Ich hätte das ja auch machen können, doch schämte ich mich. Dann rief jemand: «Los, Kleener mach mit! Schenier dich nich ...» Und im Nu lag meine Hose auf den Boden. Da stand ich blank da, alle sahen mich an und ich hatte einen Drang, der so enorm war, dass ich es nicht mehr auf das Klo schaffte. Da fasste ich zu, zielte auf einen Frosch und leerte die Blase. Doch kam ich nicht bis zu dem hin. Als nichts mehr kam, zog ich rasch die Hose hoch.

Da stellte sich ein Junge links neben mich, der zog mir die gewiss runter, dachte ich. Da er viel größer war als ich, sah ich an ihm hoch. Da sagte er: «Na, Kleener ... es jing doch!» Im Nu zog er sich die Hose, bis zu den Knien runter, pinkelte los und schaffte es. Die Dusche von ihm gefiel den Fröschen gar nicht. Die hüpften mit einem Satz ins Wasser und schwammen weg. Ich rannte von da aus zum See, doch musste ich erst einen Wald mit Kiefern durchlaufen. Als ich mitten drin war, hörte ich die Stimme von einem Mann. «Jetzt krieg ich dich!» Ich erschrak, drehte mich zur Seite und sah, dass es Herr Otto war.

Er gehörte auch zu der Gruppe von uns und ihn kannte ich schon lange. Doch das wollte ich nicht und so rannte ich los ... und er hinter mir her. Das gefiel ihm, wie mir schien, denn das machte er oft mit mir. Zum Glück kam er aber schnell aus der Puste und holte mich nie ein. Da hörte ich ihn aus der Ferne rufen: «Ich krieg dich noch!» Und mir war klar, dass er es aufgegeben hatte. Dann lief ich am Ufer hin und her.

Herr Otto war Optiker. Er hatte eine Frau und zwei Mädchen. Die waren schon älter und kannte ich nicht. Er war schlank und groß. Wenn er mich sah, ärgerte er mich. Sagte ich es Mutter, gab sie mir immer die Schuld. Dann meinte sie, dass ich ihn in Ruhe lassen soll. Leider war das nicht so. War ich mal mit Mutter im Geschäft von ihm und er sah mich, sagte er oft: «Ach, da ist ja mein kleiner Freund wieder!»

Da sah ich, dass ein Mann in einem kleinen Boot aus Holz ans Ufer ruderte. Ich lief da hin, sah, dass es Vater war, und rief: «Papa, wo hast du denn den Kahn her?» Er kam mit dem an Land und blieb stehen. Dann stand er auf, stellte sich aufrecht hin, hob zackig den rechten Arm hoch, stieß die Hand an den Kopf und rief: «Kapitän Allagor ist bereit, um mit euch in See zu stechen. Jetzt hol schnell die Mama, Hans.»

«Aye aye, Käpt'n!», sagte ich und rannte los. Auf dem Weg dahin sah ich Herrn Otto. Er lag neben seiner Frau und sonnte sich. Da sie auf dem Bauch lagen, sahen sie mich nicht. Kurz darauf kam ich bei Mutter an. Die lag auf dem Rücken auf der Decke und hatte einen blauen Badeanzug an. Außer Atem sagte ich: «M-a-m-a ... komm schnell mit ... Papa hat ein Boot ... Mit dem will ... er uns über den See rudern.» Entsetzt sah sie mich an und rief: «Was? Wo hat er das denn her? Nee! Ich setze mich doch nicht in ein Boot. Der weiß doch, dass ich nicht schwimmen kann.» Da war ich erstmal fertig mit der Welt. Ich fasste sie an den Händen an und flehte: «Komm Mama, steh auf, ich freu mich doch schon sehr darauf.»

Dann zog ich so lange an ihr rum, bis sie sich von ihrer Decke aufraffte und mit mir zu Vater lief. Der stand am Ufer und wartete. Als wir da waren, rief sie gleich: «Rudolf, du bildest dir doch nicht ein, dass ich auf so eine Nussschale steige.»

«Doch! Das kannst du! Hier ist das Wasser nicht so tief also brauchst du keine Angst zu haben. Außerdem macht es Spaß, und du wirst es nicht bereuen.»

«Na gut. Aber nur wenn du mir hilfst!»

«Ja! Komm her ... So, jetzt gib mir deine Hand ... Siehst du, es geht doch.» Und so schaffte sie es mit Vaters Hilfe, ohne nasse Füße ins Boot zu steigen. Dann stieg ich ein, doch da bewegte es sich. «Mach langsam Hans, wir wollen ja nicht kentern.»

«Mama, wir sind am Ufer! Da kann es das nicht.» Da schob uns Vater von Land weg und rief: «Und zum Schluss kommt der Käpt'n an Bord.»

Er hievte sich rein und setzte sich hin. Da wackelte es noch mehr und Mutter hielt sich an der Seitenwand fest. «So jetzt rudere ich uns vom Ufer weg, und dann drehen wir.» Das machte er und ab da ging es lahm nach vorn weiter. Da rief Mutter auf einmal: «Rudolf! Da drüben sind Seerosen! Fahr doch mal da hin.» Als wir da waren, sah ich viele Blätter und Blüten. Sie meinte: «Oh, sind die schön Rudolf! Da nehme ich mir eine mit heim.»

«Na ja! Dann mach das.» Sie griff sich eine und wollte die abbrechen, doch schaffte sie es nicht. Sie sah mich an und rief: «Hans, hilf mir mal!»

«Ja, mach ich.»

«Passt nur auf, dass wir nicht kentern», rief Vater.

Ich beugte mich über den Rand und fasste mit an. Doch da kam das Boot leicht in Schräglage. Der Stiel war sehr glitschig und so schafften wir es nicht. Da sagte ich: «Mama das geht nicht. Wir brauchen ein Messer.» Da schrie Vater: «Hört auf! Es läuft Wasser ins Boot. Wir müssen an Land, sonst saufen wir ab.» Da rief Mutter in Panik: «Rudolf, dann ruder uns gleich an Land! Du weißt ja, wir können nicht schwimmen!»

Auf dem Weg dahin lief mehr Wasser rein und wir hatten schon bald nasse Füße. Nach einer Weile schafften wir es und Vater stieg aus. Er zog das Boot an Land und wir kletterten auch raus. Da sagte Mutter erbost: «Rudolf! Du gibst das sofort dem, der dir das vermietet hat wieder! Dann sagst du ihm, dass das Boot ein Leck hat und wir fast ertrunken wären. Was hast du dem bezahlt? Sag ihm, dass er dir das Geld zurückgibt, denn das war ja kaputt.»

Vater stand wie vom Blitz getroffen da. Er sagte kein Wort, dachte nach, das sah man ihm an. «Rück ruhig mit der Wahrheit raus,» zischte Mutter. Da meinte er beschämt: «Ja, äh, es gibt keinen ...»

«Du hast es doch nicht etwa gestohlen?»

«Nein ... ich borgte es mir. Ich sah es da hinten im Schilf und jetzt bringe ich es gleich zurück.»

«Das ist bestimmt ein Boot von einem Fischer», warf ich ein. «Ja, Hans! Da kannst du recht haben. So und jetzt gehen wir zurück», sprach Mutter.

Da kam eine Frau aus der Gruppe von uns an und sagte: «Frau Allagor, sind Sie bloß froh, dass das nicht klappte. Reißt man eine Seerose aus, passiert ein Unglück. Das sagte die Mutter von mir.» Und meine: «Dann war es ja Glück, das wir keinen Erfolg hatten.»

Wir kamen auf dem Platz von uns an. Mutter legte sich gleich auf die Decke und fragte: «Willst du einen Schluck Tee, Hans?»

«Ja, Mama, ich hab Durst.» Mein Becher war grad leer, da kamen Leute aus der Gruppe zu uns. Ein Mann sagte zu Mutter: «Wir wollen auf den Damm. Kommen Sie mit?»

«Nein, das will ich nicht. Ich denke aber, dass mein Mann das tut. Der müsste jeden Moment da sein.» Ich sah zum See. «Mama, da kommt er schon», rief ich. Als er da war, sagte der Mann: «Hinter dem Damm baut man eine Eisenhütte. Da wollen wir mal hin, um zu kucken, wie weit die sind. Haben Sie Lust, das auch mal zu sehen?» Das hatten wir und so zog die kleine Gruppe los. Das war nur sehr mühsam, da das Geröll bei jedem Schritt nach gab, und zur Kuppe war es sehr steil.

Fix und fertig kam ich und der Rest der Gruppe oben an. Da kuckte ich mich um und sah nichts, außer den Schienen vor mir. Eine Hütte aus Eisen sah ich nicht. Dann machten sich alle an den Abstieg. Das machte mir Spaß, doch wurde ich auch dreckig. Als mich Mutter sah, schickte sie mich gleich zum See, um mich zu waschen. Als ich sauber war, lief ich zu ihr. Vater kam da erst an. Außer an den Schuhen sah ich keinen Dreck. Ich fragte: «Mama darf ich nochmal auf den Damm?» Sie sah mich streng an und sagte: «Nein Hans! Heute nicht mehr. Wir müssen uns jetzt anziehen. Du weißt ja, dass wir noch einen weiten Weg bis zum Bahnhof haben. Sind wir mal wieder hier, darfst du das.»

Alle packten ihre Sachen ein und dann ging es los. Es wurde schon dunkel, als die Kolonne grad noch rechtzeitig am letzten Zug des Tages war. Alle stiegen schnell ein und kurz darauf fuhr er los. Ich kam nie mehr an den Ort ...

Der Gedanke an die Zeit machte mich traurig. Doch dann wurde ich müde und schlief ein.

Ein lauter Ton machte mich wach. Ich schlug müde die Augen auf und sah, dass es die Putzfrau war. Die rief: «Guten Morgen, Hans! Hast du gut geschlafen?» Ich sagte: «Ja, das hab ich. Ich träumte von einem Ausflug, den wir mal machten.»

«Und dazu bist du bald wieder in der Lage ...»

«Ja, das will ich auch. Frau Doktor Schröder hilft mir sehr. Ich mache Fortschritte, da ich ja auch fleißig übe.»

«Das ist ja toll, dann mach weiter so,» sagte sie und fegte mit dem Schrubber durch den Raum. Als sie fertig war, ging sie wieder.

Zwei Wochen später.

In der Früh kam Frau Doktor Schröder mit einem Rollstuhl zu mir rein und sagte: «Guten Morgen Hans! Wie du siehst, habe ich heute etwas bei mir. Da setzen wir dich jetzt drauf und dann fährst du mit dem ein wenig.» Da kam Schwester Erna und Adam an. Die zwei hoben mich aus dem Bett, setzten mich auf den Stuhl und ich freute mich sehr. Als ich da saß, schob mich Frau Doktor raus in den

Flur. Dort sagte sie mir, wie ich mich von der Stelle bewegen kann.

Ich packte die Ringe an den Rädern an, schob die nach vorn und schon fuhr ich los. Da kam ich mir vor wie ein König. Da sagte Schwester Erna: «Hänschen, das machst du ja prima.» Sie freute sich auch so wie ich. «Das ist ja nicht zu fassen, Frau Doktor Schröder. Das sie es so schnell schafften.»

«Ja, doch das ging nur, weil Hans auch den Willen dazu hatte. Er gab nicht auf. Leider erlebte ich das bei vielen schon. Das ist dann für alle Beteiligten nicht so gut.»

«Ja, das ist wahr. So nun muss ich gehen ... bis später!» Sie ging weg und Frau Doktor sagte: «Hans! Du fährst jetzt mal bis zum Ende vom Gang. Wenn du nicht mehr kannst, sag mir das bitte. Dann schieb ich dich zurück.»

«Mmh ... gut.» Das machten wir ein paar Mal. Mit jeder Runde, die wir drehten, hatte ich mehr Spaß. Wenn ich gekonnt hätte, wäre ich mit dem nach Hause gefahren. Doch war ich bald mit der Kraft am Ende. Frau Doktor schob mich zurück und sagte: «Hans, jetzt ruh dich erstmal aus. Das machen wir jetzt jeden Tag, bis die Arme kräftig genug sind. Dann lernst du, mit den Unterarmstützen zu laufen.»

Drei Tage später.

Kurz nach dem Frühstück kam Schwester Erna mit Adam zu mir. Sie sagte: «Hänschen! Heute fahr ich mal mit dir. Frau Doktor Schröder hat etwas vor und kann nicht kommen. So musst du mal mit mir zufrieden sein.»

«Das ist auch gut, Schwester Erna. Wichtig ist doch, dass ich fahren kann.» Die zwei setzten mich in den Rollstuhl. Dann fuhr ich los und Schwester Erna lief neben mit her. Da es warm war, stand fast bei jedem Zimmer die Tür auf. Ich kuckte überall hinein und sah, dass in den Betten Männer lagen. Da hörte ich: «Hans, fahr mal in das rein!» Als ich in das Zimmer kam, sah ich, dass da ein alter Mann im Bett lag. Er war verletzt und hatte viele Apparaturen und Schläuche um sich herum. Er schrie: «A-h-h-h ... Ich hab große Schmerzen ... hilft mir denn keiner. Ach was habe ich ...» Schwester Erna unterbrach ihn jäh: «Herr Richter! Sie brauchen doch nicht so laut zu jammern. Sehen Sie sich mal den Jungen an. Der ist ärmer dran wie Sie. Und jammert der? Nein! Er ist trotz all der Schmerzen, die er hat, zufrieden. Und Sie klagen den ganzen Tag. Nehmen Sie sich den Jungen zum Vorbild.» Sofort sah der Mann zu mir und hörte mit dem Wehklagen auf.

Da drehte Schwester Erna den Rollstuhl um und fuhr los. Da winkte ich dem Mann zu. Der hob seine Hand ein wenig hoch und wackelte mit den Fingern. Im Flur sagte sie: «So, Hänschen! Jetzt fahr mal allein weiter. Ich geh hinter dir her.» Dann fuhr ich noch in ein paar Zimmer um für die Leute ein Vorbild zu sein. Auch bei denen verstummte ihr Weh und Ach klagen.

Nach vier Tagen.

Da keiner Zeit hatte, setzte man mich in den Rollstuhl. Dann durfte ich alleine im Flur auf und ab fahren. Sah ich eine Tür, die auf war, fuhr ich da hin und kuckte voll Neugier rein.

Mich kannte ja jeder schon und so riefen die mich zu sich. Fast alle lagen im Bett und konnten nicht aufstehen. So lenkte ich sie vom Alltag, der aufs Äußerste trist war ab. Und ich hörte Geschichten und bekam auch mal Bonbons.

Jedes Mal wenn ich wegfuhr, waren die voller Freude und stöhnten nicht mehr.

Eine Woche später.

In der Früh kam Frau Doktor zu mir. Da sah ich, dass sie zwei Unterarmstützen bei sich hatte. Sie war kaum im Raum, da sang sie: «H-a-h-a-n-s, heute lernst du, da mit zu l-a-u-f-e-n.» Ich war sprachlos, glaubte nicht, dass ich das schon durfte. Als ich vor dem Bett stand gab sie mir die in die Hände und sagte: «So Hans ... jetzt gehst du ein paar Schritte mit den Stützen. Damit du nicht fallen kannst, leg ich dir den Gürtel an. An dem halte ich dich fest.» Als sie fertig war, sagte sie: «So Hans ... Nun fang mal an.»

Langsam humpelte ich aus dem Raum in den Flur. Dort lief ich den Gang entlang. Da hörte ich die Stimme von Schwester Erna: «Wen sehe ich denn da? ... Hänschen, du gehst ja schon mit Krücken! Das ist ja nicht zu fassen. Das hielt ich nicht für möglich, dass du das so schnell lernst.» Sie strahlte über das Gesicht. Die Freude, mich zu sehen war riesengroß. «Das ist aber sehr schwer ...», gab ich ihr zur Antwort. «Ja, das weiß ich, Hänschen. Doch mit der Zeit wird das leichter.»

In der Zwischenzeit kamen immer mehr Schwestern und Pfleger an und kuckten mir zu. Jemand fing auf ein Mal an zu klatschen und alle machten mit. Ich hörte Sätze wie: «Das machst du sehr gut!» ... «Mach weiter so!»

Der Beifall und die Worte spornten mich an. Ich kam mir vor, als schwebte ich auf einer Wolke über dem Boden. Und ich merkte keine Schmerzen mehr ... Doch der Ausflug strengte sehr an ... Mir rann der Schweiß. Da sagte Frau Doktor: «Ich denke, Hans, es reicht für heute. Wir laufen jetzt zurück und dann ruhst du dich aus ... Es wäre nett Schwester Erna, wenn Sie mir wieder helfen können, Hans in sein Bett zu legen.»

«Ja, mach ich. Ich komm dann gleich mit Adam zu Ihnen.» Kaum waren wir da, kam Schwester Erna und Adam rein. Ich stellte mich vors Bett. Frau Doktor Schröder nahm mir die Krücken ab. Dann hievten sie mich rauf. «Wie du siehst, hat sich doch deine Mühe gelohnt. Wir kommen dem Ziel näher. So wie es aussieht, kannst du Weihnachten zu Hause sein. Würde dir das gefallen?»

«J-a-a-a, und wie ... Frau Doktor.»

«Prima! Dann gehen wir jetzt und du ruhst dich aus.»

22. Dezember.

Mutter kam in der Früh zu mir und rief schon von der Tür aus: «Guten Morgen Hans! Ich hab eine freudige Nachricht für dich: Du darfst nach Hause, und zwar jetzt. Frau Doktor Schröder sagte mir das eben. Es sollte ein Geschenk von ihr zu Weihnachten sein. Doch das wirst du gleich sehen.» Sie holte die Tasche aus dem Schrank und packte alle Sachen, die wichtig waren ein. Auch Pfiffi und das Kofferradio kam mit. Ich nahm Abschied von den Fischen, die ich da lassen musste. Mutter war grad fertig. Da kamen zwei Männer an, einer fragte: «Sind sie bereit? Wir bringen sie jetzt nach Hause.» Dann brachen wir auf.

Als wir im Flur waren, staunte ich Bauklötze. Da war Frau Doktor Schröder, Schwester Erna, Pfleger Adam und Frau Irmgard. Die wünschten mir eine frohe Weihnacht, und ich lud sie zum Geburtstag ein. Fast alle sagten zu und das freute mich sehr, doch nahm ich an, dass niemand kam. Die hatten ja auch gar keine Zeit.

Wir kamen vor dem Haus von uns an und die zwei setzten mich auf eine Art Stuhl. Mit dem trugen sie mich die Treppe hoch. Mutter lief voraus und machte die Tür auf. Einer fragte: «Wo hin, sollen wir ihn bringen?»

«Am besten da auf das Sofa», sagte sie. Dort bugsierten sie mich hin und der andere gab von sich: «Ich bring Ihnen noch die Gehhilfen.» Und Mutter lief mit zur Tür.

Da saß ich auf dem Sofa. Nach sieben Monaten war es das erste Mal. Vor Glück war ich den Tränen nahe, traute mich nur nicht, zu heulen, da Mutter kam. Sie stellte die an die Seite vom Sofa ab, kniete sich vor mich hin, nahm mich in die Arme und fing an zu weinen. Schluchzend sagte sie: «Ach, ich bin ja so froh, dass du hier bist. Lange Zeit sah es nicht so aus. Wir dachten, du kommst nie mehr heim.»

Ich legte meine Hand auf den Rücken, streichelte sie und sagte: «Mama, du musst nicht weinen. Es ist doch alles gut und ich bin bei dir. Wann kommt denn Papa?»

«Wenn es Essen gibt ...» Da sah ich etwas und war baff. «Mama! Ihr habt ja ein Aquarium?», fragte ich erstaunt. «Nein nicht wir? Papa kaufte es für dich. Es ist ein Geschenk zu Weihnachten. Obwohl ich in der Tat den Eindruck hab, dass er das für sich holte, so oft wie er da vor sitzt. Sag nur nicht, dass ich dir das sagte. Er will das selber tun.»

«Ist Gut, Mama, das mach ich nicht.» Ich sah mir das genauer an und stellte fest, dass es größer war, als das, was ich hatte. Ich war hin und weg von den Fischen, die kreuz und quer durch die Pflanzen schwammen. «Wie viele Fische sind das, Mama?»

«Ich hab keine Ahnung, Hans. Frag deinen Vater. Ich gehe jetzt in die Küche und mache das Essen.» Da saß ich, starrte nur noch auf das Aquarium und freute mich sehr darüber. Das hatte ich nicht erwartet und mein Herz hüpfte vor Freude. Ich hätte Tag und Nacht da sitzen können. Doch das kam nicht in Frage, das wusste ich, so musste ich die Zeit nutzen, die mir blieb. Auf einmal ging die Tür auf, da rief ich: «Mama, Papa kommt!»

«Ist gut Hans! Das Essen ist auch gleich fertig.»

Da kam er schon rein in die Stube und sagte: «Ah, wie ich sehe, bist du da. Willkommen zu Hause!» Dann kann er zu mir und drückte mich an sich. «Wie ich dich kenne, hast du schon was entdeckt. Stimmts?»

Ich nickte mit dem Kopf und meinte: «Das da etwa?»

«Ja, genau. Das ist dein Geschenk von uns.»

«Danke Papa! Wo hast du das her?»

«Na ja, das kam so: Ich war mal malern bei einem Mann und sah da ein großes Bassin. Da wollte ich wissen, wo er das her hat. Er sagte, dass er bei den Aquarium-Freunden Mitglied ist. Da meinte er, dass er weiß, wer seins verkaufen will. Denn fragte er und ich kaufte es ihm ab. Er brachte alles selbst her und richtete es ein.»

Vater stand auf, lief hin, knipste einen Schalter an und sagte: «Sieh mal ... es hat auch Licht.»

«Das ist ja toll! Das hat das, was ich habe nicht ...» Da rief Mutter: «Essen ist fertig!»

«Hans, soll ich dir helfen?»

«Nein Papa, das brauchst du nicht. Ich kann das allein.» Ich nahm die Krücken, stand vom Sofa auf und humpelte in die Küche. Nach dem Essen legte ich mich wieder dort hin. Vater war weg und Mutter wusch ab. Auf ein Mal klingelte es. Sie lief los und machte die Tür auf. «Hans! Du bekommst Besuch!»

Es war Tante Frieda und Oma, die rein kamen. Die umarmte und drückte mich mit all ihrer Kraft an sich. Mit

Tränen in den Augen sagte sie: «Hansel, dass ich dich wieder zu Hause sehe ...» Sie schüttelte den Kopf hin und her ... «Hielt ich nie für möglich.» Tante Frieda freute sich auch riesig. Die umarmte mich auch und wünschte mir eine schöne Zeit zu Hause. Sie hatte es sehr eilig, da eine Kundin kam, und so gingen die zwei bald weg.

Es sprach sich im Haus herum, das ich da bin, denn fast jeder der da wohnte, kam an dem Tag zu mir. So bekam ich jede Menge Süßes. Nur Herr Gärtner brachte mir eine Kamelie mit, über die ich mich sehr freute. Er verkaufte viele Blumen in seinen Laden und Mutter kaufte auch oft bei ihm ein. Sie stellte sie ans Fenster und so ging der Tag im Nu herum. Am Abend schlief ich schnell ein ...

Ich wurde wach und wusste nicht, wo ich war. Ich nahm an, dass gleich die Putzfrau auftaucht. «Guten Morgen Hans! Hast du gut die Nacht verbracht?», rief Mutter, ging zum Fenster und zog den Vorhang auf. Ich sah, dass es schneite. «Ja, Mama! Ich schlief auch gleich ein.»

«Prima! Dann mach ich dir das Frühstück.»

Nach dem Mittagessen legte ich mich auf das Sofa. Da mir kalt war, deckte Mutter mich zu. Da klingelte es. «Ich mach auf», sagte sie, ging zur Tür und rief: «Hans! Peter und Fred sind hier.» War das eine Freude, die zwei zu sehen. Peter wollte wissen, wie es mir geht, und ich sagte: «Gut! Ich bin froh, wieder zu Hause zu sein.»

«Das glaub ich dir gern», meinte Fred. «Wir wollen Schlitten fahren! Darfst du das schon?» Da hob ich die Decke hoch. In dem Moment sahen sie, dass ich nur noch ein Bein hatte. «Ach du Scheiße! Da rechnete ich nicht mit», rief Peter den Tränen nahe. «Konntest du ja auch nicht. In dem Winter wird das nichts mehr. So wie es jetzt ist, kann ich das nie mehr machen. Habe ich eine Prothese, kann es aber sein. Das weiß ich nicht. Es dauert noch lange, bis mir die erstellt wird. Da muss ich erstmal im Januar nach Cottbus oder Berlin. Ich hab da schon große Angst vor, da ich nicht weiß, was mich da erwartet. Da die Städte so weit weg sind, bekomme ich nur ein Mal am Ende der Woche Besuch von den Eltern. Und wenn ich wieder hier bin, ist das Schuljahr bestimmt um.»

«Dann kommst du auch nicht mehr zu uns in die Klasse», meinte Fred. «Es sieht danach aus, denn ich lerne ja nichts. Das ärgert mich auch, da wir dann nicht mehr in einer Klasse sind ...»

«Ja, das ist schade», antwortete Fred. «Doch Freunde bleiben wir auf jeden Fall. So und jetzt zeige ich euch erst mal was Neues. Kuckt mal da!» Ich zeigte auf das Aquarium und sie liefen hin. «Ist das toll», rief Peter, und beide starrten die Fische an. «So eins hätte ich auch gern», meinte Fred, drehte sich zu mir um und sagte: «So Hans! Es tut mir leid, da ich aber vor Anbruch der Dunkelheit zu Hause sein muss, gehe ich jetzt raus.» Da nahmen die zwei Abschied von mir, ich war allein und sehr traurig, dass ich nicht mit ihnen im Schnee toben konnte.

24. Dezember.

Kurz vor Mittag brachte uns Herr Walther den Baum. Er war ein Förster und ihn kannten wir schon lange. Vater stellte ihn gleich auf und Mutter schmückte ihn nach dem Essen. Leider konnte ich ihr nicht helfen. Sonst machte ich das immer. So gab ich ihr Tipps, wenn mir was nicht gefiel, oder etwas schief hing. Oma kam später zu uns, da sie, wie in jedem Jahr in der Kirche war. Die Bescherung gab es nach dem Essen am Abend. Da ich das Geschenk schon hatte, gab es nur Süsses und ein paar Bücher. Dann ging es ab ins Bett und Mutter brachte Oma heim.

25. Dezember.

Mutter kochte in der Früh mit Oma das Essen. Kurz vor zwölf Uhr kam Tante Frieda, Cousine Christel und Julchen. Als alle da waren, aßen wir in der Stube. Es war nur nicht so wie die Jahre zuvor. Das Festliche machte jetzt Platz für Trübsal. Es ging nur um mich und um den Ort, wo ich die Prothese bekomme. Es stand nur Cottbus oder Berlin zur Auswahl. Wann und wie lange ich da bleibe, erfuhr von uns keiner. Da sagte Vater: «Ich traf gestern eine Frau. Von der ist die Tochter Schwester in einer Klinik für Orthopädie in Cottbus. Sie riet uns, alles dran zu setzten, dass Hans da hin kommt. Die haben wohl dort die besten Ärzte weit und breit und einen sehr guten Meister. Das ist wichtig, da der ihm eine Prothese nach Maß fertigt. Und ... es wäre die in nächster Nähe von uns aus, die hierfür in Frage kommt. Das Problem ist, das die Klinik nur wenige Betten hat. So kann es dauern bis da eins frei wird. Sonst bleibt uns nur der Weg nach Berlin. Ich spreche, wenn die Feiertage vorbei sind, mit dem Stationsarzt und frage ihn, was er davon hält.»

27. Dezember.

Das Fest der Liebe war vorbei. Vater rief in der Früh in der Klinik an und bekam einen Termin für elf Uhr. Da passte Oma auf mich auf. Nach fast zwei Stunden kamen sie wieder. Oma machte die Tür auf und fragte sofort: «Und wie war es?» Ich spitzte die Ohren, als Mutter leise zu ihr sagte: «Der Arzt und die Ärztin wollen mit dem Chefarzt sprechen. Doch es wird sehr schwer werden, meinten sie. Die Chance für Hans ist gleich null.»

Als sie zu mir kamen, fragte ich Mutter, wie es war. Da sagte sie, dass wir warten müssen. Der Arzt aus Cottbus will sich bei uns melden. Sie wollte wohl nicht, dass ich das hörte.

31. Dezember.

Mutter holte Oma um 18 Uhr ab. Sie sollte auf mich acht geben, wie in jedem Jahr, doch nun das erste Mal bei uns. Dann gab es Essen. In der Folge gingen meine Eltern fort. Sie hatten vor um ein Uhr zu Hause sein. Ich setzte mich auf das Sofa und Oma saß im Sessel. Wir spielten «Mensch ärger dich nicht» so lange, bis sie genug hatte. Da sagte sie: «Hansel, ließt du mir jetzt mal was vor?»

«Ja, gern Oma.» Dann las ich in einem Buch, das ich zum Fest bekam. Ich las Seite für Seite laut vor. Auf einmal hörte ich sie tief atmen und kurz darauf folgte Schnarchen. Da kuckte ich über den Rand vom Buch. Kaum zu fassen, sie schlief tief und fest. Das Zuhören strengte sie scheinbar zu sehr an. Ich las leise weiter, da ich sie nicht wecken wollte. So wurde es sehr spät.

Da schloss auf einmal jemand die Tür auf. Oma hörte das wohl auch, denn sie wachte auf. Mit müden Blick, sah sie mich an und sage leise: «Hansel, warum wecktest du mich nicht?» Da kam schon Mutter in die Stube. Ich sagte schnell zu ihr: «Oma, hat dir gefallen, was ich dir vorlas?»

«Äh ... Ja, ja, sicher! Du liest ja sehr gut.»

«Na, das hört man gerne, da du seit über einem halben Jahr nicht mehr in der Schule warst», sagte Mutter erfreut.

«Ich las doch jeden Tag in den Büchern.»

«Na, dann kommt das da her!» Vater rief von der Tür aus: «Ein frohes neues Jahr für euch beide. Äh ... Wieso seid ihr jetzt noch auf?»

Ich sagte rasch: «Oma gefiel das, was ich las, und so musste ich bis jetzt lesen.»

«Ja, das stimmt, Rudolf. Für euch beide auch ein gutes neues Jahr.»

Als ich das auch getan hatte, ging es für mich ab ins Bett. Oma musste auf dem Sofa schlafen. Das bekam ich nur nicht mehr mit, da ich gleich schlief.

J

2. Januar 1954.

Ich saß am Tisch und war mit dem Frühstück fertig, da sagte Mutter: «Hans, dein Papa und ich fahren gleich nach Cottbus. Wir wollen mal selbst mit dem Arzt dort sprechen. Daher bring ich dich zu Oma. Sind wir wieder da, hol ich dich gleich ab. Zieh dich jetzt an und nimm dir ein paar Spielsachen mit.»

«Das brauch ich nicht Mama. Ich spiele wieder, ´Mensch ärgere dich nicht´ mit ihr.»

Es war kurz vor zwölf Uhr. Oma war schon sehr nervös, da sie zu Tante Frieda musste. Da kochte sie ja für die Angestellten. Jede Minute stand sie auf und kuckte aus dem Fenster. Dann war es so weit: «Hans, deine Mutter kommt! Geh schon mal zur Tür und mach sie auf.» Das tat ich und kuckte sie an. Sie sah tief traurig auf. Ich wollte sie grad fragen, da kam Oma an: «Ich komm gleich mit, Frieda wartet schon auf mich.» Wir gingen nach Hause und sie zu ihr. Dann fragte ich: «Mama bist du traurig?»

«Siehts du mir das an?»

«Ja Mama!»

«Es stimmt! Es gab keine Zusage vom Arzt. Der will sich nur Gedanken machen, wie er dir helfen kann. Im Moment ist auch noch kein Bett frei.»

3. Januar.

Er war da ... der Tag, an dem ich zehn Jahre alt wurde. Auf den hatte ich voller Sehnsucht gewartet. Doch nur wegen der Geschenke, die ich an dem Tag bekam. Denn die gab es ja nur 2-mal im Jahr. Ich erhielt aus dem Grund nur ein paar Sachen und dann nur die, die ich nötig hatte.

Ich lag noch im Bett, da kam Mutter und Vater zu mir, um mir Glück zu wünschen. Das brauchte ich ja auch in Mengen. Dann stand ich auf und als ich frühstückte, war Vater schon weg. Grad war ich fertig, da klingelte es und Mutter machte auf. Es war Oma, die rein kam und sagte: «Hansel! Ich wünsche dir alles Gute und Erfreuliche zum heutigen Ehrentag ... Und viel, viel Glück! ... Und hier hab ich was für dich.»

«Oh ... Danke Oma!» Da sagte Mutter: «Hans, du kannst dich mit Oma in die Stube setzen. Ich wasche ab und bereite etwas vor, falls doch jemand kommt.»

Das machten wir und ich packte das, was sie mir gab aus. Es dauerte nicht lange, da sagte sie: «Hans, es tut mit leid, doch ich muss jetzt zu Frieda gehen. Du weißt ja, dass ich für die ganze Mannschaft koche. Aber ich komme zum Kaffee noch mal.»

«Ist gut Oma», sagte ich und war traurig. Sie stand auf, ging zu Mutter. Kurz darauf kam sie aus der Küche und rief: «Bis nachher, Hans», und ging fort. Ich kuckte den Fischen zu, wie sie im Wasser hin und her schwammen. Plötzlich klingelte es. Mutter kam aus der Küche, lief zur Tür, machte auf und rief: «Hans, du wirst nicht raten, wer jetzt kommt!» Da Oma drüben war, konnte es nur eine sein, so rief ich: «Tante Frieda!» Da klopfte es an der Tür. Das war schon komisch, da sie das nicht machte. Ich wollte grad «herein» rufen, da sah ich Schwester Erna, wie sie durch die Tür in die Stube kam. Ich war baff, da ich sie nicht vermutete. Sofort kam sie zu mir und drückte mich an sich. Ich war kaum noch in der Lage zu atmen. Ach, wie freute ich mich. Doch dann löste sie sich von mir und gab mir ein Päckchen, das ich auf dem Tisch legte.

Sie ging zur Seite und da sah ich Doktor Hanschke. Er reichte mir die Hand, wünschte mir alles Gute und gab mir ein Geschenk. Ihm folgte Schwester Trude, Pfleger Adam und Irmgard. Und viele Weitere und jeder brachte etwas mit. Ich war gerührt von all dem und war den Tränen nah. Ich fasste es nicht, dass das wahr wurde. Doch eine Person sah ich nicht, Frau Doktor Schröder. Ich nahm an, dass sie krank ist oder zu tun hat. Doch auch ohne sie war die Stube voll mit Gästen. Mutter hatte Mühe, Häppchen und Getränke unter die Leute zu bringen. Ich saß da und fand keine Worte.

Es verging einige Zeit. Ich hörte da mein eigenes Wort nicht mehr. Jeder sprach mit jedem und ein paar lachten laut. Da klingelte es. Mutter ging zur Tür und machte auf. Dann kam sie rein und rief: «H-a-n-s … rate mal, wer da ist?» Doch bevor ich was sagen konnte, sah ich sie schon. Es war Frau Doktor Schröder. Die kam gleich auf mich zu und Mutter lief zur Küche. Auf einen Schlag wurde es still. Ich nahm an, dass jeder darauf aus war zu hören, was sie mir zu sagen hatte.

Da kam Mutter aus der Küche und blieb an der Tür stehen. Frau Doktor Schröder lächelte mich an, sagte:

«Guten Morgen Hans! Ich wünsche dir alles Herzensgute und liebe zum Geburtstag. Es ist herrlich, wenn man so viele Gäste hat, wie du heute. Bei mir ist das nicht so. Du siehst, wie beliebt du bist. Doch es kommt noch besser ... Ich bin deshalb so spät dran, weil ich noch einen Anruf hatte. Es rief mich ein Mann an. Genauer gesagt ein Arzt. Kannst du dir vorstellen, wer das war?» Ich grübelte nach, doch mir fiel kein Name ein. Daher schüttelte ich den Kopf hin und her und sagte: «Nein!»

«Ehrlich nicht?»

«Nein!»

«Gut! Dann sag ich es dir: Es war Doktor Steinhäuser!»

«Und was wollte er?»

«Er sagte, dass du zu ihm kommst, wenn ein Bett frei wird. Jetzt kann ich alles, was nötig ist veranlassen.» Mein Herz hüpfte voller Freude. Ich wäre ihr am liebsten um den Hals gefallen. Leider ging das nicht, da ich saß und sie vor mir stand.

Doch dann dachte ich daran, dass ich in eine fremde Klinik weit weg von hier komme. Das ich nur ein Mal in der Woche sonntags besucht werde. Hier kam Mutter fast jeden Tag.

Darum freute sie sich auch über die Nachricht weit mehr als ich. Dann sah ich, wie sie ein Tuch aus ihrer Schürze holte und sich ihre Tränen ab tupfte. Sie kam zu uns und sagte: «Liebe Gäste! Ich war grad in der Küche und wollte Schnittchen holen. Doch leider gingen die zur Neige. Hat noch jemand Hunger, dann machte ich noch welche.» Alle sagten Nein und Frau Doktor Schröder meinte: «Das ist nicht nötig, Frau Allagor. Sie brauchen sich keine Mühe mehr zu machen ... Es tut mir leid. Ich muss jetzt wieder zurück. Doch ein Glas Wasser, das würde ich noch gern trinken.»

«Ja, natürlich!» Bis Mutter da war, sprach sie mit den Gästen ein paar Worte. Mutter gab ihr das Glas, sie trank es aus und sagte: «So! Jetzt wird es Zeit und ich muss los.» Sie kam zu mir und reichte mir die Hand. Da merkte ich, dass ihr etwas auf dem Herzen lag. Sie drückte mir die Hand und sagte zögerlich: «Ach ... Hans, ich habe noch eine Kunde für dich. Am Ende des Monats gehe ich in die Charité nach Berlin zurück. Da ich mit dir hier alle Ziele schaffte, hab ich nichts mehr zu tun. Jetzt baut ein Meister dir eine Prothese. Ist die fertig, lernt man dir in der Klinik, mit ihr zu gehen.»

Ihre Worte machten mich sehr traurig: «Das ist aber schade», sagte ich und fing an zu flennen. «Ach Hans, weine doch nicht. Bis du zu Doktor Steinhäuser kommst, bleibe ich ja noch da. Erst ab dem Tag sehen wir uns auf keinen Fall mehr. Wenn du von da aus nach Hause kommst, bist du in der Lage ganz alleine zu laufen. Du hast dann keinen mehr nötig und musst auch in kein Krankenhaus mehr. Du bist jetzt zum letzten Mal bei uns, und zwar so lange bis in Cottbus ein Bett frei ist.»

Ich nickte mit dem Kopf und lächelte sie an. Oh, was war ich froh darüber. «So gefällst du mir schon besser, Hans. Jetzt wird's Zeit für mich. Ich habe gleich einen Termin. So ... dann weiterhin alles Gute für dich und bis Morgenfrüh!»

Sie streichelte mir über die Hände und lief los. Doch an der Tür blieb sie stehen, drehte sich um und sagte: «Hans! Wie du siehst, bist du jetzt einer von uns ...» Dann verließ sie uns eilig. Der Rest nahm auch Abschied von mir.

Schwester Erna meinte, als sie weg waren: «Ja Hans, das stimmt, was Frau Doktor gesagt hat. Du bist uns sehr ans Herz gewachsen. Fast alle die da waren, brachten für dich ein Opfer. Es war die Zeit, wo sie Pause hatten und das nur, um dir zu gratulieren. Es ist eine große Ehre, die man dir zuteil werden ließ. So Hänschen! Jetzt wünsche ich dir noch einen schönen Tag. Dann sehe auch ich dich morgen wieder.»

Mutter brachte sie zur Tür und ich hörte, wie sie noch sprachen. Sie kam zurück und war total gerührt, von dem, was geschah. «So Hans! Jetzt koche ich mir erst mal einen Kaffee. Willst du auch was trinken?»

«Ja! Ein Glas Wasser.»

«Gut, wird gemacht.» Als ich das hatte, ging sie in die Küche und ich machte die Geschenke auf. Zuerst nahm ich das von Schwester Erna. Von ihr bekam ich ein Buch über Ritter. Das Nächste war von Doktor Hanschke und war ein Tierbuch. Eins über die Pflege von Fischen bekam ich von Irmgard. So verging die Zeit, bis ich hörte, dass jemand die Tür aufschloss. Es konnte ja nur Vater sein. Er kam in die Stube und rief erstaunt: «Was ist denn hier los? Und wo kommen die ganzen Geschenke her?» Ich sagte ihm, wer bisher da war und was alles los war. Das machte ihn sprachlos und er fasste das nicht. Doch als er das mit Cottbus erfuhr, war er platt. Aber dann freute er sich riesig für mich. Mutter machte in der Zeit das Essen.

Um drei Uhr kam Oma mit Tante Frieda. Dann folgte Fred und Peter. Cousine Christel und Julchen kamen als Nächstes. Von allen erhielt ich auch Geschenke, die ich erstmal auf das Sofa legte. Jeder setzte sich an den Tisch in der Stube und dann gab es Kaffee und Kuchen.

Als wir fertig waren, spielte ich mit Fred und Peter «Mensch ärger dich nicht» und Quartett. Das Spiel bekam ich von Tante Frieda. Julchen schlief die ganze Zeit. Der Rest redete über mich und das, was in der Früh bei uns los war.

Nach zwei Stunden sagte Peter, er muss heim, und Fred schloss sich an. Das war, wie ich fand nur ein Vorwand. Sie blieben sonst bis zum Essen am Abend. Da spielten wir vorher noch draußen, doch das ging ja nicht mehr. So schrieben die zwei mich als Freund ab.

Nach dem Essen trat der Rest der Gäste den Heimweg an. Ich legte mich hin, wollte schlafen, doch das war nicht so leicht. Ich machte mir Sorgen, dachte an die Klinik und an den Meister, der mir die Prothese baut und das ich da allein bin. Doch dann schlief ich ein.

4. Januar.

Die Nacht war schneller um, als mir lieb war. Der Abschied von zu Hause fiel mir nicht leicht. Um zehn Uhr kam das Krankenauto und Mutter fuhr mit mir mit. Das Zimmer fand ich so vor, wie ich es verlassen hatte. Kaum waren wir da, kam Schwester Erna rein. Die freute sich riesig, dass ich wieder da war. Sie begrüßte mich, dann Mutter. Mit der wechselte sie ein paar Worte. Da wurde mir bewusst, dass das jetzt ein für alle Mal die letzten Tage sind, die ich da bin und ich war den Tränen nah. Da sah sie mich an. «Hänschen! Was ist denn los mit dir? Du siehst ja so traurig aus ...»

«Ja, das bin ich auch.»

«Wegen Cottbus?» Ich nickte mit dem Kopf. «Hänschen, sei doch nicht betrübt. Das alles geschieht doch nur zum Besten von dir. Glaub mir! Die Schwestern und Ärzte sind

dort auch freundlich zu dir.» Aber, ob das so stimmte ...
Mutter meinte: «Hans, ich geh jetzt! Ich bin am Nachmittag
wieder da.»

«Hänschen, gleich kommt Frau Doktor Schröder zu dir.
Wir sehen uns später», sagte Schwester Erna. Die zwei
gingen fort, die Tür schlug zu und ich hatte Ruhe. Da sah
ich zuerst, was die Fische machten, und zählte sie. Es
waren alle noch da.

Mutter nahm wieder all das von zu Hause mit, was ich
brauchte, auch das Radio. Die Wäsche räumte sie auch ein.
Ich lag im Bett und sinnierte vor mich hin. Da ging die Tür
auf ...

Es war Frau Doktor Schröder, die mich herzlich
begrüßte. Sie hatte einen Rollstuhl bei sich und sagte:
«Hans, jetzt kannst du in dem fahren.» Da kam Pfleger
Adam rein, sie setzten mich auf den, dann fuhr ich los und
ich hatte Spaß. Als ich im Flur war, kam Doktor Hanschke
auf mich zu. Auch er empfing mich sehr freundlich.

In der Nacht schlief ich nicht gut, denn ich hatte wieder
blöde Träume. Ich döste dann doch noch ein ... bis Putzfrau
Irmgard rief: «Guten Morgen Hans! Schön das du wieder
da bist. Haste schon die Fische begrüßt?»

«Na klar! Gestern schon. Gezählt hab ich die auch schon
und alle sind noch da. Nur ... ich bald nicht mehr ...», und
Trauer würgte meine Worte ab.

Da kam sie zu mir, setzte sich auf das Bett neben mich,
streichelte meine Hand und sagte: «Hans, du musst nicht
traurig sein. Das Leben ist eben so. Oder willst du dein
ganzes Leben hier in dem Raum sein?»

Ich schüttelte den Kopf hin und her und meinte: «Nein!
Das will ich nicht.»

«Siehst du ... Und so kommt der Tag, an dem wir endgültig Abschied nehmen. Ob uns das gefällt oder nicht. Aber noch ist es ja nicht so weit.»

18. Januar.

Kurz nach dem Frühstück kam Frau Doktor Schröder zu mir, lächelte mich an und sagte: «Hans! Ich habe eine sehr gute Nachricht für dich. Ich bekam grad einen Anruf aus Cottbus. Morgen wird da ein Bett frei. Ist das nicht toll?» Ich war sprachlos, glaubte das nicht und fragte: «Ist das im Ernst wahr?»

«Ja Hans! Glaubst du, ich lüge dich an?»

«Nein, nein! Aber ... aber, ich dachte nicht, dass das so schnell geht.»

«Ich weiß, dass du noch gern hierbleiben willst. Doch das ist ein für alle Mal der letzte Tag, den du hier bist. Wir müssen leider von dir Abschied nehmen und ich denke, das wird für immer sein. So, jetzt hole ich den Rollstuhl und dann kannst du hier allen Lebewohl sagen.» Das machte ich bei denen, die ich traf.

19. Januar.

An dem Tag ging es weiter mit Putzfrau Irmgard. Sie sagte mir, dass sie das Aquarium zu sich nach Hause holt, wenn ich nicht mehr da bin. Nach dem Frühstück kam Mutter. Ich saß auf der Kante vom Bett und sah ihr zu, wie sie den Schrank ausräumte und alle Sachen in eine Tasche packte. Die Zeit zu gehen war da und das fiel mir schwer. Ich sah den Fischen zu, wie sie hin und her schwammen. Die hatten keine Ahnung von dem, was mir drohte. Nur ich wusste, dass ich sie nie wieder sehe. Wäre es mir erlaubt, nähme ich sie mit. Doch das war es nicht. Da klopfte es an der Tür. Ich drehte mich um und sah, dass es Sanitäter waren. Einer schob einen Rollstuhl vor sich her. Der andere sah mich an, fragte: «Bist du Hans?»

«Ja!»

«Sehr gut! Dann setzen wir dich jetzt darauf.»

Als wir auf dem Flur waren, war ich baff. Da standen alle, die ich kannte rechts und links an der Wand. Es waren Schwestern, Pfleger, Frau Doktor Schröder, Doktor Hanschke und Schwester Erna, die gleich zu mir kam. Dann drückte sie mich fest an sich ... und fing an zu weinen. Ich tat das auch, hatte ich sie doch sehr gern. Für mich war sie wie eine Mutter. Mir war da klar, dass es ein Abschied für immer sein wird.

Da rief der, der mich schob: «Machen Sie es bitte kurz! Wir haben es eilig.» Sie sah ihn grimmig an und meinte: «Einen Moment noch! Ich bin noch nicht fertig.» Sie bückte sich zu mir runter und flüsterte mir ins Ohr: «Ich drück dir die Daumen, Hans! Ich hoffe, dass die nett zu dir sind und dir helfen. Wenn nicht, ruf mich an, dann komm ich und Hau denen auf die Finger.»

Da musste ich lächeln, da ich mir vorstellte, wie sie das machte. «Ja, mach ich.»

«Machs gut Hans ... und alles Gute für dich! Und wenn du zu Hause bist, dann besuch mich mal.»

«Ja, Schwester Erna! Das mach ich bestimmt.»

Der Abschied mit dem Rest, der da war, ging rasch und war herzlich.

Dann schob der Sanitäter mich fort. Ehe wir um die Ecke bogen, kuckte ich zurück. Da sah ich, dass alle winkten. Schwester Erna hielt ein Tuch in der Hand. Mit dem wischte sie sich im Gesicht die Tränen ab. Ich winkte kurz, dann sah ich keinen mehr ...

Vor der Tür kam ich in ein Auto. Mutter setzte sich neben mich und die zwei Männer saßen vorn. Wir fuhren dann gleich los und traurig sah ich zurück ...

K

In Cottbus.

Die zwei setzten mich in den Rollstuhl und dann fuhr man mich in die Klinik. An der Anmeldung war eine Schwester, die ging mit und zeigte uns den Weg. Mutter lief hinter uns her, trug die Krücken und die Tasche. Das Haus war uralt und im Flur knarrten die alten Treppen bei jedem Schritt.

Wir kamen am Zimmer an und die Schwester ging zurück. Als ich drin war, sah ich, dass es fünf Betten gab. Zwei auf der anderen Seite an der Wand. Dort lagen kleine Kinder drin. Das dritte war am Ende vom Raum. Ein größerer Junge lag da und las in einem Buch. Das vierte und mittlere Bett war leer. Ich hatte aber den Eindruck, dass da jemand drin lag. Das Fünfte war das von mir und direkt an der Wand, da wo die Tür war. Jeder der in den Raum kam, musste am Bett von mir vorbei.

Man fuhr mich da vor und dann hoben die zwei mich darauf. Mutter stellte die Krücken an die Wand. Da sagte einer zu ihr: « Es wäre nett, wenn sie sich beeilen könnten. Wir gehen schon mal raus zum Auto.» Mutter musste ja mit ihnen zurück.

Sie ging an den Schrank, der für mich war. Da stellte sie die Tasche auf dem Boden und legte Kamm, Seife und Lappen, Zahnpasta und Bürste, Handtücher, Wäsche und

Bademantel in den rein. Nur die Bücher legte sie mir auf den Tisch der neben dem Bett stand. Dann setzte sie sich neben mich, streichelte mir über die Hand und sagte: «Hans, jetzt muss ich dich verlassen ...», und fing an zu weinen ... Der Abschied von ihr war grausam für mich und wir weinten beide. Dann stand sie abrupt auf, lief zur Tür, drehte sich zu mir und sagte mit Tränen in den Augen: «Wir besuchen dich am Sonntag», machte die Tür zu und war fort. Da saß ich auf dem Rand vom Bett, allein und weit weg von zu Hause. Ich heulte Rotz und Wasser und keiner war mehr da, den ich kannte. Der Junge, der im Bett lag, nahm von mir keine Notiz. Ich legte mich hin, starrte die Decke an und weinte weiter.

Nach einer Weile ging die Tür auf. Eine Schwester kam rein und sagte: «Hallo Hans! Ich bin Schwester Maria. Du musst doch nicht weinen. Keiner tut dir hier etwas an. Wenn du erstmal ein paar Tage bei uns bist, dann wird alles wieder gut. Wie ich sehe, hat die Mama von dir schon alle Sachen in den Schrank geräumt. Prima! Wenn du mal musst, gibt es ein Bad, das direkt gegenüber von der Tür ist.»

«Das ist aber nicht gut für mich. Ich muss ja da mit den Krücken hinlaufen. Ist es mal eilig, schaff ich das nicht.»

«Ja, das verstehe ich ... Gut! Dann bringe ich dir gleich eine Bettente und eine Bettpfanne. So brauchst du da nicht hin ... Und hier ist die Klingel für den Notruf. So, das war es für heute. Die ersten Untersuchungen machen wir dann ab morgen. So hast du noch Zeit, dich auszuruhen.» Sie drehte sich um und ging fort.

Ich legte die Bücher schluchzend in den Nachttisch. Als ich fertig war, legte ich mich hin und sah mir den Raum genauer an. Die Decke und die Wände waren weiß. Auf dem Boden lag ein grauer Belag aus Linoleum, der an vielen Stellen lädiert war und Risse hatte. Auf ein Mal ging die Tür auf und ein älterer Junge kam rein. Er hatte kurze schwarze Haare, war schlank und hatte eine Freizeitjacke an.

Dann sah er mich, kam zu mir und fragte: «Wer bist du denn? Und warum heulst du? ... Hast du Schmerzen?» Ich schluchzte ein letztes Mal, rieb mir die Tränen aus den Augen und sagte: «Ich heiße Hans und kam eben hier her.»

«Ich bin Rudi! Das hier ist mein Bett. Da du neu bist, sag ich dir gleich, dass ich dir alles besorgen kann, was du willst.»

«Danke! Gut das ich das weiß.» Er legte sich auf sein Bett. Ich sah, dass er ohne Probleme lief. Er humpelte nicht und hatte keine Krücken. Ich konnte mir keinen Reim darauf machen, warum er da war. Auf den ersten Blick schien er gesund zu sein. Ohne das er es merkte, sah ich mir sein Gesicht genau an. Das kam mir bekannt vor und ich war mir sicher, dass ich ihn schon mal sah. Doch wo, das fiel mir nicht ein. So nahm ich mir vor, ihn zu fragen ...

Da ging die Tür auf und eine Schwester rief: «Essen kommt!» Da sah sie mich und sagte: «Ah, wie ich sehe, haben wir einen Neuankömmling. Wie heißt du denn?»

«Hans!»

«Das ist ein schöner Name. Gut! Dann lasst, es euch schmecken.» Als Rudi fertig mit dem Essen war, stand er auf und ging raus. Ich schätzte ihn so auf etwa dreizehn. Der Junge am Fenster war schüchtern und wortkarg. Ich lag wieder auf dem Bett und starrte zur Decke. Nach etwa einer Stunde ging die Tür auf und eine Frau kam rein. Sie lief geradewegs auf ihn zu und rief: «Manni, mein Liebling! Wie gehts dir denn heute?» Dann setzte sie sich neben ihn auf einen Stuhl. Sie fingen an, sich leise etwas zu erzählen, ich verstand aber kein einziges Wort. Kurz darauf schlief ich ein ...

Als das Abendbrot kam, wurde ich wach. Da ich großen Hunger hatte, aß ich alles auf, was man mir brachte. Im Anschluss legte ich mich hin und las in einem Buch. Rudi rannte gleich, als er fertig war raus. Ich hatte genug gelesen und hörte auf. Ich legte das Buch in den Nachttisch, benutzte schnell die Ente und zog das Nachthemd an.

Als ich da lag, schlief ich nicht gleich ein, da mir vieles im Kopf rum schwirrte. Oft wischte ich mir die Tränen ab und schlummerte ein ... Ich wurde wach und sah, dass neben mir ein Licht flackerte. Das muss eine Taschenlampe sein, dachte ich und schon blendete mich das Licht. Ich machte blitzschnell die Augen zu. Da hörte ich: «Schläfst du schon?» Es war Rudi und ich fragte: «Was willst du denn jetzt mitten in der Nacht?»

«Mal kucken, wie es aus sieht, wenn ein Bein ab ist.» Er fasste die Decke an und wollte die anheben. Doch das wollte ich nicht und hielt die schnell krampfhaft fest. Er drängte weiter. «Stell dich nicht so an! Das ist doch nicht so schlimm.» So gab ich nach und Ruck zuck hob er die Decke hoch. Ich hatte ein Nachthemd an, das ich schnell zwischen das Bein und den Stumpf zog. Im Nu leuchtete er mit der Lampe dort hin. «I-g-i-t-t! Wie sieht das denn aus», rief er entsetzt ... «Da passt doch nie eine Prothese dran. Das mit dem Laufen ... vergiss das ein für alle Mal!»

Da hätte ich fast geweint, als er das sagte. Doch dann sagte ich mir, dass er kein Arzt ist und somit das nicht weiß. Frau Doktor Schröder schon und die war sicher, dass ich es schaffe. Und ich wollte das auf jeden Fall. So antwortete ich ihm: «Das wirst du ja sehen, wenn du noch hier bist. Denn dazu bin ich hier!»

«Warten wir es ab», sagte er spöttisch. Dann drehte er sich wortlos um und legte sich in sein Bett. Ich machte die Augen zu und versuchte zu schlafen. Auf einmal ging die Tür auf und ein Lichtstrahl schien in den Raum. Ich sah, dass es die Nachtschwester mit einer Taschenlampe war. Sie rief leise: «Ist bei euch alles in Ordnung?» Da ihr keiner eine Antwort gab, knipste sie das Licht aus und schloss lautlos die Tür.

Da machte ich die Augen zu, um zu schlafen, doch gelang es mir nicht. Ich drehte mich im Bett hin und her, dachte an zu Hause, an die schönen Tage und die Freunde, die ich hatte. Ich bekam Heimweh und fing an zu weinen ... doch schlief ich, ohne das ich es merkte ein.

20. Januar.

Ich wurde wach. Da sah ich, dass eine Frau, den Fußboden aufwischte. Als sie an meinem Bett war, sah sie mich an und fragte leise: «Was hast du denn? Und warum bis du hier?»

«Durch einen Unfall hab ich nur noch ein Bein und kriege jetzt eine Prothese.» Sie erschrak sichtbar: «Was? Du hast nur ein Bein? Wie und wo geschah das?»

«Genau vor dem Haus von uns fuhr mich ein Auto an und verletzte mich so schwer, dass ich fast tot war.»

«Ach, du meine Güte! Du armer Junge. Na, das wird ja eine Weile dauern. Dann werden wir uns ja noch oft sehen.» In der Folge wischte sie den Boden fertig auf und verschwand aus dem Raum. Ich versuchte, ein bisschen zu schlafen, da ging die Tür wieder auf. Herein kam eine Schwester mit einer Schüssel. Die stellte sie auf den Tisch neben dem Bett hin. Da sah sie mich an und sagte: «Guten Morgen Hans! Hier bringe ich dir Wasser, da kannst du dich waschen. Hast du einen Waschlappen?»

«Ja, im Schrank.»

«Gut, dann hol ich dir den.»

Sie brachte ihn mir und lief raus. Ich setzte mich auf den Rand vom Bett. Dann fing ich an mich im Gesicht zu waschen. Rudi und Manni machten das im Bad. Wenig später kam das Frühstück. Als ich fertig war, legte ich mich hin und las in einem Buch. Da kam Rudi zu mir und fragte: «Brauchst du was, Hans? Ich kauf mir jetzt Briefmarken.»

«Briefmarken? Wo gibt´s die denn hier?»

«In einem Geschäft nicht weit weg von hier.»

«Zu Hause sammle ich auch. Was sammelst du denn?»

«Nur die mir gefallen. Und du?»

«Nur Deutsche.»

«Ich nur meistens welche mit Tieren, egal wo die her sind. Jetzt will ich mal gucken, ob es Neue gibt. So, du brauchst im Ernst nichts?»

«Nein!»

«Alles klar! Dann gehe ich mal los. Bis nach her!»

Manni fragte er auch, doch der wollte auch nichts. Er winkte mir kurz zu und ging raus. Eine Ewigkeit war er weg. Gut gelaunt kam er wieder und lief gleich zu mir. «Kuck mal Hans! Das bekam ich alles», meinte er und legte mir drei Tüten auf die Decke. Er nahm eine, schüttete die Marken aus und sagte: «Die sind aus Russland!»

«Oh! Die sind ja toll. Alles nur Motive mit Tieren.»

«Ja! Und die hier sind aus Ungarn.»

«Die sind echt schön, Rudi.»

«Und die sind aus der Mongolei.» Ich kam aus dem Staunen nicht raus, als ich die schönen Marken sah. Da ging die Tür auf. «Mittagessen», tönte die Stimme der Schwester. An dem Tag passierte nichts mehr.

21. Januar.

Nach dem Frühstück kamen zwei Schwestern zu mir und eine sagte: «Hans! Du wirst gleich untersucht und wir nehmen dich jetzt mit.» Die andere hatte eine Liege bei sich, auf die ich mich legte. Sie fuhren mich zum Fahrstuhl und mit dem einen Stock tiefer. Da kam ich in einen Raum und eine sagte: «Gleich kommt der Arzt zu dir, Hans», und die zwei gingen weg. Da lag ich, starrte an die weiße Decke und an die Lampe, an der eine Spinnwebe hing.

Nach einer Weile kamen die mit dem Arzt wieder. Der sah sich gleich den Stumpf an. Als er fertig war, schickte er mich zum Röntgen. Die Schwestern schoben mich da hin. Von da aus kam ich auf das Zimmer.

Ich war mit dem Essen fertig und lag auf dem Bett. Da kamen ein Arzt und eine Schwester rein. Sie gingen zu den Kindern. Dort sagte der Arzt ihr, wie die Behandlung weiter geht. Das machten sie bei jedem. Zum Schluss kam der Arzt zu mir und stellte sich vor: «Guten Tag Hans! Da wir uns noch nicht kennen: Ich bin Doktor Balneck und bin hier der Arzt auf der Station. Bei dir gehen wir wie folgt vor: Als Erstes machen wir einen Abdruck vom Stumpf. Der ist nötig, da sonst keine Prothese für dich angefertigt werden kann. Bis es so weit ist, erhältst du Massagen und eine Therapie. Mit der werden die Muskeln am Stumpf kräftig. Das ist nötig, denn nur so hält die Prothese. Damit fangen wir gleich morgen an. Jeden Tag kommt eine

Therapeutin zu dir, mit der übst du mit Unterarmstützen zu laufen. Die passt auf dich auf, so, dass nichts passiert ... Gut Schwester, das war es hier für heute. Dann gehen wir.» Und sie brachen auf ...

22. Januar.

Das Frühstück war vorbei. Da kam eine Schwester und brachte ein Gerät mit, das ich nie sah. Der freche Rudi rief, wie er das sah: «Was ist denn das für ein Kasten?» Die Schwester sagte: «Das ist ein Elektrisierapparat und der gibt Stromschläge ab.» Danach stellte sie alles ein. Dann nahm sie eine kleine feuchte Rolle, die an Kabeln hing. Als sie fertig war, sagte sie: «So Hans! Nun fangen wir an. Ich walze jetzt über den Stumpf. So wird das Zellgewebe angeregt. Es kann ein bisschen weh tun. Achtung es geht los!» Unter ein wenig, verstand ich fast keine. Doch hier war jeder Schlag eine Tortur und so fing ich an zu jammern. «Hast du Schmerzen?»

«Ja sehr!»

«Wir sind ja gleich fertig!»

Rudi sah sich alles genau an. Dann fragte er dreist: «Darf ich das auch mal machen?» Die Schwester war empört. «Du spinnst wohl? Das darf man nur, wenn man eine Ausbildung hat.» Zum Glück war das Ganze schnell vorbei. «So Hans! Ich bin fertig! Du bist für heute erlöst.» Sie packte alles ein und rollte den Apparat aus dem Zimmer und Rudi folgte ihr. Offenbar hatte er vor zu glotzen, wo sie hin wollte. Als er zurück war, sagte er: «Die ging nach nebenan. Dort machte sie aber die Tür zu.»

Nach dem Essen war ich müde und schlief ein ... Da hörte ich, wie die Stimme einer Frau flüsterte: «H-a-n-s, wach auf. Wir wollen jetzt ein wenig laufen.» Ich schlug die Lider auf und sah, wie die mit den Krücken vorm Bett stand. Ich richtete mich auf. Dann lief ich mit ihr im Flur hin und her und sie machte mir Mut. Die Kräftigung vom Bein war sehr wichtig. An dem Tag passierte weiter nichts mehr.

23. Januar.

Nach dem Essen lag ich auf dem Bett und döste vor mich hin. Da ging abrupt die Tür auf und eine dicke Frau kam ins Zimmer. Die breitete gleich die Arme aus und rief wie auf einer Bühne: «Ach, wo ist denn mein R-u-d-i-i-i?» So, in der Pose, lief sie stracks auf ihn zu. Er saß im Bett mit dem Rücken am Kopfteil und guckte sich Marken an.

Als die Frau bei mir vor bei lief, nahm sie keine Notiz von mir. Es sah so aus, als ob sie fünf Röcke trug, und jeder hatte eine andere Farbe. Die konnten aus Tante Friedas Kammer sein. Ich lächelte und nahm an, dass die vom Zirkus kommt und die Frau vom Clown ist. Rudi sah zu ihr und sagte: «Mutter, das ist sehr schön, dass du da bist. Bist du heute allein?»

«Ja, bin ich», gab sie zur Antwort und stellte sich neben sein Bett. Da griffen ihre Arme um den Körper von ihm und dann küsste sie ihn ein paarmal links und rechts auf die Backen. «Tag, mein Junge. Wie es geht dich?»

«Gut, Mutter ... so wie immer.»

«Heute keiner mit kam, da die alle Arbeit sind. Doch nächste Mal Caro kommt mit. Die neue Nummer am Trapez übt. Sprach Arzt mit dich?»

«Nein! Der sagt auch immer dasselbe. Ich bin noch nicht so weit, dass ich nach Hause kann.» Plötzlich fuchtelte sie mir ihrem rechten Zeigefinger hin und her und rief: «Na da muss ich mal Wortchen reden ihm. Tu ich gleich, wenn komme nächste Mal.» Dann sagte sie ihm noch, was im Zirkus geschah.

Als ich das hörte, lag ich richtig mit der Ahnung. Also kam Rudi auch aus dem. Ich war ja nur zwei Mal in einem. Also musste es der Letzte sein. Der war vor zwei Jahren bei uns. Da schoss der Direktor zwei Löwen tot. Ich sah nur einen Jungen in dem Alter. So konnte er nur der am Trapez sein. Er war mit einem Mann und einer Frau da oben und flog bei waghalsigen Saltos durch die Luft. Ein Mal hatte er großes Glück, da er den Arm von der Frau nicht richtig packte. Doch in letzter Sekunde hielt die ihn fest. Ich sah schon, wie er runterflog. Die hatten ja kein Netz, was sie auffing. Auch die Leute hielten den Atem an, aber zum Glück passierte es nicht und sie machten weiter.

Da war mir klar, dass er der Junge war. Er musste was mit dem Rücken haben, denn er sah ja gesund aus. Es war ja gut möglich, dass er Pech hatte und ihn die Frau nicht fasste. Da dachte ich, das kann nicht sein, dann wäre er schwer verletzt oder tot. Ich nahm mir vor, wenn die Mutter von ihm weg ist, ihn zu fragen. Da hörte ich, wie sie sagte: «Rudi, es spät, ich gehen muss.»

«Gut, dann komm ich mit bis vor die Tür.» Sie gingen los, die Mutter als Erste und er lief hinter ihr her. Sie sah nicht zu mir. Unbeirrt ging sie zur Tür, machte die auf, die zwei liefen raus und die Tür schlug zu.

Kaum war die zu, ging sie wieder auf. Zwei Frauen kamen mit Kinderwagen rein, liefen auf die Kinder zu und legten sie in die Wagen. Es sind wohl die Mütter, dachte ich. Mit denen fuhren sie raus. Die sprachen nicht mit mir. Rudi kam erst spät zurück. Von den Frauen war längst keine mehr da. Ich wollte ihn grad fragen, da ging die Tür auf und eine Frau kam rein. Die schien, um die vierzig und schrullig zu sein. Als sie mich sah, guckte sie mich grimmig an.

Ohne ein Wort zu sagen, lief sie an Rudis Bett. Sie humpelte und hatte eine Krücke in der rechten Hand. So vermutete ich, dass sie auch hier in der Klinik ist. Sie nahm sich einen Stuhl und stellte ihn neben Rudis Bett. Dann fing sie gleich an ihm was zu sagen. Ab und zu hörte ich wie Rudi lachte. Ich las in einem Buch. Auf ein Mal stand sie auf und lief zu den Kindern. Da schäkerte sie ein wenig mit denen. Als sie fertig war, schritt sie zu Tür. Zu Manni und mir sprach sie kein Wort. «Ich komm mit», rief Rudi. Dann verließen beide den Raum. Er kam gleich zurück, so war die Gelegenheit da. Als er an mein Bett kam, rief ich: «Rudi, ich will dich mal was fragen?» Er sah mich an. «Was willste denn wissen?»

«Ich hörte, dass du aus einem Zirkus bist. Stimmt das?»

«Ja! Onkel Carlo besitzt ihn. Meine Mutter ist die Schwester von ihm. Der Vater von mir war ein Artist am Trapez. Er brach sich bei einem Sturz das Genick und war sofort tot. Ich übe jetzt so hart wie er. Ich will nämlich auch so grandios wie er werden. Doch dann blühte mir, bei der letzten Vorstellung vor der Winterpause hier in Cottbus, das gleiche. Ich war nicht bei der Sache und griff nach einem Salto ins Leere. Ich versuchte die Hand von Caro noch zu erreichen, schaffte es aber nicht ... und so stürzte ich in die Tiefe. Da schlug ich mit dem Rücken in der Manege auf. Man brachte mich in ein Krankenhaus.

Als ich aus der Narkose wach wurde, lag ich in einem Gipsbett. Anfang Januar kam ich hier her in die Klinik. Hier bekam ich ein Korsett. Gleich, wenn ich hier raus bin, fang ich sofort mit dem Üben an. Mein Onkel bat mich, ein Netz zu nehmen, doch das lehne ich ab.»

Da wollte ich es wissen und fragte: «Wart ihr vor zwei Jahren bei uns in Frankfurt?»

«Ja! Da waren wir. Warum?»

«Da war ich mit den Eltern von mir bei der Vorstellung. Ich staunte und hielt den Atem an, wie du durch die Luft flogst.»

«Das freut mich sehr. Der Onkel von mir wollte nach Vaters Tod für ihn Ersatz finden, doch er fand keinen. Es gibt nur wenige Leute, die das können. Da ich das von klein auf übte, sprang ich ein. Mutter war das nicht recht, dass ich ohne Netz auftrete. Doch das war mir egal.»

«Was macht ihr im Winter, Rudi?»

«Da machen wir nichts. In dem Fall braucht man ein Zelt, dass beheizt werden kann, und das wäre viel zu teuer. Na ja und mit dem Rücken, da sieht es sehr gut aus. Wenn ich hier raus bin, gehe ich im Frühjahr mit auf Tournee.»

«Hast du keine Angst, dass dir das noch mal passiert?»

«Na klar habe ich Bammel, doch das wird es nicht mehr.»

«Woher weißt du das?»

«Weil ich mich jetzt von nichts mehr ablenken lasse. Aus dem Grund fiel ich ja in die Tiefe. Nur eine Sekunde passte ich nicht auf ... Außerdem will ich hier nie mehr her.»

«Ich auch nicht!»

«Na ja, bei dir ist das was anderes. Hast du die Prothese, brauchst du nicht mehr hier her.»

«Ich hoffe es ...»

Da ging die Tür auf und eine Schwester brachte uns das Abendbrot. Da fiel mir noch was ein. «Sag mal Rudi: Was passierte eigentlich mit dem Dompteur? Den griffen ja die Löwen an.»

«Nicht nur das! Die fraßen ihn fast auf. Er wurde so schwer verletzt, dass er starb.»

Einen Tag später.

Es war Sonntag und auf den freute ich mich schon die ganze Woche über. Nach dem Essen am Mittag ging die Tür auf und Mutter kam rein. Vater folgte ihr und machte die Tür zu. Rudi war zu der Zeit nicht im Raum. Ich saß schon völlig nervös auf dem Rand vom Bett und wartete. Mutter kam gleich zu mir und drückte mich an sich. Da sah ich bei ihr ein paar Tränen, auch bei Vater. Der tupfte sich die heimlich mit einem Tuch ab. Nach kurzer Zeit fasste Mutter in ihre Tasche, kramte darin rum und holte eine Dose raus. Dann machte sie die auf und da sah ich, dass fünf Buletten drin waren. «Die hat Oma extra für dich gebraten», sagte sie. Ich liebte die von Oma, aß sofort eine und die schmeckte sehr lecker.

«Ach, ich hab ja noch was für dich! Ein Glas süßsaure Gurken. Die sind auch von Oma.» Da war das Festmahl komplett. Doch ging es noch weiter, mit Süßware und zum Schluss ein paar Äpfel. Die aß ich aber nicht so gern. Auch frische Wäsche hatte sie bei sich. Vater gab mir drei neue Bücher.

In der Folge sagte sie mir, was bei uns so passiert war. So war ich im Bilde wie es Oma, Tante Frieda, Cousine Christel und Julchen geht. Vater kuckte aber immer auf seine Uhr. Dann sagte er: «Hans! Leider ist die Zeit um und wir müssen los. Wie du ja weißt, wartet der Zug nicht auf uns.» Abschied in dem Moment, das begeisterte mich nicht. Doch er kam und es war nicht zum ersten Mal sehr hart für mich. Tränen flossen nicht nur bei mir. Bei Mutter auch, sie sagte: «Am Sonntag kommen wir ja wieder. Da sieht die Welt ein bisschen besser aus. Dann machs gut mein Junge», und drückte mich an sich. Vater gab mir die Hand und flugs waren sie weg ... und ich allein.

Am Tag darauf.

Nach dem Frühstück kam der Oberarzt zur Visite. Als er bei mir war, sagte er: «Hans, in einer halben Stunde holt man dich ab und dann fährst du zur Werkstatt von Herrn Nickel. Der nimmt bei dir Maß für die Prothese, die du bekommst. Halte dich zu der Zeit bereit.» Das machte ich und als der Fahrer kam, fuhren wir los ...

Nach kurzer Fahrt kamen wir an und er sagte: «Ich bring dich jetzt rein. Bist du fertig, rufen die bei uns an und dann komme ich gleich.»

Er brachte mich in ein Gebäude. Kaum waren wir drin, kam ein Mann auf uns zu und der Fahrer rief. «Guten Tag Herr Nickel. Das hier ist Hans Allagor.»

«Ja! Bin im Bilde», meinte der kurz und bündig. «Gut, dann fahr ich los. Sie rufen ja bei uns an, wenn Sie fertig sind?»

«Ja, machen wir!»

Der Fahrer sah mich an und rief: «Hans, dann bis später», sprach es, drehte sich um und lief los. Da sagte Herr Nickel: «So, junger Mann, und du folgst mir.» Ich humpelte mit den Krücken hinter ihm her. Nach jeder Menge von Schritten kamen wir in einem Raum an. Da sagte er: «Setz dich schon mal auf den Stuhl. Ich bin gleich zurück.» Er lief los und ließ mich allein. Das Herz von mir pochte, da ich ja nicht wusste, was kommen wird. Es dauerte nicht lange, da kam Herr Nickel und hatte einen

Mann bei sich. Er sagte: «Das ist mein Geselle Herr Schwarzmann. Er hilft mir bei der Arbeit. So, nun zieh dich mal bis auf die Unterhose aus.»

Als ich das gemacht hatte, meinte er. «Und jetzt stell dich mal auf dein Bein.» Als ich so stand, fasste mich der Geselle an und der Meister fing an, mit dem Maßband an mir herum zu messen, und schrieb dann alles auf. Als er fertig war, sagte er: «So und nun stell dich mal auf die Waage.» Da notierte er das Gewicht. «Gut! Und jetzt machen wir den Abdruck vom Stumpf.» Der Geselle stellte eine Schüssel mit Wasser auf den Boden und rührte den Gips ein.

Da sah der Meister mich an und sagte: «Stell dich mal da hin ... Gut! Jetzt zieh die Hose runter ... Prima! Und nun halt dich an den Griffen fest.» Das machte ich und die zwei fingen an. Der Geselle nahm eine Binde, tauchte die in die Schüssel und dann wurde mir die um den Stumpf, bis zur Hüfte gewickelt. Da sagte Herr Nickel: «Wir lassen dich jetzt mal kurz allein.»

Es verging eine Weile, da kam der Meister zurück. «So, dann will ich mal sehen, ob der Gips hart ist ... Sieht sehr gut aus. Du warst sehr brav ... Jetzt kann ich dich von ihm befreien.» Er zog den Gipsklotz vom Stumpf und wusch die Reste vom Gips mit einem feuchten Lappen ab. Da sagte er: «Für heute bist du fertig. Jetzt zieh dich an, denn man holt dich gleich ab. Bist du so weit, wartest du so lange auf dem Stuhl da hinten.»

Als ich da saß, kuckte ich mich um. In der Werkstatt hingen Teile aus Leder, Lineale und Werkzeug an der Wand. Kisten mit Binden für den Gips lagen in einem Regal. Der Gips stand in Säcken auf dem Boden. Da rief jemand: «Hans, bist du so weit!» Ich drehte mich zur Tür hin und sah, dass es der Fahrer war.

Als ich ins Zimmer kam, sah ich, das Rudi nicht da war. Ich legte mich auf das Bett und war froh, dass ich mich ruhen konnte. Einige Zeit später ging die Tür auf und es gab Essen. Da kam auch Rudi an. Als er mich sah, fragte er gleich: «Und Hans, wie war's? Was hat man mit dir gemacht?» Da sagte ich ihm alles, was passiert war.

Nach dem Essen holte man die Teller weg. Wir lagen auf den Betten, ich döste vor mich hin und da ging die Tür auf. Es war die Mutter von Rudi und eine junge Frau. Die begrüßte ihn, als sah sie ihn tausend Jahre nicht. Die Mutter setzte sich auf einen Stuhl vor das Bett. Ich erfuhr, dass es die Schwester von ihm war, sie sagte: «R-u-d-i! Ich hab etwas für dich bei mir.» Da stellte sie ihre Tasche auf das Bett und machte die langsam auf. Ich nahm schnell ein Buch in die Hand und tat so, als ob ich lese. Da ich wissen wollte, was das war, schielte ich hin.

Auf einmal rief Rudi: «P-e-p-e!» Da sah ich, dass ein kleiner Affe aus der Tasche hüpfte und ihm um den Hals fiel. Der knuddelte und küsste ihn gleich ab. «Oh, Pepe! Mein Pepe, wie vermisste ich dich. Danke, danke, danke Caro!» Doch da haute er ab und er konnte ihn nicht mehr schnappen. Sofort hüpfte er zu Manni aufs Bett, der lass in einem Buch und riss ihm das weg. Vor Schreck zog der sich die Decke über den Kopf. Caro hob das gleich vom Boden auf. Da war Pepe schon bei den Kindern. Rudi rief den kleinen Affen zu, dass er zu ihm kommen soll, doch der dachte nicht daran ... Von da aus rannte er quer durch den Raum und hüpfte auf das Bett von mir. Ich legte das Buch rasch weg, da ich ihn schnappen wollte. Doch er war schneller, hopste auf den Schrank und von da aus an den Stab der Lampe, die von der Decke hing. Da hielt er sich mit dem Schwanz fest und brachte die zum Baumeln. Das machte er eine Weile ... Es sah lustig aus und wir lachten alle. Ich kam mir vor wie im Zirkus. Nur Caro, die Mutter und Rudi taten das nicht. Der schrie ihn nun an: «Pepe! Komm sofort da runter, bevor jemand kommt.» Da ging die Tür auf und Oberschwester Anna kam rein. Als sie sah, was bei uns los war, schrie sie laut: «Was macht der Affe hier? Wir sind doch hier nicht im Zoo! Wir sind in einer Klinik!» Es interessierte Pepe nicht, was sie sagte. Er sprang von der Lampe auf die rechte Schulter von ihr. Da griff er nach dem Häubchen, das sie auf dem Kopf trug. Pfeilschnell riss er es ihr ab und mit einem Satz war er bei mir auf dem Bett. Da ich damit nicht rechnete, erschrak ich mich. Pepe hüpfte mit der «Beute» wie ein Wilder auf dem Bett herum.

«Warte nur, du kleines Biest», rief die Oberschwester und rannte zu mir ans Bett. Sie wollte ihn fangen, doch das gelang ihr nicht. Da schrie sie: «Gib mir das Häubchen ... du Miststück!» Doch hatte sie keinen Erfolg, da er gleich weg war. So rannte sie im Raum hinter Pepe hin und her und wollte ihn fangen. Rudi, Cora und die Mutter sahen ihr mit ernster Mine zu. Da das nicht erlaubt war, nahm ich an, dass sie ahnten, dass das ein Nachspiel hatte. Doch darüber machte ich mir keine Gedanken. Ich fand das lustig und hielt mir vor Lachen den Bauch. Da sie es nicht schaffte, hatte sie die Nase voll und rannte vor Wut raus und knallte die Tür hinter sich zu. Rudi schaffte es, mit einer List Pepe zu fangen. Da ging die Tür auf und die Oberschwester kam mit dem Arzt der Station rein.

Pepe saß bei Rudi auf dem Bett, spielte mit dem Häubchen und setzte es auf sein Köpfchen. Das war viel größer und so sah man den Kopf von ihm nicht mehr. Da er sich bewegte, wackelte das Hin und Her. Das sah sehr lustig aus ... Der Doktor sah das wohl auch so, denn auch er fing an zu lachen ... Nur die Oberschwester blieb kalt wie Eis. Dann rannte sie wie ein geölter Blitz ans Bett von Rudi und riss Pepe ihr Häubchen vom Kopf. Das klappte ja sehr gut, da er den Feind nicht sah. Stinkig lief sie aus dem Zimmer und knallte die Tür hinter sich zu. Da sagte der Arzt zu Cora: «Bringen Sie bitte sofort den Affen hier raus. Hier ist jede Art von Tieren verboten. Ich hoffe, Sie verstehen das. Auf Wiedersehen!» Hierauf drehte er sich um und verließ das Zimmer.

Caro hatte vor Pepe in die Tasche zu stecken, nur wollte er das nicht und zappelte rum. Dann schaffte sie es doch. Gleich danach brach sie und die Mutter auf und Rudi ging mit raus. Ich lachte mal wieder herzhaft und vergaß für kurze Zeit die Schmerzen ...

L

14. Februar.

In der Früh kam eine Schwester zu mir und sagte: «Hans, ich hab keine gute Nachricht für dich. Deine Eltern können dich heute nicht besuchen. Bei ihnen schneite es auch heftig. Aus dem Grund fährt die Bahn nicht.» Da war ich sehr traurig, doch war es nicht zu ändern. Hier schneite es auch andauernd, das sah ich durch das Fenster. Zum Glück brachte mir Vater beim letzten Besuch drei Bücher mit. Da sah ich in einem einen Förster. Gleich kam mir eine lustige Sache, in den Sinn ...

Sieben Jahren vorher.

Mutter sagte beim Essen zu uns, dass Frau Walther uns einlud. Die traf sie in der Früh in der Stadt. Ihr Mann war ein Förster und wohnte mit seiner Familie in einem Forsthaus mitten im Wald. Von ihm bekamen wir in jedem Jahr den Christbaum. An dem Tag fuhren wir mit dem Auto. Die Straße führte über den Schießplatz der russischen Armee. Da stand ein HALT-Schild. Vater hielt an und ich fragte: «Papa, was steht da?»

«Das wir warten müssen, da die hier grad das Schießen üben.» Es dauerte nicht lange, da kam ein Soldat an und nahm das Schild weg. Wir fuhren weiter, bis ich einen Haufen sah, der wie eine Pyramide aussah. Ich fragte: «Papa, was sind das für Steine?»

«Das ist ein Denkmal. Hier an der Stelle erschoss mal ein Wilddieb einen Förster. Das erinnert an den Mann. Auf der Tafel steht, dass er hier starb. Die haben keine Waffen bei sich. Es gibt zwar welche in der Försterei. Die sind in einem Schrank, zu dem der Förster keinen Schlüssel hat. Wenn hier mal Jagd ist, dann dürfen das nur Stasi-Bonzen tun. Da ist jemand bei, der schließt den Schrank auf, gibt die Waffen aus und zählt die Munition. Ist die Jagd rum, wird die wieder gezählt. Danach kommt alles in den Schrank, bis die Nächste ist.»

Da sah ich das Haus und im Nu waren wir da. Vater parkte unser Auto am Eingang. Als ich ausstieg, bellte ein Hund links von mir. Ich drehte mich um und sah wie der wie wild in einem Zwinger herum tobte. Kurze Zeit später ging die Tür auf und Herr Walther kam raus. Er trug einen grünen Anzug mit Krawatte, kam zu uns und gab jedem die Hand. Da der Hund weiter bellte, sah ich immerfort zu ihm hin, da sagte er: «Vor Senta brauchst du keine Angst zu haben. Sie ist eine Jagdhündin und bellt bei jedem Fremden, der kommt ... So, nun kommt doch erstmal rein.»

Da begrüßte uns die Frau von ihm und ihr Sohn Jürgen. Mit dem verstand ich mich gleich, obwohl er älter, als ich war. Im Haus lief ein Dackel herum. Da ich Angst vor Hunden hatte, ging ich dem aus dem Weg.

Das Kaffeetrinken war zu Ende, da fragte Jürgen: «Hans, kommst du mit mir nach draußen?»

«Na klar! Mama darf ich?»

«Ja, das darfst du ... Aber mach dich nicht schmutzig.»

«Ja, Mama!»

Wir standen auf und liefen raus. Vorm Haus fing Senta gleich an zu bellen. Jürgen pfiff kurz und rief «Aus!» Da hörte sie auf, ließ uns aber nicht aus den Augen. So einen Braun-weiß gescheckten Hund sah ich nie zu vor, und fragte ihn: «Was ist das für eine Rasse?»

«Das ist ein Deutsch-Kurzhaar-Jagdhund. Der ist sehr anhänglich und klug ist er auch.» Rechts von uns sah ich ein Gebäude und fragte: «Was ist da drin?» Er meinte: «Das ist unsere Scheune und da lagert das Heu für den Winter. Komm, wir gehen mal rein. Da zeige ich dir was.» Wir rannten los ... Langsam zu laufen gab es für nicht. Jürgen machte die Tür auf und dann gingen wir in den Schuppen. Da sagte er: «Hast du Lust, mal nach oben zu klettern? Von da aus springen wir ins Heu. Das macht Spaß!» Ich sah nach oben und erschrak. «Was? Die lange Leiter soll ich hoch. Nein, nie und nimmer», sagte ich und bei dem Gedanken bekam ich weiche Knie ...

Da hörte ich ein leises Fiepsen. «Was ist da hinter der Tür?»

«Da in dem Raum sind die Dackel Welpen. Willst du die mal sehen?»

«Na klar!»

«Gut! Wir müssen aber leise sein.» Er machte die Tür einen Spalt weit auf. Ich sah, dass die mit ihrer Mutter in einer Kiste waren. Als sie uns sah, fing sie gleich an zu knurren. «Keine Panik, Hans! Das macht die jedes Mal. Sie hat Angst, man könnte ihr die Kleinen wegnehmen.» Da sagte ich: «Kuck mal, da fiel eins aus der Kiste und tappt auf dem Boden rum. Oh, so einen will ich auch haben. Der ist ja so drollig.»

«Da musste mal meine Mutter fragen. Kann sein, dass noch nicht alle verkauft sind.»

«Ja, das mache ich!»

«So nun lassen wir die in Ruhe. Jetzt klettern wir erst mal auf den Heuboden.» Er machte die Tür zu und wir liefen zur Leiter. «Los, komm! Du wirst sehen, dass das nicht so schwer ist. Ich zeig dir, wie´s geht.» Er stieg hoch und als er oben war, rief er: «Los komm! Sei kein Feigling.» Das wollte ich auf gar keinen Fall sein. Entschlossen stieg ich jede Stufe vorsichtig hoch, ohne nach unten zu sehen, und schaffte es. «Na siehst du, das war doch gar nicht so schwer», sagte er und ich kuckte runter.

Aber dann bekam ich extreme Angst, hielt mich an einem Balken fest und er meinte: «So, pass auf, Hans! Ich zeig dir jetzt, wie man springt.» Er sprang ab und schrie: «Ich kann fliegen» ... und landete in einem Heuhaufen. Dann kuckte er zu mir rauf und rief: «Na? Auf was wartest du?» Ich druckste rum und sagte: «Ich kann nicht ... Ich hab Schiss!»

«Den brauchst du nicht zu haben ... Los hüpf!»

«Nee, ich trau mich nicht!»

«Na gut! Wenn du Schiss hast zu springen, dann steig die Leiter wieder runter.»

«Das trau ich mich auch nicht ...»

«Warte, ich komme gleich zurück», rief er und lief aus der Scheune. Ich fing an zu weinen und schrie hinter ihm her: «Lass mich nicht allein!» Doch da war er schon weg und ich stand da und hatte keine Ahnung, was er vor hatte. Die Zeit verstrich und ich ging mutig zur Leiter. Da kuckte ich in die Tiefe und hatte solche Angst, dass mir sogar die Knie zitterten. Ich fing an zu weinen und sagte laut zu mir: «Versuchs erst gar nicht! Rutschst du auf der Leiter ab und fällst, brichst du dir alle Knochen.» Im Nu ging ich einen Schritt zurück und wischte mir die Tränen ab.

Da er noch immer nicht da war, schrie ich, so laut ich konnte: «J-ü-r-g-e-n, wo bist du?» Kurze Zeit später ging die Tür vom Schuppen auf. Vater kam mit Jürgen rein und der sagte: «Hans ist da oben.» Als Vater bei der Leiter war, sah er hoch zu mir und rief: «Hans, was ist denn? Warum kommst du nicht runter?»

«Ich trau mich nicht. Ich habe Angst, dass ich falle.»

«Ist gut! Dann komme ich hoch und helfe dir.» Und schon kletterte er rauf und ich hörte auf zu weinen. Bevor er kam, wischte ich mir schnell die Tränen mit dem Ärmel ab. Als er da war, blieb er auf der Leiter stehen und sagte: «So mein Junge. Komm her und dreh dich mit dem Rücken zu mir hin ... Prima! Und jetzt steigen wir Stufe für Stufe runter. Da ich hinter dir bin, kannst du nicht fallen und

kucke nicht runter ... So, gleich haben wir es geschafft!»
Dann war es so weit und der rechte Fuß kam auf den
Steinboden an und ich war selig. Merkwürdig war, dass ich
ihn nicht schimpfen hörte, wie sonst. Da sagte er gelassen:
«Dreh dich mal zu mir um ...» Oh, oh, dachte ich, gleich
geht die Schimpfe los. Ich kuckte auf den Boden, als ich
mich in aller Ruhe zu ihm hin drehte. Doch dann lief etwas
ab, das ich nicht dachte.

Er kniete sich vor mich hin, presste den Körper von mir
an den seinen, sah mir in die Augen und meinte: «Siehst du
mein Junge, es war doch gar nicht so schwer ... für mich,
da ich jeden Tag auf Leitern klettere. Doch für dich, weil
du nie auf eine solche geklettert bist. So warst du dir der
Folge nicht bewusst. Jetzt hoffe ich, dass du daraus gelernt
hast ... Fängst du etwas an, musst du auch in der Lage sein,
es alleine zu beenden. Falls du dir nicht sicher bist, Angst
hast, dann lass es sein. Gib zu, dass du das nicht kannst,
oder sag, dass du keine Lust hast. Kein Meister fiel je vom
Himmel, doch von Leitern schon. Ist es dein Wunsch,
etwas zu können, dann musst du lernen, üben, probieren.
Nur so wirst du es schaffen und ein Meister werden. So,
und jetzt gehen wir zurück. Da trinkst du erst mal was und
erholst dich von dem Schreck. Auch wird sich Mutter
schon Sorgen machen, da wir so lange weg sind.»

Oh wie war ich froh über die Worte von ihm. Ich hatte
vor sie mir zu Herzen zu nehmen. Wir liefen zum Haus, wo
wir schon erwartet wurden. Mutter fragte gleich, was los
war. Vater wollte ihr das am Abend erzählen. Wir saßen um
den Tisch und ich auf dem Sofa und trank eine Brause.

Da sagte Herr Walther: «Ich erzähle euch jetzt mal
etwas, das ich vor drei Tagen erlebte. Ich machte am frühen

Abend eine Runde durch das Revier. Auf ein Mal kam ein Keiler mit großen Hauern aus dem Dickicht und ich bekam einen Schreck. Als er mich sah, rannte er auf mich zu und mein Puls war auf hundertachtzig! Zuerst verstand ich das nicht, da die das sonst nicht machen.

An dem Tag hatte ich die Hündin mit. Die wollte gleich den Keiler angreifen. Mit Mühe und Not hielt ich sie zurück. Auf den wurde schon mal geschossen, dachte ich, da die sonst nicht so sind. Doch in der Sekunde war das egal. Ich musste den davonjagen, denn ich hatte ja nichts bei mir. Da kam mir eine Idee ... Angriff ist das Beste, was du jetzt machen kannst, sagte ich zu mir und legte los ...»

Dann hüpfte er vor uns herum und klatschte mit den Händen in der Luft rum und das war saulustig. Da sagte er: «Das war kaum zu glauben, denn ich hatte Erfolg und er zog Leine. Ich meldete sofort den Vorfall. Jetzt wird der Keiler bei der nächsten Jagd erlegt. Da jeden Tag viele Leute im Wald sind, ist die Gefahr zu groß, dass er jemanden etwas tut. Dann habe ich ja auch Klassen aus der Schule hier, mit denen halte ich mich dort auf. Da bringe ich den Kindern die Natur nahe und zeige ihnen die Tiere im Wald ...»

«So ... bist du endlich fertig?», wollte die Frau von ihm wissen.

«Warum?»

«Weil ich auch mal etwas, zum Besten geben will.»

«Bitte! Dann mach das ...»

«Danke! Also ... Es war ein eisig kalter Sonntag im Dezember. An dem Tag lud ich zum Kaffee ein paar Frauen aus der Stadt ein. Jede hatte einen Mantel aus Pelz an. Handschuhe, Hut und Muff. Eine die, ich bin etwas

Besseres, sein wollte, legte den partout nicht im Flur ab. Sie nahm ihn mit in die Stube, da ihr, wie sie sagte, an den Fingern kalt war. Sie trug ihr Näschen sehr hoch, doch war sie nur die Witwe eines Metzgers. Sie machte uns klar, dass der Muff ein Unikat ist, und wurde handgemacht aus sehr edlen Fell. Am Tisch könnte sie auch besser darauf acht geben. Das hieß, dass sie Angst hatte, dass er ihr geklaut wird. Doch warum sollte das jemand tun?

Na ja, wir setzten uns alle um den Tisch. Dann machten wir uns bei einem Gläschen Likör warm. Als ich den Kaffee brachte und eingoß, legte sie den Muff auf ihrem Schoß ab. Dann fasste sie den Henkel der Tasse mit Daumen und Zeigefinger an. Wie es sich für eine Dame von Welt gehört, spreizte sie den kleinen Finger hoch in die Luft. Der war rot lackiert, so wie der Rest auch. Die musste den so weit weg spreizen, denn am Ringfinger blinkte im Licht der Lampe ein Ring. Den hob sie, wen wundert's, sichtbar in die Runde. Sie sagte, das es ein Diamant aus weißem Gold ist und sie den erbte. Doch war das eine billige Kopie, denn ein Diamant ist ja ein Mineral und Gold ein Metall. Nach jedem Schluck Kaffee spitzte sie die roten Lippen und meinte, dass der à la bonne heure ist.

Und der Kuchen, der war dann ... deliziös! Ich biss mir auf die Zunge, um nicht lauthals zu lachen. Na ja, als Kaffee und Kuchen alle waren, räumte ich den Tisch ab. Dann goss ich den Damen Likör ein. So ging die fröhliche Runde auf das Finale zu. Sagte sie mal etwas, fuchtelte sie mit Händen und Füssen herum und trat auf wie eine Diva. Ich konnte ihr das Glas nicht so schnell auffüllen, wie der Likör ihr die Kehle runter rann. Die Zeit eilte da hin ... Ein paar waren beschwipst und wollten nach Hause. Die standen nach und nach von den Stühlen auf. Die Witwe vom Metzger war die letzte.

Als die aufrecht stand, fiel ihr ein, dass sie den Muff vergessen hatte. Sie schob den Stuhl zurück und beugte sich zum Boden runter. Doch fand sie ihn wohl nicht. Der Kopf von ihr wackelte hin und her von rechts nach links. Wenig später kam sie unter dem Tisch vor. Bedingt durch den Alkohol war der Kopf von ihr knallrot. Da schrie sie hysterisch, dass ihr Muff weg ist. Ich sagte zu ihr, das ist doch nicht möglich. Im Nu raunzte sie mich an, dass sie nicht doof ist. Da bückten sich alle und kuckten unter den Tisch, ich auch, denn ich wollte ihn ja schnell finden. Aber er war nicht da und so log sie nicht. Jede gab auf und wunderte sich. So hörte ich ein Gewirr von Stimmen, als ich auf dem Boden unter dem Tisch kroch.

Da war mir klar, wo der sein konnte. Ich krabbelte unter dem Tisch vor und rief, dass sie mal leise sein sollen. Im Nu war absolute Stille und kein Mucks war zu hören. Aha, dachte ich es mir, sagte ich, drehte mich um und lief los. Ich kam am Körbchen von Waldi an und was ich da sah, verschlug mir die Sprache ... Der kaute am Rest vom Muff herum, den er zerfetzt hatte. Da war klar, dass er ihr vom Schoß auf den Boden fiel und keiner merkte das. Und Waldi schlich sich heimlich, still und leise unter den Tisch. Dann mopste er den und brachte ihn in sein Körbchen. Das steht versteckt und so sah das auch keiner von uns. Da der aus einem Fell war, roch er nach Tier und so ließ er dem Trieb freien Lauf. Ich stand bestürzt da und wog ab, wie ich ihr das am besten sage. Doch bekam ich nicht mit, dass sie schon hinter mir war. Da fragte sie, warum ich so still bin. Aber ohne auf eine Antwort zu warten eilte sie an mir vorbei ... Dann ein Schrei und danach rief sie, dass das nicht wahr sein kann. Im Nu schlug sie die Hände an den Kopf und war den Tränen nahe. Gleich kniete sie sich auf den Boden vor den Dackel. Da fuchtelte sie ihm mit einem Finger vor der Schnauze herum. Dann brüllte sie, dass er ein böser Hund ist. Waldi kuckte sie mit großen Augen an. Er wusst da ganz genau, dass er etwas falsch gemacht hatte. Da gab es nur eins für ihn: Flucht! Mit einem Satz hopste er aus dem Korb und rannte los. Der Schwanz klemmte zwischen den Beinen. Er lief in die Stube und da in sein Versteck, das unter dem Sofa war.

Da der Korb leer war, raffte die Dame alle Fetzen raus und ich hörte, dass sie weinte. Da fragte ich sie freundlich, ob sie die Absicht hat die Reste mit nach Hause zu nehmen. Sie hielt inne ... dann hob sie den Kopf hoch, bis sie zu mir Augenkontakt hatte. Oh, oh, ich ahnte Böses und könnten Blicke töten, wäre ich jetzt tot.

Ihr Gesicht war rot wie Feuer. Ihre Augen wie Glut im Ofen. Sie sah aus, wie der Teufel selber. Dann tupfte sie sich mit einem Tuch mit Tüllspitze die Tränen ab. Sie holte tief Luft und schrie, dass sie gewiss alles mit sich nimmt ... Und das es nur die Schuld von mir ist, da ich den Köter nicht eingesperrt habe ... Und ich soll ihr rasch eine Tüte geben. Das haute mich fast um! Doch so eine Frechheit ließ ich nicht auf mir sitzen. So sagte ich barsch zu ihr, dass sie selbst schuld hat. Läge der auf der Kleiderablage, wäre er noch heil und nicht in Fetzen. Doch ohne ein Wort zu sagen, presste sie alle Reste mit den Händen an die gewaltige Brust. Dann stand sie auf, stellte sich vor mich hin und schrie mit schriller Stimme, wo die Tüte ist. Und das sie in dem Haus nicht eine Sekunde länger bleibt. Ich sagte ruhig, dass ich ihr die gerne hole. Sofort lief ich in die Küche und gab ihr eine Tüte aus Papier. Als sie die hatte, stopfte sie hastig alles rein. Da sah ich, dass uns alle folgten. Sie standen da und sahen das mit an. Doch keine wagte, ein Wort zu sagen.

Als sie fertig war, lief sie los. Man hörte aber nicht ein Wort mehr von ihr. Kurz darauf nur noch den Knall, der kundgab, dass die Tür vom Eingang zu war, und sie draußen. Da fing auf der Stelle eine hitzige Aussprache an. Kurze Zeit später löste sich der Rest der Runde auf. Waldi ließ sich bis zum Abend nicht blicken. Erst als mein Mann nach Hause kam, rannte er sofort zur Tür und begrüßte ihn. Dem erzählte ich, was passiert war, und er lachte darüber.

Ein paar Tage später, traf ich Frau Ritzel, die auch bei uns war. Die sagte, dass die Dame nicht allein nach Hause lief. Sie harrte vor dem Haus in der Kälte aus, ohne den Muff. Sie wurde dann wieder von ihr mitgenommen. Der Weg in die Stadt war ihr zu Fuß zu weit. Im Auto war sie schweigsam wie ein Grab. Erst beim Abschied sagte sie zu Frau Ritzel, dass sie nie wieder zu uns kommt. Als Grund gab sie an, dass ich mich nicht bei ihr entschuldigt hätte. Auch bot ich ihr nicht an, einen neuen Muff zu kaufen. Dazu kam es ja nicht. Die war ja so was von böse. Vernünftig mir ihr zu reden, war nicht drin. Sie kam in der Tat nie wieder zu uns. Na ja, ist ja kein echter Verlust.»

Da fragte ich: «Frau Walther! Kann ich bitte einen der Dackel haben?»

«Ach ... zeigte dir Jürgen die Welpen?»

«J-a-a-a. Die sind ja so was von drollig.»

«Stimmt! Das sind sie in jeder Hinsicht. Einer ist noch frei, den kannst du haben. Wissen das deine Eltern schon?»

«Nein», und sah im Nu zu ihnen hin. Die zwei saßen reglos da, geschockt von dem, was ich wollte. Dann sagte Vater resolut: «Hans, das kommt nicht in Frage! Du weißt, dass wir strikt gegen einen Hund im Haus sind!»

In der Sekunde platzte mein Traum. Den Kopf gesengt, war ich den Tränen nahe und weinte fast. Ach wie gerne, hätte ich einen eigenen Dackel. Mit Waldi freundete ich mich an und ich hatte keine Angst mehr vor ihm. Mutter wusste, dass ich litt und sagte: «Hans, du must nicht traurig sein. Da wir nur eine kleine Wohnung haben, ist das nicht möglich. Du weißt ja auch, dass du dann mit ihm Gassi gehen musst. Und das drei Mal am Tag bei Sonne, Regen, Eis und Schnee. Bist du älter, reden wir noch mal. Machen wir das so?» Ich nickte mit dem Kopf, doch begriff ich das nicht. Dann kam der Abschied und wir fuhren nach Hause. Da war für mich der tolle Tag zu Ende. Als ich im Bett lag, fand ich keine Ruhe, denn ich hatte nur den Dackel im Kopf und schlief so glücklich ein ...

Die Tür ging auf und bei mir die Augen. Da sah ich, dass es eine Schwester war, die gleich laut rief: «E-s-s-e-n!»

Als wir fertig waren, lief Rudi raus. Kaum war er weg, ging die Tür auf und die Mutter von Manni kam rein. Sie lief gleich auf ihn zu und rief freudig: «Du bist entlassen! Ich nehm dich jetzt mit heim.» Der war froh, sprang vom Bett runter und sie lief an den Schrank. Sie gab ihm seine Jacke und sagte: «Zieh die schon mal an», und packte den Rest der Sachen in die Tasche ein. Er rannte zur Tür, winkte mir zu und machte die auf. Da kam sie an und ohne ein Wort zu sagen, ging sie raus und schlug die Tür zu. Als Rudi kam, sah er das leere Bett und fragte mich: «Wo ist Manni?»

«Der durfte nach Hause und die Mutter holte ihn grad ab.»

«Ach ... Das ist ja nicht zu fassen!»

«Kriegst du heute noch Besuch?»

«Nein! Erst morgen wieder. Und du?»

«Ich hoffe, am Sonntag, lässt das Wetter es zu.»

Drei Tage später.

In der Früh wurde ich in die Werkstatt gebracht. Als ich da war, kam ein Geselle. Er brachte mich in einen Raum und sagte: «Setz dich auf den Stuhl. Der Meister kommt gleich», und lief weg. Ich ging zu dem hin, setzte mich und legte die Krücken auf den Tisch. Kaum saß ich da, kam er an und hatte die Prothese in der Hand. Ich sah, dass es drei Teile waren und ein Gurt aus Leder der mit ihr verbunden war. Das sah plump und schwer aus. Da sagte der Meister: «Das Junge ist der Rohbau der Prothese. Da werden wir jetzt erst mal probieren, ob der passt. Zieh mal deine Hose aus.»

Während ich das tat, kam der Geselle rein. Als ich fertig war, sagte der Meister: «Gut! Und jetzt stell dich mal aufrecht hin. Hierbei helfen wir dir.» Dann hielten die zwei mich rechts und links fest. Der Geselle nahm einen Anziehstrumpf und zog ihn mir über den Stumpf. Er griff sich die Prothese, stellte sie unterhalb und steckte den Strumpf rein. Dann nahm er das Ende und schob es von innen durch ein Loch an der Seite. Mit dem zog er den Stumpf in die Öffnung der Prothese. Das machte er so lange, bis er fest drin saß und dann zog er den Rest vom Stoff raus. Er nahm einen Stopfen aus Gummi, drückte den auf das Loch und presste die Luft raus. Da sass der Stumpf fest in der Prothese. In der Folge legte er mir den Gürtel um die Hüfte und machte ihn vorn am Bauch zu. So fiel sie nicht ab. Da sagte der Meister: «Hans, tut dir etwas weh?»

«Nein, nichts. Es drückt nur ein bisschen.»

«Gut! Das ist normal, daran gewöhnst du dich. So, jetzt bleibst du noch eine Weile stehen. Dann sehe ich nach, ob auf der Haut Druckstellen erkennbar sind. Ich halte dich fest, so dass du nicht umfallen kannst. Mein Geselle verbessert in der Zeit noch kleine Fehler. Sollte dir am Stumpf etwas weh tun, dann sag das uns sofort. In Ordnung?»

«Ja, ich hab aber keine Schmerzen.» Und so harrte ich aus. «Ich bin fertig», rief der Geselle. «Gut Hans, jetzt nehmen wir dir die Prothese ab. Dann ändern wir alles und sind gleich wieder da», meinte der Meister. Die zwei liefen in die Werkstatt. Das machten die drei Mal, da sagte der: «So Hans! Die Vorarbeit ist fertig und du ziehst dich rasch an. Gleich bringt man dich in die Klinik. Ist die Prothese fertig, kommst du zu uns. Dann läufst du mit der die ersten Schritte. So, und jetzt wartest du hier. Der Fahrer ist bereits unterwegs.»

Ich war froh, als ich zurück im Zimmer war, denn das strengte mich doch sehr an. Gleich danach gab es das Essen. Ich machte, als ich fertig war die Augen zu und döste vor mich hin. Da ging die Tür auf und ich wollte sehen, wer das war. Da hörte ich, wie jemand rief: «K-i-n-d-e-r!» Ein Clown lief rein und stürzte in die Mitte vom Raum auf den Boden. Ich erschrak, als ich das sah. Da es so lustig war, lachte ich leise, ohne das es jemand merkte. Der Clown wollte auf die Beine kommen, doch rutschte er jedes Mal aus und fiel hin. Die Kinder lachten und da musste ich das auch tun. Nur Rudi machte das nicht.

Er saß ernst auf dem Bett und sah den erbost an. Als er sich aufgerappelt hatte, lief er gleich zu ihm ans Bett. «Alfredo? Was machst du denn hier? Wo ist Mutter?»

«Die nicht kommen. Mich s-c-h-i-c-k-t, ich heitern auf soll euch K-i-n-d-e-r. Seid so u-n-g-l-ü-c-k-l-i-c-h ... und t-r-a-u-r-i-g.» Rudi schüttelte den Kopf hin und her. «Ich bin nicht unglücklich, doch mein Freund Hans.» Er zeigte mit dem Finger auf mich. «Der hat nur noch ein Bein und weint immer.» Da kam Alfredo zu mir und sagte traurig: «W-a-s? Du Bein v-e-r-l-o-r-e-n? Das ist s-c-h-l-i-m-m ...»

An der Montur von ihm sah ich eine große rote Blume und kuckte die an. «Du magst B-l-u-m-e?», fragte er lächelnd. Ich nickte und da schoss ein Strahl Wasser raus und traf mich in der Mitte vom Gesicht. Ich erschrak und schrie: «I-i-i-i gitt ...»

Da hörte ich wie Rudi und die Kinder laut lachten. Ich wollte weinen, doch steckte das Lachen an und so lachte ich auch. Da rief Alfredo: «W-a-r-t-e», und zog ein langes Tuch aus der Tasche der Hose. Er gab es mir und sagte: «Du z-i-e-h-e-n!» Das machte ich, doch es nahm kein Ende. Die anderen lachten sich kaputt und ich zog und zog ... Dann war es so weit und ich schaffte es ... Er griff sich den letzten Zipfel und rieb mir das Wasser im Gesicht ab. Als er fertig war, sagte er: «Jetzt passen alle auf!»

Er holte aus der zweiten Tasche drei Bälle raus und ging in die Mitte vom Raum. Da warf er die in die Höhe und im Nu wirbelten die durch die Luft. Dann fing er da bei an, Quatsch zu machen, und ich lachte Tränen. Nach einer Weile war der Spaß rum. Er ging zu Rudi und mit ihm raus. Das war eine schöne Abwechslung für mich. Ich hoffte, dass er wieder mal zu uns kommt ...

Zwei Tage später.

In der Früh fuhr mich der Fahrer zur Werkstatt. Der Meister kam mit der Prothese an. Die sah schon besser aus, doch war sie nicht ganz fertig. Ich zog sie an. Als ich fertig war, kam der Geselle und schob ein Gestell vor sich her, das vier Rollen hatte.

Der Meister stellte es vor mich und sagte: «Hans, stell dich mal in den Gehwagen ... Mit dem laufen wir jetzt ein paar Schritte. Hier stützt du dich mit den Armen auf. Ich gehe hinter dir her. Falls du umfällst, halte ich dich fest. Du brauchst also keine Angst zu haben.»

Ich stand auf, stellte mich hin, hielt mich fest und machte den ersten Schritt. So ging ich langsam vorwärts. Das war gar nicht so leicht und ich stolperte oft. Es strengte mich gehörig an, denn die Prothese war schwer. Der Geselle kniete sich auf dem Boden und sah von dort aus sich alles an. Nach ein paar Minuten gab es eine Pause. Als eine Stunde rum war, sagte der Meister: «Prima Junge! Das war schon sehr gut. Für heute machen wir jetzt Schluss. Am Montag kommst du wieder und da üben wir weiter. Das machen wir so lange, bis du in der Lage bist nur mit den Krücken zu gehen.»

Drei Wochen später.

In der Zeit gab es immer mal wunde Stellen am Stumpf. Kam das vor, legten wir so lange eine Pause, bis die heil waren. Das war der Fall und so gab man mir das Gestell und die Prothese mit in die Klinik. Da hatte ich ab dem Tag eine Therapeutin. Die kam am Nachmittag zu mir, stellte sich vor und sagte, dass sie jetzt jeden Tag mit mir übt. Sie sagte mir, dass die Prothese und der Gehwagen in einem Raum lagern, der verschlossen wird.

Einen Tag später.

In der Früh kam sie zu mir ins Zimmer und brachte den Wagen und die Prothese mit. Bevor wir anfingen, legte sie mir die an. Dann ging es los. Die meiste Angst hatte ich, dass ich mir das heile Bein beim Stürzen brach. Das sagte ich ihr aber nicht. An dem Tag übten wir zweimal. Wie lange wir das machen, weiß ich nicht.

15. April.

Es waren noch drei Tage bis Ostern. Wir übten bis jetzt am Tag zwei bis dreimal. Das kam immer darauf an, wie viel Zeit sie hatte. Auch lernte ich von ihr, wie ich die anziehe. So kann ich das jetzt selbst machen. Meine Eltern wollten, dass ich mir die Haare schneiden lasse. Da Tante Frieda nicht her kam, musste das der Frisör von hier machen. In der Früh brachte mir die Therapeutin die Prothese. Ich zog die an und ging zu dem hin.

Er war schon sehr alt, groß und hager und hatte einen Raum in der Klinik. Die Haare waren kurz und grau und über der Lippe war ein kleiner Bart. Im Raum stand nur ein Stuhl und an der Wand hing ein großer Spiegel. Auf dem Tisch lag die Haarschneidemaschine, Scheren, Kämme und Tuben. Er machte mir die Haare nass und dann einen Fasson-Schnitt. Das Geld für ihn gab mir Mutter.

18. April.

Es war Ostern und da kamen meine Eltern. Ich freute mich schon die ganze Woche auf den Tag. Das Essen am Mittag war vorbei und ich lag auf dem Bett und döste. Rudi war fort und ich war mit den Kindern allein. Da ging die Tür auf und ich sah Vater und Mutter. Die kam gleich zu mir, umarmte mich, lächelte und sagte: «Du warst ja beim Frisör ...»

«Sieht man das?»

«Aber klar! Sonst hätte sich das Geld, das du bezahlt hast auch nicht gelohnt.»

«Und wie geht es dir, mein Junge?»

«Gut, Mama. Ich übe jetzt das Laufen mit der Prothese und Gehwagen. Und das geht schon ganz gut.»

«Prima, mein Junge! Dann kommst du ja bald heim», sagte Vater. «Ja, das will ich hoffen. Doch muss ich erst lernen wie ich Treppen auf und absteige.» Mutter meinte: «Na, das schaffst du auch noch. Und da wir heute Ostern haben, bekommst du auch etwas.»

Sie griff in ihre Tasche und holte Schokolade und vier bunte Eier raus. Die legte sie mir aufs Bett ... «So und Oma gab mir das für dich mit.»

«Bouletten», rief ich. «Genau! Und ...»

Sie holte ein Glas aus der Tasche. «Gurken», rief ich und freute mich sehr, denn Omas waren die Besten und die aß ich so gerne. Sie hatte auch wie wir, hinter dem Haus ein Stück Garten. In einem Beet säte sie die aus. Waren die reif, half ich ihr beim Abmachen. Sie konnte sich nicht lange bücken. Da gab es auch noch zwei Bäume, Pfirsich und Apfel.

«Willst du eine essen?»

«Ja-a-a! Und eine Boulette. Die gehen noch in den Bauch.» Oh, schmeckte das gut. Doch mehr konnte ich nicht verdrücken. Den Rest hob ich mir auf. «Mama, warum kommt Oma nicht mal mit?», wollte ich wissen. «Hans, sie kann das nicht mehr. Das ist ja für uns schon strapaziös.»

«Ja! Das versteh ich. Aber bald bin ich ja zu Hause und dann sehe ich sie jeden Tag.»

«Genau Hans. Das wirst du.»

Ach, wie fehlte mir Oma. Ich hatte jeden Tag mehr Sehnsucht nach zu Hause. Es wurde langsam Zeit, dass ich heimkam. Flugs war die um und der Abschied war da. Doch ohne Tränen ging es nicht. Nur gut das es bald hier ein Ende nahm.

Ostermontag.

Rudi bekam Besuch von der Mutter, die gleich an sein Bett lief. Ihr folgte ein Mann, den ich noch nicht kannte. Er kam an mein Bett und fragte: «Wie heißt du?»

«Hans.»

«Ich bin der Onkel von Rudi, Carlo Sardinello.»

«Dann sind Sie der Direktor vom Zirkus?»

«Ja! Genau so ist es. Das sagte dir Rudi, stimmts?»

«Stimmt! Es waren ja schon einige aus dem Zirkus hier. Seine Schwester ... Der Clown .... Pepe das Äffchen ...»

«Ja, da fehlte nur noch der Direktor von dem Ganzen. Warum bist du hier?» Ich zeigte ihm, dass ich nur ein Bein hatte. «Ach du meine Güte. Das ist ja schlimm. Warst du schon mal im Zirkus?»

«Ja! Da wo Sie bei uns in Frankfurt waren.» Verdutzt kuckte er mich an. «Da warst du? Warum habe ich dich da nicht gesehen? Nicht zu fassen! Allein?»

«Nein! Mit Mama und Papa. Da sagten Sie an, was als Nächstes dran war. Rudi sah ich da auch schon. Und dann kuckte ich zu, wie Sie die Löwen erschossen.»

«Na das ist ja verrückt. Doch die Löwen machte ich nicht tot, die betäubte ich nur.» Dann griff er in eine Tasche der Jacke, zog was raus und sagte: «Hier gebe ich dir drei Karten. Mit denen könnt ihr die nächste Vorstellung gratis besuchen.»

Ich war glücklich und freute mich riesig. «Danke! Das ist sehr nett von Ihnen.»

«Nicht der Rede wert! Und jetzt begrüße ich erstmal Rudi», sagte es und drehte sich zu ihm hin. Das machte er und dann meinte er: «Rudi! Ich hab für dich eine schlechte Nachricht: Du bist zum Start am ersten Mai nicht dabei. Wir sprachen mit dem Arzt und der sagte, dass du frühestens Ende Mai nach Hause kommst. Dann fängt das Training an. Bis du kräftig genug bist, dauert es ein paar Monate.

Wir hatten Glück, das uns ein Zirkus hilft. Der Direktor, den ich gut kenne, gab uns einen Mann, der schon bei uns ist. Er übt mit Caro seit ein paar Tagen, und macht das gut. Er bleibt nur so lange, bis du fit genug bist.»

«Ich fühle mich doch schon fit. Warum darf ich denn nicht nach Hause?», schrie Rudi ihn erbost an. «Da den Ärzten das Risiko noch zu groß ist. Das finden wir beide auch. Ich hoffe, du verstehst das.»

«Da bleibt mir wohl nichts anderes übrig!»

«Nein! Nächste Woche fängt man an, die Muskeln vom Rücken mit Kraftsport zu stärken ...»

Da ging die Tür auf und ich sah, dass es die Eltern von einem Kind waren. In der Folge kamen die Zweiten. Dann sprachen die laut mit den Gören. Da sagte der Onkel: «Ich glaub, wir gehen nach draußen. Hier kann man nicht mehr in Ruhe reden.»

«Stimmt, Onkel! Das machen wir», meinte Rudi. Er und die Mutter standen auf und liefen zu Tür.

Der Onkel drehte sich zu mir um und sagte: «Hans! Dir wünsche ich alles Gute und das du bald laufen kannst. Und ich freu mich, dich eines Tages in Frankfurt bei uns im

Zirkus zu sehen und dich zu begrüßen. So, dann mach es gut!»

«Danke! Das werden wir bestimmt.» Er winkte mir kurz zu und ging raus.

Einen Tag später.

In der Früh holte mich ein Pfleger ab. Er fuhr mich im Rollstuhl zum Auto, das vor der Klinik stand. Ein Zweiter kam und hatte Prothese, Krücken Gehwagen bei sich. Dann fuhren wir los. Die zwei brachten mich auch in die Werkstatt. Da wartete ich auf den Meister. Als der kam, sagte er: «So Hans. Du hast ja nun einige Zeit geübt. Jetzt zeig mir mal, wie du laufen kannst. Brauchst du den Gehwagen?»

«Nein!»

«Sehr gut!» Der Geselle zog mir die Prothese an. Dann stellte ich mich aufrecht hin und nahm die Krücken. Da sagte der Meister: «Jetzt geh mal langsam los. Hab keine Angst, wir zwei halten dich fest, wenn es nötig ist.»

Ich machte mit dem Bein einen Schritt nach vorn und zog die Prothese nach. So kam ich rasch ein paar Meter voran. Mit jedem Schritt ging es besser. Dann verlor ich kurz die Balance und wäre um ein Haar gestürzt. Doch die zwei hielten mich gleich fest. Da sagte der Meister: «So, Hans, jetzt geh mal da zu der Stange an der Wand.»

Ich kam an und er meinte: «Hier kannst du jetzt hin und her laufen. Hast du ein Problem mit der Balance, dann halte dich an der Stange schnell fest.»

Ich lief die etwa fünf Meter lange Strecke hin und her. Dann meinte er: «Das machst du schon sehr gut. Jetzt verlassen wir dich mal kurz. In der Zeit, wo wir weg sind, übst du allein weiter. Für den Fall das du dich mal ausruhen willst ... Da steht ein Hocker.» Sie gingen fort und ich übte weiter und wurde sicherer. Eine Pause machte ich auch - zwei Mal - doch nur kurz. Ich wollte ja das laufen lernen. Vater sagte mir, wenn ich mal faul war: Ohne Fleiß kein Preis, und das spornte mich an. Nach einer halben Stunde ging die Tür auf und der Meister kam rein.

Ich lief im flotten Tempo hin und her. Er kam zu mir und stellte sich vor mich hin. Da sah ich das erste Mal ein Lächeln in dem Gesicht von ihm.

Dann sagte er: «Das ist ja ganz toll, wie du schon gehst. Ich hielt es nie für möglich. In der Zeit, wo du hier bist, war das ein großer Schritt nach vorn. So können wir es jetzt ohne Stange wagen ...»

Da wurde es mir mulmig und ich hatte Angst. Dann fing ich beherzt an und ging los. Schritt für Schritt war der Meister dicht neben mir. «Siehst du, es geht doch auch so. Prima wie du das machst», meinte er und baute mich auf, mit den Worten. So verflog die Angst schnell. Ich lief hin und her und hielt mich nicht ein Mal fest. Einige Zeit später sagte er: «Hans, das ist ja eine Wucht, wie du das schon kannst. Wie ich sehe, passt die sehr gut. Hast du Probleme oder Schmerzen?»

«Nein!»

«Prima! Dann machen wir die fertig und du hast es geschafft ... So, und jetzt ist Schluss für heute. Ich rufe gleich in der Klinik an, dann können die dich holen. Mit der Therapeutin spreche ich auch. Ich sage ihr, wie es mit dir weiter geht. So, jetzt wartest du hier.»

Es dauerte nicht lange und ich kam in die Klinik an. Da legte ich mich sofort hin und ruhte mich, bis es Essen gab aus.

Eine Woche später.

Es war Dienstag, als ich in der Früh von zwei Pflegern geholt wurde. Die brachten mich zum Auto. Ich war nicht der Einzige, es kamen noch drei Männer mit. Auf der Fahrt, sagte ein Älterer: «Mir nahm man das linke Bein ab, da es nicht mehr durchblutet wurde. Jetzt bekam ich eine Prothese, mit der ich nicht in der Lage bin richtig zu gehen. Die können machen, was sie wollen. Ich kann das nicht.»

Wir kamen an und stiegen aus. Da musste jeder in einem Raum warten, bis er dran war. Als ich das war, bekam ich die Fertige. Hin und weg war ich aber nicht, denn das Ding wird mir mein Leben lang lästig sein. Ein Ersatz für das eigene Bein wird sie auch nie sein. Ich kam im Warteraum an, nur mit den Krücken und der Prothese. Da sah ich, dass der ältere Herr mich fixierte und den Kopf hin und her bewegte. Er sagte aber kein Wort. Ich setzte mich neben ihn. Da meinte er: «Ich bewundere dich kleiner Mann. Wie schaffst du es mit dem Klotz am Bein so gut zu laufen?»

«Ich übte jeden Tag.»

«Das machte ich auch. Doch ich schaff das nicht.»

Da ging die Tür auf. Der Meister kam rein und sagte: «Ich soll ihnen sagen, dass das Auto der Klinik sie jetzt nicht holen kann, da es in der Werkstatt ist.

Aus dem Grund müssen sie mit der Straßenbahn retour. Ein Pfleger ist schon auf dem Weg zu uns. Er bringt sie zurück.» Es dauerte nicht lange, da kam er an und sagte: «Wie sie schon wissen, fahren wir jetzt mit der Bahn. Gut, dann folgen sie mir.» Den drei gefiel das gar nicht, das sah man ihnen an. Doch liefen sie hinter ihm her. Der Meister kam zu mir, lächelte mich an und meinte: «Ich wünsche dir alles gute, Hans. Und hast du mal Probleme, kannst du auf jeden Fall zu mir kommen.» Er gab mir die Hand und ich sagte: «Ja, das mach ich. Da muss mich aber mein Papa fahren.»

«Das machte der mit Sicherheit! Dann machs gut, Hans.» Er gab mir die Krücken, ich stand von Stuhl auf und lief los. Vor der Tür winkte mir der Meister kurz zu. Er ging rein und ich sah ihn nicht mehr. Ich eilte den vier nach, holte sie aber schnell ein.

Doch der Weg zur Haltestelle war steinig. Ich stolperte mehr, als ich lief. Das tat ich ja nur auf glatten Böden. Die schwere Prothese machte mir das rasche Gehen zur Qual. Bei jedem Schritt musste ich acht geben, dass ich nicht fiel. Der Pfleger trieb uns an, da er es zur nächsten Bahn schaffen wollte.

Da dachte ich an Herrn Zenke, als er mit wehendem Mantel zur Tür raus rannte. Da musste ich lächeln, auch wenn mir nicht danach zu Mute war. Der ältere Mann hatte auch Mühe. Das Tempo machte ihm schwer zu schaffen. Er schwitze, als wir an der Haltestelle waren. Ich auch und war froh, dass ich es schaffte ohne Sturz.

Da kam die Bahn an ... Beim Einstieg half mir der Pfleger. Er packte mich am rechten Arm an. Als ich drin war, sah ich, dass die voll war, und so musste ich stehen. Doch freute ich mich, dass der ältere Herr Glück hatte und einen Platz bekam. Eine junge Frau stand vom Sitz auf und er setzte sich hin.

Die Bahn hielt vor der Klinik an und wir stiegen aus. Vom Halt aus war es nur ein kurzes Stück. Als wir dort waren, war ich nass geschwitzt, da ich mit dem schweren «Holzklotz» nie so lange und so schnell lief. Aus dem Grund hatte ich immer Angst zu fallen. Endlich kam ich im

Zimmer an. Dort schnallte ich die Prothese ab und legte mich erstmal auf mein Bett. Ich war fix und fertig. Am liebsten hätte ich geheult, doch das traute ich mich nicht. Rudi wollte gleich wissen, was passierte, und ich sagte es ihm.

Einen Tag später.

In der Früh kam die Therapeutin zu mir und sagte. «Guten Morgen Hans. Die nächsten Tage lerne ich mit dir, wie du Treppen auf und ab gehst, denn das ist wichtig für dich. Jetzt zieh die Prothese an und dann gehen wir los.»

Als wir da waren, sagte sie: «So Hans! Halte dich mit der linken Hand am Handlauf fest. In die Rechte nimmst du eine Krücke zum Abstützen.» Ich stieg die Treppe Stufe für Stufe runter und wie ich unten war, sagte sie: «Prima Hans! Das hast du sehr gut gemacht. So und nun geh nach oben. Halte dich rechts fest und stütz dich links mit der Krücke ab.» Das machte ich und wurde sicherer. Nach einer Stunde war für den Tag Schluss, dann ruhte ich mich aus. Das übte ich jeden Tag, bis ich sehr gut auf und ab ging ...

14. Mai.

Den Freitag vergesse ich nie im Leben. Das Frühstück war um, da ging die Tür auf und Doktor Steinhäuser kam rein.

Er kam zu mir und sagte: «Guten Morgen, Hans. Ich habe eine sehr gute Nachricht für dich: Du verlässt heute die Klinik. Die Prothese passt und du läufst jetzt mit ihr ohne fremde Hilfe allein. Doch wie du weißt, wächst dein Körper noch acht bis zehn Jahre. Das heißt, für dich: Die Prothese passt man alle zwölf Monate der Größe von dir an. Das bleibt dir nicht erspart bis zu dem Tag, wo der Körper von dir nicht mehr wächst. Du kannst, falls es

253

Probleme gibt, auf jeden Fall zu uns kommen. Wir helfen dir gerne, auch die Eltern von dir wissen das.

Deinen Vater rief ich an und sagte ihm, dass du heute nach Hause kommst. In einer Stunde fährt man dich heim. Nun packe in Ruhe die Sachen von dir ein. Ist der Fahrer da, holt er dich hier ab. Und jetzt Hans, wünsche dir alles Gute für das weitere Leben.» Er drehte sich um und ging raus.

Nur mit den zwei Kindern war ich im Raum. Rudi war im Bad und das Bett von Manni noch leer. Es ging heim und da freute ich mich riesig. Dann legte ich mich aufs Bett, drückte das Gesicht ins Kissen und heulte vor Glück. Nach einer Weile raffte ich mich auf, wischte die Tränen ab, zog die Prothese an und packte die Sachen von mir in eine Tasche. Als ich fertig war, setzte ich mich aufs Bett.

Da ging die Tür auf und Rudi kam rein. Er sah mich komisch an, kam zu mir und fragte: «Was ist denn hier los? Wo willst du hin?» Ich lächelte ihn an und rief vor Glück. «H-e-i-m! Doktor Steinhäuser war grade da. Er sagte mir, dass ich nach Hause darf. Gleich holt man mich ab. Meine Sachen packte ich schon ein.»

«Was? Das gibts doch nicht ...»

«Doch! Ich war ja nur wegen der Prothese hier. Die hab ich und kann mit der sehr gut laufen. So darf ich jetzt heim. Ich freue mich auf Oma, Tante Frieda und alle Freunde ...»

«Mmh ... verstehe das sehr gut, Hans. Ich hoffe, dass ich auch bald hier raus komme. Und ... äh, dann entschuldige ich mich bei dir. Es tut mir leid, als ich zu dir sagte, dass du nie mehr laufen wirst. Das war dumm von mir. Doch als ich dich das erste Mal sah, dachte ich nie im Leben, dass dein Wille so groß war. Dann übtest du hart an dir und jetzt kamst du am Ziel an. Du hast es mir gezeigt und heute verneige ich mich vor dir. Ich freue mich für dich, denn das schafft nicht jeder.»

«Doch! Er muss nur bereit sein eisern zu üben. Das ist doch bei euch im Zirkus auch so. Man fliegt nicht wie eine Feder durch die Luft, übte man das nicht zig mal. Das schafft ja auch nicht jeder. Oder?»

«Na ja ... da hast du Recht. Aber es ist doch was anderes wie bei dir. Sind wir das nächste Mal in deiner Stadt, dann musst du mich besuchen. Versprich mir das mit Schwur!»

«Geht klar! Ich kriegte ja, wie du weißt, Karten von deinem Onkel. Nach der Vorstellung komme ich dann zu dir.»

Da ging die Tür auf und ein Mann kam rein. Er hatte ein rotes Kreuz auf der weißen Jacke und rief: «Wo ist Hans?» Ich sah ihn genauer an und war mir sicher, dass ich den kannte. Doch wann und wo ich den schon mal sah, fiel mir nicht ein. Ich sagte: «Das bin ich ...»

«Prima! Ich soll dich wieder nach Hause fahren. Ist das auf dem Bett deine Tasche?»

«Ja!»

«Kennst du mich nicht mehr?»

«Nein!»

«Ich fuhr dich mit einem Kollegen hier her.»

«Ach so ... Ja jetzt weiß ich, wer Sie sind.»

«Na dufte ... dann Abmarsch!»

Ich wollte mich von Rudi verabschieden, doch der sagte: «Ich komm noch mit raus.» Ich winkte schnell den zwei Kindern zu. Wir liefen eine kurze Strecke durch den Flur. Am Zimmer der Schwestern winkte ich denen zu. Da kamen die sofort raus und jede wünschte mir alles Gute für die Zukunft ... Es ging weiter bis zur Treppe. Es grenzte fast schon an ein Wunder. Ich dachte an den Tag, als ich auf einer Trage hier eintraf und man mich nach oben trug. Ich stand da, sah nach unten. Da fragte der Fahrer: «Schaffst du das ohne Hilfe?» Bevor ich was sagen konnte, meinte Rudi: «Na klar kann der das, sonst käme er ja nicht nach Hause.»

«Stimmt das?»

«Ja! Ich halt mich am Geländer fest.»

Mit Prothese und Gehstock stand ich da und schritt die Treppe runter. Als ich unten war, sagte der Fahrer: «Man das machst du aber wirklich gut. Wo wir dich hier her brachten, dachte ich nicht, dass du das so schnell lernst. Das ist schon beachtlich.»

«Danke. Ich übte ja auch viel, um das zu schaffen.»

«Ja, das sieht man und jetzt freust du dich auf zu Hause. Stimmts?»

«Ja! Und wie ...»

Wir kamen am Krankenwagen an, der vor der Tür stand. «Willst du vorne sitzen?»

«Ja! Darf ich das?»

«Aber klar! Das hast du dir verdient.»

Ich drehte mich um, sagte: «Machs gut Rudi und werde bald gesund. Ich will dich im Zirkus sehen, wenn ihr zu uns kommt.»

«Danke Hans! Das werde ich ...»

Dann stieg ich ein, der Fahrer machte die Tür zu und gleich fuhren wir los. Rudi winkte mir so lange nach, bis ich ihn nicht mehr sah. Da stand er wie ein Häufchen Elend. Ein bisschen Wehmut kam dann doch bei mir auf. Ich verstand mich mit ihm sehr gut und er tat mir in dem Moment leid. Doch hatte er das Glück, dass jeden Tag

Besuch da war. So kannte ich fast alle Leute aus dem Zirkus.

Es war eine sehr lange Zeit, die ich im Auto saß und hoffte, dass ich bald da war. Dann kamen wir in der Straße, in der ich wohnte an. Von fern sah ich Mutter, die an der Säule stand, wo ich fast zu Tode kam. Der Fahrer hielt an der Straße an, fragte: «Ist das deine Mutter?»

«Ja, die steht bestimmt schon eine Stunde da und wartet auf mich ...»

«Da du so lange von zu Hause weg warst, verstehe ich das sehr gut. Warte einen Moment, ich mach dir die Tür auf.» Er stieg aus und ich hörte ihn sagen: «Guten Morgen Frau Allagor! Ich bringe Ihnen Ihren Sohn. Der freut sich schon riesig, dass er nach Hause kommt.»

«Ja, das machen wir auch.» Er machte mir die Tür auf. «So Hans, dann steig mal aus. Ich geb dir gleich den Stock. Die Tasche geb ich deiner Mutter.» Die nahm sie ihm ab und er nahm Abschied von uns und fuhr los. Da schloss sie mich gleich in die Arme, sagte mit Tränen in den Augen: «Ach wie freu ich mich, dass du wieder da bist.»

«Ja, und ich erst, Mama.»

«Gut, dann gehen wir jetzt nach oben.»

Kaum sagte sie das, ging die Tür von Tante Friedas Salon auf und Oma kam raus. Sie strahlte voll Freude übers Gesicht und lief auf mich zu. Auch sie nahm mich in die Arme, drückte mich und sagte schluchzend: «Hansel! Das freut mich sehr, dass du endlich wieder da bist.» Dann presste sie mich fest an sich. Als sie sich beruhigt hatte, meinte sie: «Deine Tante hat grad eine Kundin und kann nicht kommen. Doch sobald sie kann, kommt sie zu dir.» Da sah ich, dass sie mir hinter der Scheibe winkte und ich machte das auch. «Danke Oma, da ist sie am Fenster und winkt.»

«Das ist ja prima. So Hansel jetzt muss ich schnell rein, ich mache ja das Essen. Doch ich komm später noch mal.»

«Gut, Oma!» Sie lief ins Haus und wir zu uns.

Ich lief die Treppe hoch und kam in der Wohnung an. Seit dem Geburtstag von mir sah ich sie nicht mehr. Auf den ersten Blick sah ich nichts Neues. Ich ging zum Aquarium und sah, dass alle Fische noch da waren. Vater sah ich nicht und fragte: «Mama wo ist Papa?»

«Der kommt gleich zum Essen.»

Da ging die Tür auf und er kam rein, schritt auf mich zu und drückte mich an sich. «Hans! Das ist ja schön, dass du da bist. Willkommen zu Hause. Hast du die Fahrt gut überstanden?»

«Ja, Papa! Ich durfte vorne sitzen.»

«Was? Na das war ja richtig für dich, da du ja alles sehen willst.»

«Ja, und das hab ich ...»

«Essen ist fertig!», rief Mutter und wir setzten uns an den Tisch. Nach dem sagte Vater: «Ich geh jetzt, die Arbeit ruft. Dann bis heute Abend ihr zwei.»

Es dauerte nicht lange, da klingelte es und ich bekam Besuch aus dem Haus. Es sprach sich herum, dass ich da war. So kamen alle, die im Haus wohnten und jeder brachte mir etwas mit. Das war fast nur Süsses. Da zeigte ich ihnen wie ich mit Prothese und Stock ging. Je mehr ich lief, desto sicherer wurde ich. Erst war es Mitleid, doch dann folgte ein Lob nach dem anderen. Keiner nahm an, dass es mir so gut ging. Das ich so gut aussah und das ich so froh und glücklich war. So war ich nicht eine Minute allein.

Dann kam Oma und Tante Frieda. Ihnen sagte ich, was los war, und lief auch vor ihnen hin und her. Vater kam erst spät nach Hause. Als er da war, gingen die zwei weg. Da machte Mutter das Abendbrot. Fix und fertig legte ich mich ins Bett ... Da hörte ich, wie Vater sagte: «Jetzt haben wir endlich mehr Zeit, da die Cottbus-Fahrten zu Ende sind.» In der Folge schlief ich gleich ein ...

16. Mai.

Mutter lud Kind und Kegel zum Kaffee ein. Tante Frieda kam mit Oma. Der ging es aber nicht so gut. Dennoch freute sie sich riesig, dass ich wieder da war. Sie drückte mich an sich und ließ mich erneut nicht mehr los. Cousine Christel kam mit Julchen. Die Kleine sprach schon ein paar Worte und lief auch einige Schritte. Da sagte Vater auf einmal, dass er vor hat ein Haus zu kaufen. Das gehörte einem alten Paar. Für die zwei gab es da viel zu tun und da waren sie nicht mehr in der Lage zu. Das wäre ja sehr gut dachte ich, denn dann hätte ich ein Zimmer nur für mich.

Da meinte Tante Frieda: «Ich sprach mal mit einem Kunden von mir über Hans. Das er in Cottbus ist und er dort eine Prothese aus Holz kriegt. Da sagte er, dass er ein Bein im Krieg verlor und ebenfalls einen kurzen Stumpf hat. Die, die er hat, ist viel leichter und besser. Er war früher auch in Cottbus. Jetzt geht er nach Berlin zu einem sehr guten Orthopäden, von dem er die bekam. Und er ist mit dem, sehr zufrieden.» Vater fragte: «Wie heiß er denn?»

«Heinrich Müller!» Er fing an zu schmunzeln und meinte: «Das ist ja der Heini. Den kenne ich auch. Sehe ich den wieder, frag ich ihn. Dann soll er mal zu uns kommen und kann sich die von Hans mal angucken.»

«Das macht der gewiss. Und Hansel wächst ja noch, so muss die oft korrigiert werden.»

«Na ja, dann hoffe ich, Heini bald mal zu sehen. Haben wir die Adresse, ruf ich dort gleich an.» Da freute ich mich riesig. Zum Meister nach Cottbus hatte ich, auf Grund dessen jetzt erst recht keine Lust mehr ... So neigte sich der schöne Tag dem Ende zu, an dem wir eine Menge Spaß hatten.

17. Mai.

In der Früh ging ich mit der Prothese und Stock los. Ich kam schon gut voran bis zur Straßenbahn. Mutter war bei mir und wir fuhren bis zum Krankenhaus.

Wir kamen an, gingen rein und liefen den Gang entlang. Da stand rechts und links ab und zu ein leeres Bett an der Wand. Kurz vor dem Raum, wo die Schwestern waren, blieben wir rechts vom Gang stehen. Auf ein Mal kam Schwester Erna eilig aus der Tür. Sie blickte auf den Boden und sah uns nicht. Doch dann blieb sie stehen, drehte sich um und sah uns an. Mit offenem Mund starrte sie mich so an, als sei ich ein Gespenst. Auf ein Mal lächelte sie und rief: «Das ist doch mein Hänschen ... Ach wie freue ich mich, dich zu sehen!»

Sie breitete die Arme aus, kam auf mich zu, kniete sich vor mich hin und umarmte mich. Ich bekam da fast keine Luft mehr, so fest drückte sie mich an sich. Sie fing an zu weinen und ich auch ... Dann hörte sie auf, wischte sich die Tränen ab und sagte: «Hänschen, du glaubst ja nicht, wie ich mich für dich freue. Ich sagte dir ja, dass du wieder laufen wirst. Doch glaubtest du mir das zuerst nicht. Und nun stehst du vor mir und ich sehe, dass du es in der Tat geschafft hast ...» Wieder fing sie an zu weinen ... und drückte mich an sich. Ich sah über ihre Schulter und da kam er ... Doktor Hanschke, der Arzt, dem ich mein Leben verdankte. Er schaffte das Wunder, da er an mich glaubte. Sonst läge ich schon ein Jahr auf dem Friedhof. Ich sagte ihr leise ins Ohr: «Doktor Hanschke kommt!»

Sie ließ mich los und stand auf. In dem Moment war er schon bei uns. Sprachlos sah er mich an und ich ihn. Da sah ich, dass die Augen von ihm feucht waren und Tränen ... Im Nu kniete er sich auf den Boden vor mich. Er schüttelte den Kopf hin und her, schluckte kurz und sagte mit Fassung: «Das ist ... das ist doch nicht zu fassen ... Hans! Ich verlor den Glauben an dich nie und sehnte mich nach dem Tag ... Und jetzt ist er da. Ich vergesse nie im Leben den Tag, an dem du zu uns kamst. Grausam verletzt und dem Tod ganz nah. Ich sah dich das erste Mal, wie du auf dem OP-Tisch lagst. Die Beine gebrochen und fast kein Blut mehr im Leib. Nur durch eine Bluttransfusion warst du noch am Leben. Zu der Zeit gab der Arzt, der Dienst hatte dich längst auf und rief mich.

Ich stand da, sah dich an ... Da sah ich Wunden, die grässlich waren. Solche sah ich vorher noch nie bei einem Kind. Ein Teil der inneren Stimme sagte, lass ihn sterben. Erspare ihm, was an Schmerz und Leid auf ihn zukommt. Die Aussicht auf ein Leben danach war ja nicht gut. Auch ich hielt es für nicht zu schaffen. Doch da kam der andere Teil ins Spiel und ich dachte an die Kinder von mir. Ein Mädchen ist etwa so alt wie du. Dann fragte ich mich im Stillen: Was tätest du, wäre das dein Kind? Hast du den Mut, es jetzt in den Tod zu schicken? Den hatte ich nicht und so fiel die Entscheidung leicht: Ich musste tun, was nötig war, und so gab ich dir die Chance ...

Jede Person, die mit mir am OP-Tisch war, sah mich an. Dann rief ich: Packen wir es an! Ab da fing der Kampf gegen den Tod von dir an ... Das zog sich über Stunden hin. Doch am Ende schafften wir es nicht, das rechte Bein von dir zu retten. Es hing da nur noch an ein paar Sehnen am Rumpf und war ohne Blut. Es fiel mir nicht leicht, doch ich hatte keine andere Wahl. Es war nötig, es ab zu nehmen. Dann machten wir uns an den linken Bruch. Am Ende nähte ich die Wunde über dem Auge zu. Da war ich glücklich.

Ich hatte alles, was ich konnte für dich getan. Ich gab dir eine ganz kleine Chance und hoffte, dass es nicht ohne Sinn war. Ich hatte die Hoffnung, dass du wie ein Löwe um dein Leben kämpfst, und den Tod besiegst. Es geht mir jedes Mal sehr nah, sehe ich, dass ein Kind vor mir liegt und schwer verletzt ist. In der Nacht machte ich kein Auge zu. Ich dachte an dich und daran das wir nichts vergaßen.

Zum Glück habe ich Leute, auf die Verlass ist, so wie Schwester Erna. Sie ist die Seele der Station und saß die Nacht bei dir am Bett und gab auf dich acht. Und wie du ja weißt, opferte sie sich für dich auf. So ging es dir bei uns sehr gut, und du wurdest rasch gesund. Das du jetzt vor mir stehst, ist ein Wunder und ich verneige mich vor dir.»

Auf ein Mal rief eine Schwester, dass ein Patient seine Hilfe braucht. Er stand schnell auf und sagte: «Hans! Die Pflicht ruft! Ich wünsche dir alles Gute für deine weitere Zukunft», und die zwei rannten los ... Auch die, die noch da waren, nahmen Abschied. Schwester Erna sagte: «Hans, du weißt ja, dass ich keine Kinder habe, so warst du für mich wie ein eigenes. Wenn ich hin und wieder streng zu dir war, meinte ich es gut mit dir.»

«Ja, das weiß ich Schwester Erna!» Da drückte sie mich herzlich an sich, weinte und sagte: «Hans, es ist in der Tat nicht zu fassen! Du kamst bei uns als Kind an. Doch jetzt stehst du vor mir als ein junger Mann. Ich wünsche dir viel Glück im Leben.»

«Danke Schwester Erna. Das wünsch ich Ihnen auch.»

«Auch Ihnen Frau Allagor und Ihrem Mann, wünsche ich alles Gute für die Zukunft. Ihr Sohn meistert tapfer sein Schicksal und er wird den Weg, der vor ihm liegt, gehen. Da bin ich mir sicher. Passen Sie mir gut auf ihn auf.»

«Danke Schwester Erna. Das werden wir tun. Ach, wissen Sie, das Leben von Hans fing schon furchtbar an. Ich habe ihn in einer Klinik um 16:50 Uhr auf die Welt gebracht. Da kam er gleich auf die Station für die Säuglinge. In der Nacht nahm sich die Nachtschwester dort das Leben. Das merkte man erst, wie die anfingen zu schreien.

Am Morgen lief ich zur Station, dort wo Hans war. Auf den Weg dorthin sah ich etliche Beamte von der Polizei. Auch einer von der Kripo lief mir über den Weg. Als ich da war, fragte ich, was los ist. Da sagte man mir, dass man die Schwester tot auf der Station fand. Sie wurde weggebracht zur Autopsie. Dann hörten wir, dass es ein Freitod war. Was hätte in der Nacht nicht alles passieren können.

Zum Glück war er hier in den besten Händen und es gab keine Probleme. Man bereitete ihn vor, auf das Leben, das jetzt auf ihn zu kommt. Und da hatten Sie im hohen Maße Anteil.

Wenn Sie nicht gewirkt hätten, wer weiß, ob Hans schon so weit wäre. Für all das danke ich Ihnen von ganzem Herzen, Schwester Erna. Ach ... Und haben Sie mal Zeit, lade ich Sie herzlich gerne mit ihrem Mann mal zu uns ein.»

«Mmh ... Zur Einladung sage ich nicht nein. Da erzählt mir dann Hans, was er in Cottbus erlebte.» Sie sah mich an: «Tust du das Hänschen?»

«Aber klar! Da spielte sich einiges ab.»

«Prima! Gut Frau Allagor, dann rede ich mit meinem Mann. Sind wir uns einig, ruf ich Sie an.» Sie kam zu mir, kniete sich vor mich und sagte: «Lass dich noch einmal drücken! Ach was freue ich mich, dass es dir so gut geht. Und dann sehen wir uns bald bei dir zu Hause.»

«J-a-a-a darauf freue ich mich!» Sie stand auf und Mutter sagte: «Schwester Erna! Dann gehen wir jetzt nach Hause. Und ich freue ich mich auf den Anruf von Ihnen. Auf Wiedersehen!» Gleich gingen wir los, doch kurz bevor wir um die Ecke bogen, sah ich zurück. Da stand sie noch, winkte, und ich auch. Dann sah ich sie nicht mehr.

Wir kamen aus dem Krankenhaus ins Freie, da sagte ich: «Mama, da will ich so schnell nicht mehr hin.»

«Ja, das verstehe ich Hans. Doch manchmal geht es schneller, als man denkt.»

Ich lief mit ihr zur Haltestelle von der Bahn. Da stiegen wir in die Nächste ein und ich setzte mich ans Fenster. Kurze Zeit später ratterte sie los. Ich sah raus und da düste alles an mir vorbei: Leute, Autos, Häuser und so fliegt auch das Leben da hin, nach dem Unfall war das schon ein Jahr.

Dann dachte ich nach, was nun aus mir werden wird. Im Herbst fängt ja für mich die Schule wieder an. In einer neuen Klasse mit Schülern, die mir fremd sind. Werden mich alle dulden? Ich bin ja neu für die und hab einem Klotz als Bein. Zu Peter und Fred gibt es kein Zurück mehr. Die hatten gute Zeugnisse und wurden versetzt. Dann sind da noch die Lehrer, die fremd für mich sind. Wer weiß, wie die sind, oder sich verhalten. Der vom Sport wird jedoch mein bester Freund. Den sehe ich nicht mehr und so kann er mir auch nicht mehr auf den Nerv gehen ...

... Da gab es einen Ruck und wir standen. Da hörte ich Mutter sagen: «Hans! Komm, wir müssen aussteigen. Wir sind da ...» Na ja, das waren wir noch nicht. Die Strecke bis zum Haus ging ich nur mit dem Gehstock. Ich freute mich, dass wir bald ein eigenes haben und ich ein Zimmer für mich bekam. Ich hatte wieder Lust am Leben, trotz der Schmerzen, der Prothese, die mich am Stumpf drückte und schwer wie Blei war ...

Wir kamen am Haus an ... und ich hielt an der Stelle, wo das heile Leben für mich zerstört wurde. Warum passierte mir das, fragte ich mich und machte kurz die Augen zu ...

Dann lief das, was geschah wie ein Film vor mir ab ... Ich sah, wie ich am Kinderwagen stand ... kuckte zu, wie Julchen lachte ... Merkte wie ich von hinten, die Stoßstange in die Beine bekam ... Ich zu Boden stürzte ... die Hand aus den Speichen zog ... und der Wagen wegrollte ... Ich wollte aufstehen und hin laufen doch es ging nicht ... Ich sah, dass aus den Beinen Knochen heraus ragten und ich sie nicht mehr spürte ... Wie ich auf der Trage lag und man mich durch die Menge schleppte ... Als ich im Auto lag ...

Auf ein Mal rüttelte es am rechten Arm. Ich hörte Mutter, wie sie fragte: «H-a-n-s, ist was mit dir?» Im Nu machte ich die Augen auf, sagte: «Äh, nein ... nein, Mama. Es ist alles gut.»

Oh, war ich so froh, dass ich auf dem OP-Tisch den Kampf um Leben und Tod gewann. Verdankte ich das dem

Arzt, der nicht aufgab? Oder war im Himmel noch kein Platz für mich? Niemand weiß das. Es ist auch völlig egal, ich war am Leben und das zählt.

Auf dem Weg nach oben nahm ich mir eins auf Gedeih und Verderb vor: Ich geb nie auf, so wie Doktor Hanschke es tat. Ich werde ein Sieger sein, egal was kommt. Ich schaffe es ...

Epilog

Alle realen Namen änderte ich. Gemeinsamkeiten mit lebenden oder toten Personen wären reiner Zufall.

Mehr von Maik Harmsen unter: www.maikharmsen.de